W9-AIV-154

LAS MUJERES DE LA TORMENTA

LAS MUJERES DE LA TORMENTA

CELIA DEL PALACIO

Santillana Ediciones Generales, SA de CV
Av. Río Mixcoac 274, Col Acacias
CP 03240, teléfono 54 20 75 30
www.sumadeletras.com/mx

Diseño de cubierta: Allan Rodríguez
Correción: Dania Mejía
Lectura de pruebas: Soraya Bello y Claudia Tania Rivera

Primera edición: mayo de 2012

ISBN: 978-607-11-1996-4

Impreso en México

Para
Regina Martínez
Susana Chávez
Marisela Escobedo
Josefina Reyes Salazar
Flor Alicia Gómez López
Libertad Hernández
Malú Reyes Salazar
Luisa Ornelas
Digna Ochoa
Bárbara Lezama
Isabel y Reyna Ayala
Agnes Torres Hernández
Y para tantas otras activistas muertas en los últimos años cuyos nombres e historias, para nuestro oprobio, hemos olvidado.
Para mis amigos del estado de Veracruz y para el amor que me trajo aquí. Él, con su valor civil (esa cualidad de la que ya casi no se habla), me recuerda cada día que todavía hay esperanza.
Para Ale, por todo lo no dicho.
Con todo mi amor.

I
Primera libreta. El inicio

Septiembre de 1552

Los gritos de los marinos y la algarabía de las gaviotas anunciaron la cercanía de la costa. Unas horas más tarde se vislumbraba desde la proa del viejo navío portugués el islote de San Juan de Ulúa entre la bruma. El capitán de la carraca maniobraba con dificultad para llegar a puerto a fin de que la nave no quedara destrozada entre los arrecifes, siguiendo punto por punto al lanchón guía.

Era una labor compleja, dada la precaria profundidad de no más de cuatro brazas y la cercanía con el islote, al que se habría podido brincar desde la cubierta, así como la escasa maniobrabilidad de la nave. Sólo los expertos en el arte de marear se podían enorgullecer de haber logrado llegar hasta el puerto más importante de la Nueva España sin contratiempos.

Por fin, al medio día la embarcación quedó asegurada con gruesas sogas en el muro de las argollas, junto a otras naos de la flota española que ya desalojaban las bodegas de sus preciosos cargamentos destinados a los mercados del nuevo reino.

Junto al navío, atados a las mismas argollas, estaban los galeones que custodiaban a la flota para resguardarla de los piratas. En su camino de regreso a España, las naos llevarían oro y plata para el rey, además de los productos del nuevo mundo: azúcar, cacao y tabaco, aves canoras de plumajes coloridos..., un mundo de sabores y olores que encontraba asiento en los vientres de los barcos que surcarían las aguas y desafiarían los peligros de la mar en el tornaviaje.

Apenas había unas cuantas casuchas en el islote, además del muro de las argollas: la Casa de las Mentiras, donde se alojaban los escasos españoles y los negros trabajadores en el tiempo de arribo de las flotas, el mesón donde descansaban los recién llegados, además de unas cabañas de madera que más parecían chozas de salvajes que casas donde viviera la gente. La torre de la capilla estaba en construcción y los negros del rey, incansables, hacían reparaciones al muro de las argollas así como a la isla misma, que estaba en constante deterioro por la acción del oleaje sobre el coral; otros esclavos conducían las "chatas": lanchones que habrían de llevar las mercancías río adentro, hasta Veracruz, a unas cuantas leguas de la isla.

Cuando la carraca quedó firmemente unida a la edificación, tanto por las amarras como por un ancla del lado de la tierra para evitar que se la llevara uno de los frecuentes nortes, comenzó la actividad de descarga. El navío no traía ni vino ni vinagre. Ni siquiera podía decirse que fuera a bajarse de él azogue para el beneficio de la plata, proveniente de las minas de Almaguer.

La recién anclada carraca *Madredeus,* con bandera portuguesa, traía a las costas de la Nueva España un cargamento triste: esclavos africanos destinados a la subasta, a la venta y distribución, hacinados en su espaciosa bodega. Viajaron con grilletes en los tobillos durante todo el trayecto desde las Canarias. Encadenados en grupos de seis, hombres, mujeres y niños fueron obligados a permanecer unos contra otros, para ocupar el menor espacio posible.

Al abrir la puerta, una brisa fresca con el olor de las mercaderías apiladas en el precario muelle inundó el oscuro bodegón y llenó a todos los prisioneros de deseos. Por el contrario, el tufo que salía de las entrañas de la nave resultaba insoportable para los que permanecían en cubierta: eran los desechos de casi seiscientas personas allí hacinadas y los cuerpos descompuestos de los que no habían sobrevivido, todavía encadenados, con las moscas saliendo y entrando de sus bocas abiertas. El espectáculo habría sido intolerable incluso para los captores, si no lo hubieran mantenido oculto en las tinieblas de aquel lóbrego recinto bajo la cubierta.

Uno de los marineros más atrevidos, un negro musculoso, ataviado con un pantalón de manta y un chaleco de brocado al uso de los moros, fue el único que se atrevió a entrar en aquel lugar abandonado por el cielo. Con un manojo de llaves que traía al cinto, abrió las cerraduras y candados de los prisioneros; cuando todos fueron liberados, les ordenó con malos modos abandonar la nave.

Los esclavos fueron saliendo de su lúgubre morada, medio ciegos, dando trompicones y apoyándose en la tapa de regala a duras penas. En cuanto se acostumbraron un poco más a la luz, fueron cruzando la cubierta bamboleante de la carraca, hasta bajar al muelle, donde enormes negros medio desnudos y cubiertos de sudor amontonaban odres de vino, de aceite y de vinagre, toneles de aguardiente, conservas, brea y los atados multicolores de textiles y cordobanes que habían viajado a través del océano en las naos de la flota y serían llevados a lomo de mula tierra adentro.

Allá iban los hombres y mujeres, desacostumbrados a la marcha después de las semanas de inmovilidad; los enfermos se apoyaban unos en otros para alcanzar una bocanada de aire salobre en la cubierta, y algunos, impacientes, atropellaban y se tropezaban a fin de ser los primeros en pisar la tierra americana.

El guardia los vigilaba con mirada acuciosa. Les gritaba que apuraran el paso, que no se detuvieran, que siguieran caminando hasta las chatas que esperaban para llevarlos a tierra. Unos comprendían, otros no, pero todos oían la voz de trueno, el chasquido del látigo sobre la madera de cubierta.

La mayoría de los recién llegados estaba a bordo de las chatas cuando salió Mwezi, que se había quedado rezagada. Era una joven que había dado a luz en el barco y traía a una pequeña, que había nombrado como ella, prendida de su pecho. Tenía las carnes firmes y la agilidad de una gacela. Su nombre significaba Luna. La habían llamado así por la manera en que la luz de la reina de la noche se reflejaba en su piel.

Como a muchos de los prisioneros, a ella la habían capturado los comerciantes bereberes enemigos de su pueblo —una pequeña aldea situada cerca de las costas de Guinea— después de la batalla en la que se había perdido todo. Sus padres habían muerto en la defensa, así como sus hermanos y su marido. A los sobrevivientes, sus captores los habían conducido atados en una larga marcha, para venderlos después en una feria a los esclavistas portugueses que los llevaron a Cabo Verde y luego a las Canarias.

Ahí los blancos los bautizaron a todos con nombres que no reconocían y que la mayor parte de ellos ni siquiera comprendió; una vez clasificados según la altura, complexión y edad aproximada, los embarcaron en las naos, cuidando que no fuera más que un grupo de cada aldea y que no pudieran comunicarse entre ellos. Su destino era ser vendidos o subastados en algún lugar de la Nueva España. Todos los cautivos comprendían bien que, una vez vencidas sus tribus y habiendo sido apresados por los esclavistas, lo mismo daba un destino que el otro: la vida como la habían conocido había terminado.

El miedo y la emoción de haber llegado a un mundo nuevo embargaron a los tripulantes de las precarias embarcaciones, que sin embargo, aun a aquella distancia, alcanzaron a oír el llanto de la recién nacida llamando la atención del guardia. Se echaba de ver que el gigante marroquí estaba de mal humor: desesperado por dar por concluida la jornada, beberse un trago y escapar del sol. Él podría hacerlo pronto en el bodegón de la banda de tierra frente al islote, mientras que a los esclavos los dejarían a pleno sol en las chatas hasta quién sabe qué horas. La recién nacida, por su parte, no dejaba de llorar, resintiendo el viento salobre y la sequedad de los pechos de su madre, alimentada durante todo el trayecto sólo con maíz cocido. La joven la mecía con espanto, intentaba hacerla callar murmurando ternezas, pero nada resultaba. El guardián, impaciente ante la lentitud de la joven madre, harto de los berridos de la criatura y asqueado del insoportable tufo de las bodegas, arrancó a la niña de los brazos de la chica y la arrojó al piso, donde quedó inmóvil.

La chata quedó en silencio ante la escena. El sonido hueco de la cabeza de la niña contra el maderamen del barco fue como el golpe seco de la mano de un guerrero contra el cuero del tambor en las fiestas de Eleguá. Todo entonces ocurrió muy rápido: la joven madre se liberó del brazo del gigante y se inclinó ante el cuerpo inerte de la criatura, lo agitaba inútilmente. Un gemido brotó de su boca: agudo y quedo al principio, pero luego convertido en el bramido de una fiera herida.

A los que estuvieron presentes aquel día les costaba creer lo que pasó después: Mwezi, ciega de ira, se abalanzó hacia el marroquí y, con una fuerza que nadie hubiera creído posible en una pobre esclava recién parida y muerta de hambre, sin que nadie pudiera impedirlo, despojó al guardia de un puñal que cargaba al cinto y se lo clavó en el cuello. El guardia murió en el acto, sin reponerse de la incredulidad: una mujer, casi un espectro, había logrado lo que ni siquiera los más feroces corsarios ingleses o los marineros del Mediterráneo habían podido hacer.

Mwezi todavía alcanzó a clavar el puñal otras tres veces, desquitándose con el enorme guardia de las atrocidades que había visto, del susto, de la rabia, de la impotencia ante el destino. Así la encontraron los marineros: cubierta de sangre, profiriendo alaridos de triunfo que todos los negros acompañaron desde las chatas, y se la llevaron arrastrando hasta el castillo de proa. El capitán, después de santiguarse ante tal prueba de salvajismo, para escarmiento de todos, la condenó a recibir cien azotes en la cubierta misma del navío, atada al palo de mesana.

Ante los ojos atónitos de todos los presentes, Mwezi recibió con valentía los azotes. Sus ojos eran puro fuego al mirar hacia aquellas tierras desconocidas que no prometían sino males sin fin para los esclavos. No se quejó ni una vez mientras el látigo rompía sus carnes. En cambio sus labios profirieron maldiciones en el nombre de la diosa madre, protectora de la orgullosa nación lucumí. Con ronca voz de moribunda imploró:

—*Yeyé O, yeyé O...*

Aquella plegaria a la graciosa madre, *olutoju awon omo*, la que vela por todos sus hijos, la madre Oshún, la nacida de las aguas que juró proteger a los esclavos, quedó para siempre grabada en el recuerdo de todos, negros y blancos, aunque no la comprendieran:

—¡Que tu furia, que no conoce límites, caiga sobre nuestros agresores!

Los azotes abrían la carne de la condenada y el silencio se fue apoderando de la isla mientras Mwezi invocaba el nombre de Oshún, la inmensa, la poderosa mujer que no puede ser atacada:

—*Gbada muf badamu obirin ko See gbamu*, ¡que brame la tempestad y que ningún hombre logre detener tu furia!

Mwezi apenas podía tenerse en pie, pero seguía implorando a la madre benévola, a la reina del río, en voz audible hasta para los esclavos encaramados en las torres, en las chatas, en los bateles.

—*Yeyé onikii, obalodo*, ¡que el agua invada la tierra, inunde los campos y pudra los alimentos de nuestros captores!

El castigo no se detuvo; la plegaria no fue suficiente para hacer dudar al recio marinero portugués que no comprendía ni una palabra, que no sabía quién era Oshún, que nunca había oído su nombre y que ignoraba que ella era la diosa del río que el rey no puede agotar, la que hace las cosas sin ser cuestionada.

—*Oshún abura-olu* —clamaba Mwezi—, ¡llama en tu ayuda a Shangó el poderoso, a Iké, el implacable, y que corra la sangre sin cesar, que el agua acabe con todo lo construido y lo nacido de la tierra!

Las nubes cubrieron el sol de medio día y el viento comenzó a soplar. Los esclavos de manos sangrantes que trabajaban en las albarradas de coral detuvieron su labor; los cargadores sudorosos bajaron por un momento las mercaderías de sus espaldas, y los recién llegados temblaban de espanto al sentir los pasos sigilosos de la mujer que se apodera del camino y hace a los hombres correr, la que cierra a los hombres blancos los caminos.

—*Obirin gbona, okunrin nsa* —alcanzó a suplicar Mwezi con el último hilo de voz—, tú, que defiendes a tus hijos como fiera, ¡cae sobre los hombres blancos y no tengas compasión!

Mwezi había muerto mucho antes de que se cumplieran los cien azotes y sin embargo no le fueron perdonados; su cadáver era sólo un montoncito de huesos y piel ensangrentada en el palo de mesana cuando el castigo terminó.

Tanto los esclavos como los negros libres permanecían inmóviles, en voz baja suplicaban compasión a la madre benévola y misericordiosa que a veces, cuando ríe, mata.

El viento comenzó a soplar desde el noreste con mayor fuerza y las nubes se acumularon sobre el islote de múcara. El cielo se fue poniendo negro y los truenos retumbaron más allá de las montañas.

Los marineros asustados corrieron a asegurar las naves, y los recién llegados que habían comprendido las palabras de Mwezi temblaban sobre las chatas que habrían de conducirlos a tierra. Todos menos uno: el último que había quedado en las bodegas del barco y que había presenciado de cerca la sangrienta escena de la muerte del guardia. Era muy joven, casi un adolescente, y llevaba en brazos a la pequeña recién nacida que se llamaba como su madre; aunque inmóvil, no había muerto tras el golpe del marroquí. Entre las ropas de la criatura, había guardado el arma homicida, a la que nadie había prestado atención: era un puñal de acero damasquinado de hoja de doble filo encorvado en forma de S, de los llamados *kamjar*, usados por los moros; tenía un ser fantástico grabado en el mango: cabeza de águila con cuerpo de león, al cual rodeaban dos serpientes enlazadas.

Nadie le puso atención al muchacho: el corto viaje hasta la Vera Cruz fue ajetreado debido a la fuerza del viento que levantaba la chata sobre las olas. Apenas alcanzó la embarcación a tocar tierra firme cuando las voces y aspavientos de los habitantes de la villa conminaron a los esclavos a buscar refugio: los vientos del norte soplaban con furia, parecían luchar contra los otros vientos, y en esa lucha hacían remolinos de arena sobre los médanos.

Los esclavos fueron agrupados a toda prisa en los almacenes junto al río, aunque antes de ser nuevamente prisioneros, habían podido ver desde la chata la pequeña población con edificaciones blancas que esperaba entre los árboles junto al río. Veracruz era entonces apenas una villa con menos de quinientos habitantes. Estaba rodeada de guayabos, almendros y cocos de Guinea que refrescaban el aire del calorón de la costa. El río Huitzilapan lamía perezoso sus orillas e iba a dar a la playa de Chalchihuecan, la diosa de las faldas de jade. Por ese río entraban los lanchones con mercancía destinada a todo el reino, que se albergaba en grandes almacenes o atarazanas para ser conducida por los comerciantes tierra adentro.

Cuando los nuevos amos los hicieron entrar al almacén, al verse libres de las cadenas, todos respiraron con alivio el aire húmedo del interior, a pesar de que hacía calor. Entonces fue que los esclavos se fijaron en el joven. Se llamaba Ñyanga, y apretaba el bulto inmóvil de la recién nacida contra su pecho.

—Está viva —murmuraba una y otra vez, como si fuera una plegaria.

¿Por qué la había recogido si su propia vida pendía de un hilo?, se preguntaban los prisioneros. ¿Con qué iba a alimentarla? ¿Cómo iba a cuidarla? Seguro que el muchacho no había pensado nada de eso cuando vio a la pequeña en el piso cubierto de inmundicias. Sabían que Mwezi, su madre, era la joven más bella de la cargazón y que su piel brillaba como si en el cuerpo le hubieran frotado el polvo de la luna. Sabían que ella había perdido a toda su familia y que aun así, había resistido valiente las vejaciones sufridas durante el largo recorrido desde las doradas estepas de la tierra de Antes. La habían visto dar a luz en el barco, sin más ayuda que la de otras pobres mujeres muertas de hambre y de cansancio, habían observado cómo amamantaba a la criatura en la oscuridad, cantándole arrullos cuando la furia del mar o los lamentos de los enfermos perturbaban su sueño.

—¿Cómo no iba a recogerla? ¡La criatura estaba respirando! —le confesó Ñyanga a uno de sus compañeros cuando se acercó a preguntarle.

Tenía razón. Tal vez si otro hubiera estado cerca, también la habría recogido. La recién nacida era una guerrera protegida por Oshún, la diosa que cuida a las parturientas y a los recién nacidos, y a una guerrera no se la abandona, aunque por el momento no pudiera valerse por sí misma.

Al anochecer los blancos llevaron comida. Era mejor que la del barco y comieron con ansias el arroz, el garbanzo molido y el trozo de tocino. Para la sorpresa de todos, cuando la pequeña abrió los ojos intentando adaptarse a la luz y lanzó algunos gemidos, no sólo Ñyanga exhaló un suspiro de alivio, sino todos los hombres y mujeres a su alrededor, que también habían estado pendientes del destino de la criatura.

Carire, una mujer que había parido días después que Mwezi, había perdido a su hijo antes del desembarco. Aunque la criatura estaba exánime y tiesa, la mujer se había rehusado a abandonarlo. Con mirada perdida en el recuerdo de la tierra de Antes le cantaba nanas jurando que despertaría en cualquier momento. No había querido dejarlo en la nao a pesar de las palabras de sus compañeras que quisieron hacerla entrar en razón.

La ilusa, al oír llorar a la niña, sin decir nada dejó el bultito informe en un rincón, arropándolo con cariño, y le ofreció su pecho a Mwezi. Al principio la nena desconoció el cuerpo, el olor, pero luego, chupó, sin poder despreciar el alimento y el calor. Como si aquello significara una victoria para todos, los esclavos batieron las palmas y algunos entonaron cantos de alabanza a Nuestra Señora Oshún.

Acababan de acomodarse entre la paja, intentando conciliar el sueño cuando oyeron los aullidos. Los vientos del norte luchaban con los del este con mucha mayor furia que aquella tarde y lanzaban alaridos siniestros que más parecían las almas de los muertos que sólo el aire.

—Son ángeles vengadores. Son ángeles del mal que la negra que murió esta tarde ha mandado a perseguir a sus asesinos —dijeron los comerciantes de la ciudad que habían presenciado la escena en San Juan de Ulúa.

—Es la furia de Dios Nuestro Señor, que conoce nuestros pecados —dijo el párroco de Veracruz.

—Esto, por la furia del viento norte y todos los vientos de la aguja, se ve que es huracán derecho —dijo el alcalde mayor.

Los cautivos no decían nada. Y aunque pertenecían a diferentes naciones, los arara y los bram, los lucumí y los malavar, los mandinga y los bambara, los mondongo y los carabalí, todos con una sola voz, murmuraban los nombres de Oshún y cantaban juntos para apaciguar su furia.

La lluvia azotaba los techos y aunque el fragor del agua era tremendo, los prisioneros escuchaban a la gente dentro de sus casas encomendándose, con todas sus fuerzas, a aquel dios que les era extraño. Negros y blancos por igual deseaban que amaneciera de una vez y cesara la tormenta.

Pero la lluvia no paró. Al amanecer caía tanta agua del cielo que fue imposible decir misa. Los habitantes de Veracruz se refugiaron en sus casas, con las puertas y ventanas atrancadas y desde ahí, al igual que los esclavos en su barraca, vieron pasar los grandes árboles de los patios y los de los montes que los vientos habían arrancado de raíz.

Unas horas después, el agua iba creciendo de tal modo que el río se salió de su cauce y se metió en todas las calles y plazas con gran ímpetu; las olas se llevaban las construcciones débiles a su paso: las casas de madera, aun las de adobe y hasta las tapias fueron arrastradas por la tempestad.

Ya bien entrada la mañana, el alcalde mayor salió a caballo con los alcaldes y regidores de la ciudad a dar aviso a los vecinos para que buscaran refugio de inmediato, con sus mujeres e hijos. Entre gritos y súplicas al señor de los cielos, salió la gente llevándose lo que pudo de sus haciendas a los médanos y a los montes, porque la crecida del río era inminente. Luego se supo que esa tormenta era mucho mayor a cualquier otra que hubieran visto los blancos trasterrados. Cuando el río se llevó una buena parte de las casas y la ermita se inundó, la gente, aterrorizada, se fue a todo correr, dejando las mercancías atrás, sin importarles perder todo.

Para la tarde, el río iba muy crecido por las calles, a la altura de un hombre y a veces de dos; anegó las plazas y derribó las bodegas donde estaban las mercaderías:

por las calles iban nadando las pipas de vino, los barriles y botijas de aceite y vinagre, cajas de jabón y otras muchas mercaderías. Dicen que todo fue a parar a la mar; ahí las riquezas de los blancos se perdieron o quedaron enterradas entre los médanos.

En medio del maremágnum, los comerciantes de esclavos llegaron a liberarlos rompiendo las puertas. Ya el agua había anegado el almacén y los negros habían tenido que subirse a los escasos muebles. Casi todos se salvaron en las barcas que los llevaron a los médanos y tierra adentro. Desde ahí pudieron ver —arrimados unos contra otros, ateridos, empapados— cómo había quedado la villa: totalmente inundada, de tal modo que parecía que el mar había cubierto las sabanas y campos por más de dos leguas; y por el río iban tan grandes las olas, que eran mayores que las que solía hacer la mar cuando andaba en muy gran tormenta, con un fragor que producía pánico. Así pasaron la noche, guarecidos en el precario refugio de los floripondios y las madreselvas.

Esa noche el alcalde mayor anduvo por las calles en una barca grande recogiendo a cantidad de hombres, mujeres, niños y esclavos que se quedaron en los techos de sus casas y que no se salieron al monte creyendo que la corriente no iba a ser tan grande como fue.

Las mujeres y a los niños lloraban y daban de gritos en los tejados, pidiendo misericordia a su dios para que los librase de tan gran borrasca y de muerte tan espantosa. Algunos jóvenes valientes anduvieron en las canoas sacando a la gente de sus casas, a los enfermos, mujeres y niños. Por momentos el agua entraba a las barcas, inundándolas y llevándose a su paso cofres con joyas, sacos de doblones y todo lo que sus dueños habían llevado consigo. Luego se supo que el agua entró hasta la iglesia, incluso hasta el altar mayor, pero la creciente no alcanzó ni llegó, por milagro, al tabernáculo dorado donde estaba el Santísimo Sacramento.

Amaneció el domingo en los médanos y todavía el cielo estaba nublado. La creciente del río seguía a toda velocidad su camino. Era tan grande que rompió los médanos que estaban en lo bajo de la ciudad yendo para la mar, a la banda del norte, junto con los árboles que ahí había. No habrían bastado fuerzas humanas de ningún príncipe cristiano ni pagano para mover los montes de arena, pero el río pudo con todo, abriendo así una nueva boca de agua.

Los habitantes de Veracruz apenas podían creer a sus propios ojos tan gran fortuna: si los médanos no se hubieran roto media legua más allá de la villa, la creciente habría subido a tal altura que todos los guarecidos en la escasa altura de los montes se habrían ahogado, porque la creciente era mucho más alta que aquel refugio. Con la nueva salida al mar, en el transcurso de pocas horas la corriente fue bajando, y entonces aparecieron los destrozos.

La iglesia y el sagrario estaban llenos de cieno. Casi toda la ciudad quedó azolvada de arena y lama, los instrumentos de labranza enterrados, así como barriles, botijas, cazos y otros enseres. La mayor parte de las casas, incluso las de piedra, se había caído, y las que quedaron estaban tan mal paradas que no se podía vivir en ellas ni recoger las mercaderías de España; por en medio de algunas de ellas, el río había hecho corriente, inutilizando las huertas y los solares. Las barcas de descargo estaban hechas pedazos y las chatas y bateles se habían perdido, así como una buena parte del ganado.

En el puerto de San Juan de Ulúa once navíos se fueron de lado, a pesar de estar bien amarrados. El viento estrelló en la costa a un par de galeones de veinte quintales al servicio de Su Majestad; la furia del mar echó tan profundamente en tierra a un navío de doscientos toneles, que se podía entrar en él a pie. No escaparon tampoco de la tempestad dos barcas del trato de Tabasco, cargadas de cacao.

La mar y el viento echaron sobre la isla a un navío del trato de Yucatán, cargado de vino, metiéndolo de un solo golpe por un costado de la venta, así entero como estaba; después los elementos, en su furia, deshicieron la nao y se llevaron todo. Dentro de aquel lugar se guarecían los marineros que acababan de desembarcar del *Madredeus,* que en pocos minutos desaparecieron en el fragor de las olas.

El huracán destrozó las casas que había en la isla; mucha gente se ahogó y en la banda de tierra firme el viento derrocó almacenes y atarazanas en construcción. En la techumbre de las casas que quedaron en pie sólo se salvaron los esclavos.

Los escasos sobrevivientes vieron lo indecible. Las barcas de cargo y de descargo eran juguete de la tormenta: una de ellas voló por los aires, por encima de la torre de la iglesia que estaba en construcción. La mar traía en peso por media isla un ancla de hierro y la fue a dejar allí; mientras que el capricho de la tormenta llevó a tierra firme una campana de la isla. Y lo más horrible fue que la mar desenterró muchos cuerpos muertos y los puso sobre la tierra.

—La perdición de esta ciudad ha sido tan grande, así en ella como en las haciendas y mercaderías, que no se ha visto ni oído otra semejante de mil años a esta parte... —dijo el escribano de Su Majestad.

—Por estar el Santísimo Sacramento en la iglesia no se acabó de perder todo... —afirmó el alcalde ordinario.

—Dios Nuestro Señor fue servido de castigarnos a todos con la pérdida de las haciendas y casas, y dejarnos las vidas, para hacer penitencia de nuestros pecados... —susurró el vicario.

—Si la creciente hubiera comenzado de noche, como comenzó de día, no se habría escapado hombre ni mujer ni criatura de todo este pueblo —dijo el estantero.

Pero los esclavos sabían que había sido la furia de Oshún, que protegía a sus hijos; era sin duda *Owa yanrin wayanrin kowo si*, la que extrae la arena del río y en ella entierra las riquezas.

Al principio sólo fueron unos cuantos, luego se les unieron más, hasta que todos levantaron las voces a la luz de las hogueras para apaciguar el espíritu de Mwezi, que velaba por su hija y que los había protegido de la furia de la diosa del río. ¡Estaban vivos! En una tierra extraña rodeados de extraños hombres que adoraban a dioses no menos extraños, pero ¡estaban vivos!

Tomó años y mucho trabajo de libres y esclavos reconstruir la ciudad. Volvieron a hacer las casas con madera y con techos de tejamanil, incluso la de Contratación y el Cabildo. Rehicieron con adobe y piedra las iglesias y el hospital; pusieron en pie las grandes vigas de los almacenes y libraron del cieno todo lo que pudieron, quemaron los enseres inservibles y a los animales muertos. Pusieron a flotar las naos y enterraron los cadáveres de los ahogados que no se llevó la mar. De los enormes árboles que el viento dejó sobre los médanos, hicieron nuevas chatas, listas para el embarco y desembarco de mercaderías.

Veracruz permaneció junto al río, parcialmente segado con los árboles que arrastrara la corriente hasta la desembocadura, a pesar de la dificultad de trasladarlo todo hasta los almacenes. Poco a poco los comerciantes de tierra adentro volvieron a llenar las calles y las plazas con su algarabía y sus productos de lejanos lugares.

En cuanto volvió la calma, los tratantes de esclavos marcaron a los recién llegados con hierro candente, el famoso "calimbo de fuego" para reconocer su origen y a sus dueños. ¡Cómo olía a carne chamuscada el aire! ¡Qué gritos los de las mujeres! ¡Cuánto dolor el de todos! Los esclavos llevaron hasta su muerte la marca en alguna parte del cuerpo, y el mero recuerdo del día de oprobio aquel hacía que regresara el dolor.

A algunos los subastaron en medio de la plaza y luego se los llevaron a ciudades lejanas cuyos nombres les resultaban todavía incomprensibles: México, Puebla de los Ángeles, Nueva Galicia y Antequera del Valle de Oaxaca. Otros estaban destinados a los ingenios, como el de San Andrés Tuztla, o a las labores del campo. Los menos se quedaron en Veracruz.

Ñyanga, la pequeña Mwezi y su madre adoptiva, Carire, fueron adquiridos por un comerciante para los trabajos domésticos. A pesar del trabajo pesado y las calores, se sentían afortunados: el amo, un genovés de buen talante nunca fue cruel con ellos y la vida se deslizaba apacible después de la tragedia.

Se fueron acostumbrando a la actividad del puerto, que era como el oleaje: en febrero, mayo, junio, septiembre y diciembre, cuando arribaban las flotas españolas, todo era conmoción; las calles sombreadas se llenaban de gente de toda laya: tratantes, arrieros, carroceros..., sus esclavos indios de trajes multicolores y los negros altivos; las negras libres con vestidos traslúcidos y joyas doradas esperaban a los marinos en las tabernas, y las tiendas se llenaban de olores, colores y texturas nunca antes vistas.

Mientras que en enero, marzo, abril, julio, agosto, octubre y noviembre, los meses de mínima actividad, sólo se escuchaba el viento entre los almendros, los naranjos, los tamarindos y los mangos que no se había llevado el temporal, el rumor de los cangrejos invadiendo con pasos cautelosos todas las calles desde la playa, el croar de los sapos que llovían del cielo con cada gota, así como el zumbido de los mosquitos y los jejenes, cuyo ir y venir no cesaba jamás.

En ese lento y rítmico trajinar se les fueron los años, Ñyanga veía crecer a Mwezi, que se convirtió en una hermosa joven con el cuerpo duro, como había sido su madre; se ocupaba de la limpieza y de la cocina en la casa del genovés. Dada su belleza y altivo porte, además de que había pocas mujeres blancas en Veracruz (casi todas preferían vivir en Xalapa, ciudad más fresca y menos insalubre), pronto comenzó a ser codiciada por los hombres, tanto esclavos como amos; pero ella sólo tenía ojos para Ñyanga: el adolescente flacucho y desgarbado que también había perdido a su familia, a su aldea completa en la tierra de Antes, se había transformado en un mancebo alto y bien dotado, que hacía honor a su nombre: cazador. Mwezi conocía su historia, así que guardaba una profunda gratitud por su salvador, pero tenía en su corazón otro sentimiento: cada vez que espiaba a Ñyanga bañándose en el río, ardían en sus ojos las brasas del deseo.

Después del trabajo diario, mientras Ñyanga cabeceaba en la hamaca del cobertizo, oía entre sueños los relatos y las consejas de las esclavas reunidas en la cocina; le llegaban desde el otro lado del sopor los murmullos entreverados con el olor del ajo y del epazote, con el aroma de los jazmines que traía el viento. Surgían las historias de los guerreros bambaras y de los viejos dioses de la ciudad de Ifá. Luego venían las revelaciones: los secretos del cuerpo y del corazón.

—Para conquistar a Ñyanga tienes que vestirte de amarillo y hacerle un tributo a nuestra señora Oshún.

—*Oshún kole*, el camino de la seducción.

—Habrá que llevarle flores amarillas a la desembocadura del río.

—Mejor conseguimos un corazón de colibrí, le robamos a Ñyanga unos cuantos rizos, lo tostamos todo junto y le das el polvo en el chocolate.

—Ñyanga me mira más que a ustedes, Ñyanga me desea también —el joven oía la voz de Mwezi antes de perderse en el sueño vespertino, y sabía que tenía razón.

A pesar de que todos los esclavos tenían que ir a misa y adoptar costumbres de cristianos, los sábados por la noche, arropados por las tinieblas, los esclavos y negros libres se dirigían a la desembocadura del río Huitzilapan, a la playa de Chalchihuecan, a rendirles tributo a los orishas, sobre todo a Oshún y a Yemayá. Allí encendían las hogueras y tocaban los tambores rituales, los cordófonos y las sonajas de bronce, que luego mantenían escondidos en el manglar.

Las mujeres recuperaban su identidad original, despojándose de los nombres y de las ropas impuestas por los blancos: las Marías, las Asunciones, las Purísimas Concepciones se quedaban abandonadas con las naguas y las blusas, dejando al aire los senos, las prometedoras caderas, las nalgas firmes, los tobillos adornados de argollas y campanillas, y los pies alados.

Una de esas noches, en lo más álgido de la celebración, los ojos de Ñyanga y Mwezi se encontraron y brillaron como nunca a la luz de la fogata. Se encaminaron, sin decirse nada, hasta donde nadie pudiera verlos y se amaron con el fuego contenido de tantos años y la certeza de la pasión compartida.

El sudor, el calor del fuego, la arena, el latir lejano de los tambores, los lengüetazos de las olas que vinieron a acariciarlos hasta su lecho de algas moribundas, la caricia de la Señora de las Faldas de Jade, todo contribuía a acrecentar la pasión; cuando parecía amainar, de nuevo las sonajas de bronce, todas a un tiempo, llamaban a los espíritus tutelares y se avivaba el fuego con nuevos ímpetus hasta que el viento del oeste trajo a la playa las campanadas llamando a la misa del domingo.

¿Quién iba a decir que la felicidad les duraría tan poco? Apenas la hija de la pareja tendría unos meses de nacida, cuando una madrugada lluviosa de septiembre, las campanadas de la iglesia los despertaron a todos. Soplaba el viento del norte y los hachones del alcalde mayor y otros vecinos apenas se mantenían encendidos en la plaza principal. Fueron llegando los comerciantes y los esclavos, los tratantes de Tierra Adentro y las mulatas libres.

Diego de Yebra, un poderoso dueño de mercedes de ganado, encabezaba la reunión. Era un andaluz de ojos muy verdes y nariz afilada. Se notaba que se había vestido de prisa, pero estaba completamente armado.

—Vecinos de Veracruz —empezó con voz potente—: vuestro nuevo virrey, don Martín Enríquez de Almanza os reclama. San Juan de Ulúa está amenazada por los corsarios ingleses que se han atrevido a amarrar sus galeones junto a la flota de Nuestra Majestad. Ahí, en la nao capitana, ha llegado el virrey que habrá de gobernarnos a partir de ahora. Esos bucaneros herejes no deben intimidarnos, tenemos que defender nuestras tierras y nuestra religión. ¿Quién está conmigo?

Esclavos y libres gritaron al unísono, contagiados por la emoción de la aventura. La multitud repetía que habían llegado los piratas y que había que salir a defender al rey. Ñyanga y los otros esclavos se fueron siguiendo a su amo genovés, que puso a disposición de Yebra sus chatas, sus negros y sus armas. Antes de que rompiera el alba, un ciento de hombres listos para el combate había abordado las barcas de descargo.

El primer combate. El amo les proveyó de mosquetes y alcartaces de pólvora aunque nunca habían disparado. Allá se fueron los esclavos detrás de los oficiales españoles de la flota, que arremetieron contra uno de los tres galeones piratas, mientras que los temibles corsarios John Hawkins y Francis Drake huían derrotados, sin haber imaginado jamás un ataque de tal magnitud, dejando tras de sí decenas de muertos y algunos prisioneros.

Los defensores del virrey Almanza volvieron a Veracruz dos días más tarde en romería, borrachos todavía, después del festejo por tan espectacular victoria. Se sentían poderosos, habiendo vencido a tan temibles bucaneros, aunque en realidad ellos no hubieran hecho más que ayudar en el saqueo del *Jesus of Lubeck*, abandonado por los piratas. Junto a la euforia del combate, algunos de ellos conocieron también el dolor. Aunque del lado español había poco que lamentar, uno de los muertos fue el bondadoso amo de Ñyanga y Mwezi, llorado por todos. Como el difunto tenía deudas, sus esclavos pasaron a manos de un comerciante cruel: don Juan de Piñera.

Muy lejos quedaron entonces las tardes de consejas en las cocinas olorosas a ajo y a romero, a hoja santa y a epazote. Muy lejos los recuerdos del latido del tambor vibrando al compás de las olas en Chalchihuecan.

Mwezi fue obligada a trabajar en el campo y a Ñyanga lo llevaron a San Juan de Ulúa, a descargar el azogue que le envenenaría la piel. Muchos esclavos encargados de aquel trabajo habían muerto de hidrargiria por el contacto con el metal, y el joven sabía que no le esperaba mejor destino, a pesar de los amuletos que las mujeres hicieron para él, con tripas de gato y hierbas que iban a recoger al monte el primero de marzo.

La desgracia se ciñó sobre ellos: varios de sus amigos murieron pronto cargando el metal, a Carire la azotó el amo por una tontería y murió de las infecciones, y en cuanto la hija de Ñyanga y Mwezi cumplió tres años, don Juan de Piñera la vendió para que no distrajera a la madre, a quien él deseaba más que nada.

Aprovechando la ausencia de Ñyanga, don Juan llevó a Mwezi hasta su cama y gozó de su piel de luna, del sabor de sus pechos de miel, de la cadencia de su grupa de potranca en celo, amenazándola con matar a su amado si se resistía. Tanta era la confianza del comerciante en la ausencia del joven y en el sometimiento de la mujer, tanto era el deseo por ella, que comenzó a buscarla entre las sementeras y en los graneros, donde la hacía suya entre los aperos de labranza a pleno día.

Eso le contaron las mujeres al terminar el descargo. Lo estaban esperando en el muelle del río. Y Ñyanga sintió renacer del fondo del recuerdo la tierra de Antes, el ímpetu del guerrero, del cazador; llevaba el ánimo encendido. De su escondite en las barracas que habitaban sacó el puñal que había conservado tantos años, dispuesto a jugarse la vida con tal de acabar con la del amo. Los encontró en el granero: entre la paja, el amo abusaba de Mwezi, que se había cansado de gritar y resistirse.

Cuando el mercader alzó la vista, se encontró con la furia de Ñyanga, que se le echó encima, azuzado por los gritos de todos sus compañeros, que permanecían en la puerta detrás de él, por si alguien de fuera se acercaba. Piñera se defendió como pudo y cuando logró despojar a Ñyanga de su arma, con grandes voces llamó a los vecinos, mientras competía con él por encontrar el puñal entre la paja.

Antes de que nadie supiera qué había pasado, Mwezi clavó el puñal en el pecho de su agresor, que después de agitarse entre estertores en busca de aire, se quedó al fin quieto. Ante el asombro de todos, la muchacha exclamó resuelta:

—Vámonos, huyamos o nos matarán a todos.

Los amigos asintieron en seguida: sabían que tenía razón. Ñyanga tomó la mano ensangrentada que Mwezi le ofrecía y salió con ella a todo correr hasta alcanzar el río; otros esclavos se les unieron rumbo a la chata que los llevó hasta la banda de tierra frente a San Juan de Ulúa. Iban armados: los amigos se habían robado los mosquetes y los pistolones de sus amos, y gracias a la batalla contra los piratas, no tenían ya ningún miedo de usarlos.

Las mujeres que se quedaron en la Vera Cruz guardaron el puñal donde los blancos no pudieran encontrarlo y le prendieron fuego al granero, como distractor de la huida de tantos esclavos y como escarmiento para los amos crueles.

Los cimarrones tomaron el camino nuevo, tierra adentro hasta la sierra de Omealca. Y ahí vivieron de los frutos de la montaña y de asaltar a los viajeros que subían hacia Orizaba. Pronto se convirtieron, con sobrada razón, en el terror de los blancos.

En tiempo de lluvias, cuando los sapos parecían brotar de cada gota y se oían a lo lejos los tambores yorubas de los cimarrones al amparo de las sombras, cundía el pánico: el viento del norte llevaba a todos los pueblos de la costa de Sotavento los susurros que los esclavos compartían frente a las hogueras:

—Un día Ñyanga y su lugarteniente van a regresar a liberarnos a todos.

—Ñyanga es el hijo favorito de Shangó, nadie podrá vencerlo.

—Ñyanga vendrá con la guerrera Mwezi, la hija querida de Oshún y matará a todos los blancos, ahogándolos en su propia sangre.

En las noches en que la luna surgía de entre las olas con un resplandor amarillo que se convertía en rojo, haciéndola lucir como si estuviera ensangrentada, los blancos tomaban sus rosarios y se encomendaban al Altísimo, fuera en Orizaba o en Xalapa, en la banda de tierra o en la isla de San Juan de Ulúa, repitiendo en un marasmo de terror:

—El negro Ñyanga y sus cimarrones siguen al acecho desde su palenque en las montañas.

—Quiera Dios Nuestro Señor que se apacigüe la furia de esos esclavos huidos y que la Santísima Virgen nos proteja de su encono.

La letanía del rosario podrá concluir, pero el canto lujurioso de las chicharras en la maleza, el oleaje de la mar, el susurro de los cangrejos llegando hasta las casas y, sobre todo, el latido de los tambores que salía de todas y de ninguna parte seguiría ahí, recordando a los blancos que Ñyanga y Mwezi estaban sueltos, y con ellos, la furia lúbrica de la madre tierra.

II
Réquiem

Xalapa. Época actual, julio

"No soy la Mulata de Córdoba", solía decir su madre cuando la pequeña Lilia le pedía más de una cosa al mismo tiempo. Cuando la niña sentía que Selene estaba de nuevo tranquila, le rogaba que le contara la historia, una y otra vez, hasta que se quedaba dormida en sus brazos, soñando que se iba hacia lugares ignotos en un navío fantástico.

Lilia no acababa de entender por qué se le había venido a la memoria esa historia aquella tarde, en esas circunstancias. Apenas unas horas antes su vida le pertenecía enteramente. Era una profesionista exitosa, por fin había logrado tener suficientes proyectos para alcanzar la independencia económica, daba clases en una universidad de prestigio, vivía en una de las ciudades más interesantes del mundo, podía viajar con cierta frecuencia, ya que su trabajo comenzaba a ser reconocido más allá de las fronteras y se había negado las relaciones personales complicadas y llenas de ataduras.

Salía de una reunión de trabajo en la universidad cuando sonó su celular. Un número desconocido. El aparato sonaba irritante mientras ella hacía maniobras con el portafolio, el paraguas y las llaves del coche para alcanzarlo.

—¿Lilith? —preguntó una voz femenina del otro lado de la línea.

Aquel nombre la dejó sin aliento. Sólo su madre la llamaba así. La familiaridad le molestó en una desconocida.

—Habla la doctora Lilia Olavide, dígame —respondió con rudeza.

—Me llamo Lisa, soy amiga de tu madre.

La voz quebrada por el llanto dijo las cosas de tal manera que a Lilia le temblaron las piernas. Los objetos que traía en las manos cayeron al suelo junto con el teléfono. El portafolio se abrió y vació su contenido sobre el mosaico. Ella misma se desplomó al pie de la columna y su pensamiento se convirtió en una niebla de estímulos desordenados. Comenzó a recoger los fólders, los lápices y las plumas que se habían regado por el pasillo como si ese orden externo pudiera devolverle el de su cabeza.

Su madre estaba muerta.

Al cabo de unos minutos el teléfono volvió a sonar y la devolvió a esa realidad en la que se negaba a estar. La amiga informó con autoridad, dio instrucciones.

Todo parecía indicar que la habían asaltado en la carretera, la habían dejado en el bosque con quién sabe cuántas balas en el cuerpo...

La voz seguía diciendo cosas, hablando de "los hechos", de las "averiguaciones previas", pero Lilia dejó de escuchar otra vez. Quería decir algo, sin embargo, estaba helada, sentía que los labios no la obedecían; quería hacer callar a aquella mujer que en medio de sus sollozos podía hablar con tal coherencia. Desde muy lejos, detrás de una bruma espesa, seguía llegando la voz:

—La trajimos hasta Xalapa, pero tienes que venir tú, eres su única familia; nosotros no podemos hacer ya nada.

¿Su única familia? Era verdad. Estaba su padre, pero se había separado de Selene hacía más de veinte años. Y si en vida su madre no tenía derecho a pedirle nada, en la muerte no sería justo requerir su presencia; la hermana de su madre estaba enferma y vivía en Europa. Sólo Lilia podía hacerlo.

Un compañero de trabajo apareció en el pasillo solitario, corrió hacia ella y la ayudó a ponerse en pie. La llevó hasta su coche y él mismo la condujo hasta su departamento. No estaba acostumbrada a ser objeto de las consideraciones de sus colegas, pero se dejó llevar dócilmente hasta el sillón de la sala y apuró a grandes sorbos el whisky que su amigo sirvió para hacerle volver el alma al cuerpo.

—¿Quieres que llame a alguien? —preguntó el hombre.

Lilia negó con la cabeza. Poco a poco el alcohol le hacía regresar la sangre a las mejillas y recuperar el habla.

Cuando se quedó sola, una sensación de incredulidad la invadió. El péndulo del reloj que había pertenecido a su abuelo seguía oscilando y produciendo el mismo tic-tac a veces tan tranquilizador y a veces tan fastidioso; el libro que había dejado abierto sobre el sillón, la pila de materiales que había estado consultando la noche anterior, todo seguía ahí. El vaso con los restos del whisky sobre la mesa de centro le hizo saber que no todo era exactamente igual al día anterior, a esa misma mañana, cuando había salido del departamento agitada por los pendientes. El tiempo había pasado: éste era el día en que habían matado a su madre.

Llamó a Rogelio, con quien había convenido en cenar esa noche. Cuando tenían tiempo y ganas de verse, se llamaban y compartían una cena, el vino, la cama, sin ataduras, sin expectativas. Ella lo había querido así.

Las palabras cálidas y tiernas en el teléfono tenían el matiz de la preocupación sincera. Él ofreció apoyo y compañía:

—Voy para allá. Te acompaño a Xalapa.

—Es algo que debo hacer sola.

Nunca había querido someterse ante ningún hombre, comprometerse. Como la primera mujer de Adán, Lilith, en honor de quien llevaba el nombre, ella había hecho de su independencia absoluta casi una religión. Algo más que debía a su madre: para bien y para mal, con el nombre, con la leche, con el ejemplo diario, incluso con el abandono, le había trasmitido la rebeldía, la independencia. Y ese nombre extraño era otra de las cosas que, por unirla a su madre, quiso hacer desaparecer: a los dieciocho se había convertido en Lilia y así la llamaron todos desde entonces.

Sola, su sombra oscura emprendió el viaje esa misma tarde en el coche. No había encontrado lugar en el avión que llegaba a Xalapa y tampoco en los vuelos de la tarde al puerto. No habría podido tolerar la inmovilidad de las largas horas en el autobús; además, se sorprendió pensando en medio del pasmo, allá necesitaría un coche.

Le tomó varias horas arreglar asuntos pendientes, echar un par de cosas a la maleta y cancelar reuniones de trabajo. Apenas salió a la carretera a media tarde. Con todo, siempre la habían tranquilizado las largas horas de manejo en carretera, al igual que a su madre: sería un buen tributo a aquella mujer valiente y aventurera que le había enseñado a edad muy temprana las delicias del camino.

En la cuesta de Río Frío se le hizo un nudo en la garganta. Cuando era pequeña, su madre le contaba la historia de los famosos bandidos que asolaban aquella región desde el siglo XIX. Le narraba las aventuras de los viajeros obligados a cruzar esos parajes entre México y Veracruz. ¡Cómo recordaba, narrado por su madre con diferentes voces, el episodio de las cantantes de ópera que fueron forzadas a entretener a los rudos malhechores en medio de los bosques!

Cuando finalmente leyó la novela años más tarde, agradeció los excesos de su madre porque la dejaban con la fascinación de las palabras, y a la vez los deploró porque la realidad nunca se acoplaba a ellos. ¡Y vaya que muchas veces los hechos objetivos no lograban coincidir con la "realidad paralela" de su madre!

Lilia había elegido la ciencia: lo tangible y lo palpable, el peso del cerebro, las acciones de los medicamentos sobre las células, tal vez para conjurar las historias de chaneques que vivían en las selvas húmedas cerca de Catemaco; de las jóvenes que se habían convertido en sirenas por bañarse en jueves santo y que se robaban a los pescadores de la Laguna de Alvarado; de la Llorona que llamaba a sus hijos flotando sobre los ríos; de las brujas de Sotavento que volaban por los aires en la madrugada y se chupaban a las niñas desobedientes...

Aquel camino, como otros muchos del país, estaba lleno de recuerdos, de fantasías que a aquella mujer, entonces en sus treintaytantos años, le gustaba desplegar delante de su hija. A Selene le gustaba manejar y llevar a Lilia en largos viajes por tierra, sin mapas, sin reservaciones ni planes, sólo con las maletas, una hielera llena de cervezas y un pequeño cargamento de casetes. Entonces, cantaban a gritos como ahora lo hacía ella, sólo que ahora no gritaba las canciones de protesta: sus gritos tenían la función de acallar la angustia que empezaba a acecharla.

No todos los recuerdos eran buenos —como cuando se quedaron sin hotel en un pueblucho del sur y tuvieron que dormir en el auto, o cuando acamparon en una playa desierta y fueron atacadas por cerdos al amanecer—, y cada vez que Lilia pensaba en ella, le asaltaba una incómoda sensación contradictoria que era a la vez amor y rabia.

Su madre había sido una mujer desenfadada, rayando en irresponsable; bebía demasiado para el gusto de su hija y nunca había ocultado sus romances. ¿Cómo era que Selene se había atrevido a irse sola con su hija de diez años a acampar en una playa? ¿Cómo era que no llevaba un mapa?

El colmo fue un día en que se perdieron y fueron asaltadas, como aquellas cantantes de ópera, en un camino solitario de la sierra. Pero los bandidos reales no se conformaron con oírlas cantar en la espesura del bosque: se llevaron todo lo que traían y arrastraron a su madre hasta una cueva, Lilia la oyó pedir auxilio, sujeta a su vez por dos delincuentes que abusaron de ella. Pero a Lilia no le importaba el dolor, sentido con tanta intensidad a sus doce años, ni la vergüenza al verse desnuda en la hierba: quería salvar a su madre, evitarle aquel ataque.

Selene apareció una eternidad después, arrastrando los pies y con la ropa desgarrada. Cuando Lilia la abrazó, con el terror pintado en la cara, Selene le murmuró al oído, enjugándose las lágrimas: “A ver quién encuentra primero el camino al pueblo”, como si nada hubiera pasado, como si todo hubiera sido parte de la aventura. Al recordarlo ahora, tantos años después, Lilia metió el acelerador a fondo para no llorar.

A medida que iba avanzando a toda velocidad por la autopista, con el *Réquiem* de Mozart a todo volumen para no pensar, para no sentir, para sólo ser una unidad con el latido profundo de las voces, de los metales, de las percusiones, la calma se iba adueñando de ella. Una sucesión de montañas protectoras le iba haciendo compañía: el Popo y el Izta, adormilados en la bruma de la tarde, la Malinche después, cubierta por los rayos del sol moribundo. Luego vendrían el Pico de Orizaba y el Cofre de Perote aunque apenas podría adivinarlos en el terciopelo cobalto del cielo. Detrás, una cama de nubes parecía asegurarle que nada, nada era cierto, que Selene no había muerto y que su cadáver no estaba esperándola en una mesa fría de la morgue en Xalapa.

Iba subiendo la cuesta hacia Perote, apenas cruzando los límites de Puebla hacia Veracruz, cuando vio la silueta de una montaña —cono perfecto como un pecho femenino— que se perfilaba en la oscuridad, desafiando las nubes. Un recuerdo más acudió enseguida: su madre había rebautizado esa montaña cuando pasaron al pie de ella hacía una eternidad:

—¡Cihuatilwitépetl! —volvió a escuchar la voz de su madre desde el recuerdo, con el mismo entusiasmo de entonces, como si acabara de descubrir la Antártida—. Es demasiado bella para llamarse Cerro Pizarro, ¡hazme el favor! Desde hoy se llama la Montaña de la Mujer del Cielo.

—¿Uno puede cambiarle el nombre a una montaña? —se recordó a sí misma preguntando.

—¡Por supuesto! Y también puede regalarlas, pero no venderlas. La Mujer del Cielo es mi regalo para ti.

Al recordar aquella escena, los ojos de Lilia se llenaron de lágrimas que no dejó brotar. ¿Cuánto tiempo había pasado desde que las dos mujeres recorrieron la región por caminos secundarios, sin que existiera todavía el proyecto de la carretera por la que ahora transitaba?

Entonces apareció la luna. Primero era sólo una luz ambarina que se abría paso entre las nubes, pero luego, al quedar libre de los nimbos justo encima de la montaña, surgió el círculo perfecto de una luna llena, amarilla, teñida de rojo como si hubiera recibido un baño de sangre. La joven se estremeció y volvió a acelerar a fondo, internándose a toda marcha en el bosque de yucas.

Llegó a la ciudad casi a la media noche y dos mujeres entradas en años la estaban esperando afuera del edificio del forense. Lisa y Esperanza eran las amigas de su madre, sus compañeras de lucha y vecinas; aunque en sus rostros ajados se notaba el dolor y la rabia, había serenidad en sus voces. Las acompañaba Fernando, un joven abogado que se ocupaba de adelantar lo más posible el papeleo. Aunque no llovía, soplaba el viento, se anunciaba una tormenta.

Las amigas de Selene la guiaron a través de los lúgubres laberintos hasta entrar al cuarto donde la tenían.

Ahí, sobre la mesa de azulejo, estaba una bolsa negra que albergaba el cuerpo de su madre. ¡Una bolsa! Un bulto informe que al abrirse dio paso a la realidad terrible: era su rostro, aunque más envejecido de lo que su hija lo recordaba, su cabello ondulado todavía era abundante, aunque ya totalmente cubierto de canas... Llevaba una falda larga y amplia de algodón, rasgada, sucia, cubierta de sangre, así como un huipil bellamente bordado que había quedado hecho pedazos.

"En cualquier momento abrirá los ojos", pensó, "en cualquier momento se reirá de nosotros y dirá que todo fue una broma macabra".

No podía dejar de mirarla, esperando el momento, el gesto, el movimiento apenas perceptible que le dijera que estaba viva. Las mujeres la sacaron de ahí y le pusieron en las manos un vaso desechable de café hirviendo.

Interrogó a todos los presentes: a las amigas, al abogado, a los policías y a los agentes del ministerio público, que sin expresión en sus rostros morenos de piedra respondían con datos sueltos, como piezas de distintos rompecabezas que nada tenían que hacer juntas. Y ella volvía a preguntar, aparentemente calmada, con minuciosidad científica: quería explicaciones, datos claros, respuestas.

Su madre había salido sola con rumbo a la Ciudad de México un par de días antes, de la misma manera que lo había hecho muchas veces: conocía la carretera a la perfección y era muy buena al volante, pero esta vez no llegó a su destino. El auto balaceado apareció en una cuneta por la hacienda de Los Molinos y su cuerpo había sido encontrado en un cruce de caminos de terracería en medio del bosque, cerca del pueblo de La Joya, a menos de veinte kilómetros de Xalapa; el cadáver estaba perforado por las balas y sobre el pecho de la muerta, había una gallina negra degollada: parte de la sangre que teñía sus ropas era del animal.

¿Por qué ella? ¿Por qué así? ¿En qué lío monumental se había metido su madre esta vez para acabar de aquella manera? No era una mujer rica por quien pudieran pedir rescate, no estaba metida en política, sólo era... ¿Qué era? ¿Qué hacía su madre exactamente? Se sorprendió de no poder responder con precisión.

A cada momento llegaba más gente, amigos, vecinos, compañeros de la asociación a la que Selene pertenecía. Lilia estaba asombrada y no alcanzaba a reaccionar ante las muestras de apoyo, las manifestaciones de repudio a la violencia, los insultos contra las autoridades, que no dejaban de hacer preguntas, viendo sospechosos en todas partes, intentando inculpar a su madre de algún delito que explicara su muerte.

Pasó la noche y la mañana del día siguiente entre una oficina y otra, interrogatorios y trámites, en medio de un aguacero torrencial que se desató desde la media noche. No pudieron llevarse el cuerpo de las oficinas del forense ya que era necesaria la necropsia.

En un momento en que la violencia había escalado y había más de un cadáver esperando en las mesas de azulejo del anfiteatro y hasta en los pasillos, ¿iban a investigar hasta el fondo quién había atacado a su madre? Lilia empezó a sentir, junto a la rabia, latigazos de impotencia.

Caía la tarde del día siguiente cuando por fin Lilia llegó a la casa de su madre, guiada por Lisa y Esperanza, quienes después de llevarla a comer a un restaurante del camino a la orilla de un río crecido, la acompañaron hasta la casa. Lisa abrió la puerta y le entregó la llave.

—Trata de descansar un poco —le dijo con voz suave—, llevarán a tu madre a la funeraria hasta la noche. Nosotras nos ocuparemos de todo. ¿Quieres que me quede?

Negó en silencio.

—Entonces vendré más tarde para que vayamos juntas. Habrá que llevar la ropa que Selene va a usar.

—Prefiero que tú la escojas. Tú sabes mejor lo que ella querría... —no terminó la frase, el nudo en la garganta se lo impidió.

La casa era pequeña, aunque no se sentía opresiva. Estaba situada en medio de un jardín y rodeada por otras casas similares, del mismo estilo rústico-campestre que al parecer era el característico de la comunidad de La Pitaya. Grandes ventanales permitían una integración con el exterior y los adornos que su madre había situado con gracia entre los libros y los discos conformaban una atmósfera acogedora.

Un relámpago hizo parpadear las luces y Lilia pensó que no debió haber ido sola, por un momento se arrepintió de haber rehusado la compañía de Rogelio. No debió haberse quedado en aquella casa tan llena de su madre. Era una intrusa, una presencia ajena en esas habitaciones cubiertas con tapetes, con pinturas y con libros. ¿Querría su madre que ella estuviera ahí, tocando sus cosas, durmiendo en su cama, escuchando la lluvia caer a cántaros sobre su tejado?

Un ruido en la cocina la asustó: una puertecilla bamboleante había dejado paso a un gato de pelo amarillo, brillante por la lluvia. Debió haber esperado esa presencia y su propia sorpresa le entristeció porque era un indicio de cuánto había olvidado los gustos y las manías de Selene. Los ojos verdes del animal empapado la miraban con intriga. Lilia lo secó con un trapo de cocina, a pesar del miedo que le provocaban esos seres misteriosos con los que siempre había tenido que competir por el cariño de su madre.

Había leche en el refrigerador, así como otros alimentos y al verlos, a Lilia de nuevo se le hizo un nudo en el estómago: Selene ya nunca comería lo que ahí había quedado. Se quedó un rato en silencio, con la puerta del refrigerador abierta, hasta caer sentada en uno de los equipales del antecomedor, como muñeca sin cuerda, queriendo que salieran las lágrimas, sin lograrlo.

El gato se acercó a lamer su mano y eso la trajo de regreso. Llenó de leche tibia el plato del felino, que la apuró con rápidos lengüetazos. ¡Ojalá que algo tan sencillo, tan elemental como la leche tibia pudiera consolarla a ella también!

Y luego, de vuelta a las llamadas. Las voces de sus parientes sonaban tan lejanas... Luisa, la hermana paralítica de su madre, que vivía en París, combinaba las maldiciones —mitad en español y mitad en francés— con preguntas que ella no podía responder, mientras que su padre, contra todo lo que ella podía esperar, le prometió que llegaría lo antes posible.

—No es necesario que vengas... —le dijo apenada sin saber por qué, como si ella tuviera que pagar por los desacuerdos pasados entre sus padres.

—Tal vez no es necesario, pero quiero hacerlo.

Dejó el teléfono, agotada. Había que darse un baño, quitarse de encima los kilómetros y el polvo, prepararse para enfrentar la noche, la larga, interminable noche en vela.

Al salir de la ducha, su cuerpo temblaba con el fresco húmedo bajo la bata de algodón que había encontrado en el baño. Cerró los ojos y mantuvo los sentidos en alerta. Nada, ningún ruido, sólo el acompasado sisear de la lluvia cayendo sobre el pequeño jardín de su madre.

Llovía sobre el bosque de niebla y los goterones golpeaban los cristales sin compasión. Lilia se sirvió un whisky con hielo y, en la oscuridad, se sentó a observar el muro verde de bambú que se extendía frente a sus ojos más allá de la ventana; necesitaba un momento, sólo un momento antes de terminar de prepararse para los rituales de la muerte.

La soga de un columpio, colgando de un árbol, temblaba ligeramente con las ráfagas de viento. ¿Para qué había puesto su madre un columpio ahí? ¿Era un tácito reclamo por falta de nietos? ¿Querría nietos su madre?

Mientras se bebía el whisky a cortos sorbos e iba sintiendo cómo se aflojaban lentamente los músculos y el calor del alcohol iba recorriendo sus venas, pensó que no tenía la más mínima idea de quién era esa mujer que Lisa y Esperanza le habían descrito a la hora de la comida bajo las hayas del río, y que ahora esperaba en una funeraria de la capital del estado de Veracruz.

Desde que Selene se había mudado a Xalapa no habían tenido mayor contacto. Lilia la habría visitado ¿dos, tres veces? ¿Cuándo? No recordaba la casa y sólo vagamente la zona. Hacía mucho, muchísimo tiempo que no compartían nada...

Tenía que prepararse para enfrentar la larga noche en vela, el funeral. Apuró los últimos tragos de whisky y cuando el vaso quedó vacío, sintió que el silencio, sólo perturbado por el aguacero, era insoportable. Un poco de música..., había que buscar algo en la enorme colección de discos que cubría toda una pared de la sala.

El *Réquiem* otra vez. El *Réquiem* de Mozart estaba ahí a la mano, casi esperándola. Nada mejor que el *Réquiem* para ese momento; podría haberlo oído mil veces. De hecho, era lo único que había podido oír desde que todo había empezado. Las solemnes notas tuvieron un efecto tranquilizador, porque no se sentía triste, sino ansiosa. "Lacrimosa", susurró con amargura. Por más que la oyera, ¡qué ironía!, no podía dejar fluir las lágrimas para llorar la muerte de su madre.

El gato se había tendido sobre el tapete de lana y se aseaba con cuidado a la luz de los relámpagos, eliminando los últimos rastros de humedad de su pelambre reluciente. Pronto estaba ronroneando y Lilia envidió la sabiduría socrática con la que el animal parecía meditar en esa muerte, frente a la que ella no podía responder sino con perplejidad, como si el efecto del golpe y el asombro no la dejaran pensar.

En la única habitación de la casa, abrió la maleta preparada a toda prisa. Cada uno de los movimientos parecía no tener sentido: ¿para qué arreglarse como si fuera a una fiesta? ¿Cómo era que tendría que peinarse, usar el vestido —negro, claro— que había comprado hacía meses para dar una conferencia, maquillarse...? No tenía impermeable ni paraguas y la lluvia amenazaba con durar toda la noche.

A regañadientes abrió el clóset del fondo para buscar algo con qué cubrirse y sintió que se le venía encima una caja mal acomodada desde uno de los estantes superiores. Perdió el equilibrio y cayó sentada en la alfombra con el corazón dando tumbos y las manos heladas. Fue una tontería haber ido sola, pensó una vez más, mientras recuperaba el aliento; no era una mujer impresionable y el largo entrenamiento le impedía tener miedo a los muertos, y sin embargo el aire, las cosas, la oscuridad, el leve murmullo de las hojas, el tenue perfume de la ropa dentro del clóset, todo le hablaba de la presencia real de su madre, ahí mismo.

Un poco aturdida, comenzó a recoger con ambas manos los objetos que le habían caído encima. Eran varias libretas de diferentes grosores, todas con tapas azules de piel y un unicornio plateado en la portada.

También había otros objetos dispersos en el piso entre los zapatos: habas y granos secos de maíz que se habían salido en parte de unos saquitos de fieltro rojo, collares de cuentas azules, rojas y amarillas que ella apenas lograba distinguir en la penumbra... Más allá recogió un pequeño espejo de obsidiana con marco de plata y una estatuilla de madera de cedro: una madona de grandes caderas, con trencillas de pelo natural en la cabeza; cargaba un bebé. Le extrañó un poco ver aquellas cosas en el clóset de su madre, pero no les dio mucha importancia. ¿Baratijas? ¿Recuerdos de viaje? Aunque, eso sí, tendría que volver a la libretas lo antes posible.

Oyó la campanilla de la puerta y se sintió tonta, sentada dentro del clóset de la dueña de la casa, recogiendo a toda velocidad las cosas que no le pertenecían, como si de nuevo fuera una niña, husmeando entre las pertenencias misteriosas de los adultos.

Lisa entró, moviéndose por la casa con familiaridad. Si acaso vio los objetos recogidos a prisa, no dijo nada; se limitó a buscar entre la ropa de Selene, como si supiera perfectamente qué quería, mientras Lilia se vestía a toda prisa.

Luego las dos mujeres salieron a enfrentar los ríos de agua y navegaron contra la corriente en el automóvil para salir de aquella pequeña comunidad ecológica cercana a la ciudad pero, al mismo tiempo, un tanto aislada del bullicio urbano, el lugar donde su madre había elegido vivir.

Tal vez por el temor a quedar atascadas en el barro del camino, una rabia enorme comenzó a desencadenarse en Lilia, era tan amenazadora como la tormenta que no tenía trazas de amainar en esa noche de finales de julio. Como las olas de agua fría que venían al encuentro del vehículo en la curveada carretera y a la vez azotaban el parabrisas dejándola por momentos sin visibilidad, así su rabia iba y venía de todas partes, sin saber contra quién o contra qué arremeter.

—¡Qué luminosa se ve Selene! —fue lo único que atinó a decir su padre al acercarse al ataúd en la madrugada.

Lilia se acercó a abrazarlo y la miró también. Le habían puesto el vestido amarillo y el collar de cobre con cuentas de ámbar que Lisa tomó del clóset, y tal vez por la acción del maquillaje, tenía el rostro bañado con una serenidad que viva jamás habría expresado. Ahora sí estaba muerta.

En medio de todos esos desconocidos que llenaban la sala junto con las flores amarillas, Lilia se aferró a su padre, agradeciéndole que hubiera viajado para acompañarla.

—¡Cómo la quise! —confesó en voz baja—. El mundo se me vino encima cuando me dejó, pero nunca le guardé rencor; a pesar de todos los años que han transcurrido, te juro que siempre pensé que volveríamos a estar juntos algún día.

—¿Y tu mujer?

—Quiero a Elena con todo mi corazón, aun así, yo pensé que andando el tiempo..., y ahora... —la voz, el deseo no expresado se le quedaron en la garganta.

Lilia se cimbró. Nunca se imaginó que su padre guardara ese deseo. A lo largo de los años habían tenido una relación intensa y cercana, pero él jamás se había atrevido a confesarle cuánto había querido a su madre.

—Era una mujer extraordinaria —suspiró por fin.

—Una mujer extraordinaria que nos abandonó —dijo Lilia, y el resentimiento apenas se disimuló en el susurro.

En ese momento, se acercó un grupo de jóvenes.

—Estamos muy agradecidas con Selene —dijo una muchacha con acento centroamericano.

Tenía unos dieciséis años y parecía ser la vocera del grupo. Traía un vestidito y una chamarra de algodón muy gastados.

Selene había formado parte de una organización que ayudaba a las migrantes en su recorrido por el país, así como a mujeres maltratadas que no tenían a dónde ir. La muchacha hablaba de la muerta como si la hubiera conocido muy bien y se dirigía a la hija suponiendo que estaría al tanto de todos los pormenores de la vida de la madre. Lilia no se atrevió a confesar que no sabía casi nada de las actividades de la organización, excepto lo que había ido extrayendo de las conversaciones desde su llegada.

—Tal vez le hicieron esto —y señaló vagamente hacia el féretro— por la ayuda que ella que nos daba.

Cuando la chica se alejó, inhibida, Lisa se acercó y explicó finalmente: muchas de las jóvenes migrantes que la organización apoyaba habían sido rescatadas de las redes de tráfico de personas. Eran las esclavas contemporáneas que llegaban hacinadas en contenedores de ferrocarril, y cuando desaparecían, a nadie le importaba. Su destino era la muerte o los prostíbulos de la capital o de las ciudades del norte. Otras eran adolescentes de la región que habían sido violadas o maltratadas e incluso engañadas para incorporarse igualmente a las redes de tráfico. Estaban también las que habían huido de las casas de sus verdugos: jóvenes y viejas hartas del maltrato cotidiano. Selene, Lisa y las otras mujeres de la asociación les habían brindado desde apoyo jurídico y psicológico, hasta ropa y alimentos en el refugio.

¡Así que ése era el gran lío en que estaba metida su madre en esta ocasión! Lilia sonrió para sus adentros, pero no hizo un solo gesto que demostrara lo que estaba pensando. De todos modos, los sentimientos eran confusos: admiración, sí, pero también la conocida rabia.

Desde que Lilia era niña, Selene se había dedicado a varias obras en organizaciones de aquel tipo y siempre estaba rodeada de mujeres —y de hombres— que querían cambiar el mundo. Ella sentía celos, tal vez debía confesárselo, porque no hubiera querido compartir a su madre con nadie, habría querido permanecer siempre en sus brazos, escuchando una y otra vez la historia de la Mulata de Córdoba, la mujer que estaba en todas partes, la bellísima negra a la que sólo bastaba con llamarla para que se hiciera presente. ¡Y su madre en cambio, no se hacía presente cuando ella quería, aunque parecía estar en todas partes!

¡Así que todos esos años en que Lilia no había sabido casi nada de Selene, ésta se había dedicado a ayudar a muchachas en apuros, para acallar la culpa de haber abandonado a su propia hija en su primera infancia, o de no haber podido ayudarla cuando fue necesario!

Ésa era la versión que Lilia quería venderse a sí misma, para no vivir el dolor de la pérdida. Porque el sentimiento de culpa habría sido avasallador si ella hubiera reconocido que nunca buscó a su madre, que dejó correr los meses y los años sin una llamada, sin un correo, sin una visita, para hacerse de cuenta que con la distancia entre ambas vendría también la paz. Se había repetido mil veces que con el alejamiento conseguiría la libertad y autonomía; sin embargo, a pesar de la carrera exitosa y la condición económica envidiable, a pesar del nombre nuevo, Lilia sentía que había fracasado.

—¿Crees que las actividades de la asociación hayan tenido que ver con la muerte de mi madre? —preguntó a Lisa en otro momento de la noche.

—No puedo decirte que no hayamos recibido amenazas: las hubo siempre. No han faltado los maridos golpeadores y los proxenetas que han ido a querer sacar a las mujeres del refugio. Hemos recibido cartas de grupos de derecha hablando del castigo de Dios por defender a las mujeres presas por haber abortado, también "recados" al estilo de por acá: denostaciones a alguna de nosotras o a la asociación en los periódicos, a través de voces oficiosas, para que dejáramos en paz a tal o cual persona cuando hemos alzado la voz. Pero nada de eso es nuevo: hace cinco años nos rompieron los vidrios, hace dos persiguieron a una de nosotras, obligándola a chocar el coche..., pero nunca pasó a más.

—¿Hicieron las denuncias?

—Siguen en proceso y como nadie resultó herido o muerto, deben estar durmiendo el sueño de los justos en algún archivo... Lo que sí es nuevo es que nuestras casas fueron allanadas hace algunos días, así como la oficina de la asociación. Revolvieron papeles, buscaron en los escritorios y se llevaron las computadoras, pero nada más. Tengo que decirte otra cosa: tu madre estuvo muy inquieta estas últimas semanas. La vimos nerviosa, como si algo la corroyera por dentro. Sin embargo, por más que preguntamos no nos dijo nada.

Otro grupo de personas interrumpió la charla. La gente no dejó de llegar en toda la noche a pesar de que la lluvia no cesaba. La funeraria estaba llena de personajes extraños que Lilia no lograba relacionar con su madre: mujeres y hombres de la misma edad de Selene, aparentemente miembros de la asociación, así como académicos y profesionistas que tenían alguna relación con la labor de apoyo a las migrantes y a mujeres maltratadas. Pero también había mujeres humildes que se mantenían silenciosas al lado del féretro; jóvenes —hombres y mujeres— con atuendos estrafalarios; rastafaris y darketos; incluso indígenas con sus vestidos tradicionales y uno que otro político de guayabera que se retiraba de inmediato después de dar el pésame.

Para entonces Lilia estaba más que asombrada. ¿Quién era esa mujer que había sido tan querida en Xalapa? ¿Qué cosas había hecho su madre para reunir en su funeral a gente tan dispar?

Selene había dicho varias veces que quería ser cremada y que sus cenizas se llevaran a Tlacotalpan, por lo que la comitiva emprendió el viaje a la región de Sotavento la mañana siguiente para cumplir con su voluntad. A medida que iban recorriendo esos caminos, nuevos recuerdos surgían de la memoria de Lilia, que viajaba con su padre. Federico recordaba también:

—Siempre estuvo metida en cosas rarísimas, pero no me explico cómo pudo morir así —comentaba su padre—. Odiaba la violencia, ¡y mira cómo terminó!

—Probablemente por la ayuda a las chicas indocumentadas —aventuró Lilia—. ¿Qué habrá hecho?

—Lo que sí puedo decirte es que Selene nunca tuvo miedo de nadie: era loca, capaz de ponerse enfrente de las manifestaciones en aquellos gloriosos años en que pensábamos que todo se iba a solucionar si protestábamos en la calle, ¡y se enfrentaba con quien fuera!

Federico tenía fuego en la mirada cuando hablaba de Selene. Lilia tomó la mano de su padre con ternura y contuvo las lágrimas. En el fondo, ella sentía también esa misma admiración por su madre, pero no era capaz de reconocerlo.

—Decía que los manatíes de esta laguna eran sirenas —con los ojos llorosos, el hombre señalaba hacia Alvarado.

—¡Y que esta zona estaba infestada de brujas! —se burló Lilia.

Al cruzar el puente del río de las mariposas se quedaron en silencio, impactados por el paisaje. Federico apretó la urna entre sus manos.

—¡No debí haberla dejado ir jamás!

—¡Ella nos abandonó! ¡No habrías podido detenerla, por más que lo hubieras intentado!

—Fue hace casi treinta años... ¿No puedes perdonarla todavía?

Lilia no contestó, sólo subió el volumen de la música.

El golpe de calor los tomó por sorpresa en el embarcadero del pueblo. Al llegar, ya todo estaba dispuesto: las activistas se habían adelantado, esperaban frente al río junto a un trío de jaraneros y la lancha llena de flores amarillas.

El cortejo funeral se embarcó, navegando río arriba mientras los jaraneros tocaban unos "angelitos", los sones de muerto tradicionales. Un rato después, cuando estuvieron lejos de las casas, la lancha se detuvo y Federico derramó las cenizas en el Papaloapan. Cada uno de los presentes lanzó flores amarillas al agua, murmurando su despedida. Lisa susurró algo al jaranero y de inmediato sonaron los acordes de *La bruja;* desde las primeras notas, las amigas de la muerta coincidieron en que era el son favorito de Selene y cantaron a coro:

Ay, qué bonito es volar
a las dos de la mañana.

Me agarra la bruja,
me lleva a su casa,
me vuelve maceta
y una calabaza.

Ay, dígame, dígame, dígame usted,
¿cuántas criaturitas se ha chupado usted?
Ninguna, ninguna, no sé,
ando en pretensiones de chuparlo a usted.

Mientras sonaban las jaranas, los deudos soltaron el llanto. Sin aspavientos, con una resignación que parecían compartir, pero que Lilia no entendía en absoluto; se dejó llevar por la cadencia de la melodía y así, sin quererlo bien a bien, comenzaron a rodar por sus mejillas por fin lágrimas, ya no de rabia, sino de dolor.

Cuando regresaron a Xalapa esa noche, Lilia dejó a su padre en el hotel.

—Regreso mañana temprano —dijo el hombre—. ¿Prefieres que me quede?

—No. Sólo estaré aquí unos días.

La muchacha se abrazó a su padre y lo sintió frágil, como nunca antes, como si una parte de él también hubiera muerto.

Cayó en un sueño profundo aquella noche, arrullada por el viento entre las enormes hayas del bosque y sólo al amanecer tomó plena conciencia de que estaba en la cama de su madre. Las almohadas todavía olían a ella, a Shalimar, ese perfume que usaba desde siempre y que ya no usaría más.

¿Ahora qué? Se preguntaba Lilia, mirando con displicencia a su alrededor, todavía medio dormida. La habitación era cálida y un tímido rayo de luz asomaba entre las cortinas de manta blanca e iluminaba el lomo del gato amarillo que estaba acostado junto a ella, realizando su aseo matutino. Acababa de ponerse en pie cuando sonó el teléfono.

—No quiero ser impertinente —era Lisa—, pero ahora mismo vamos varias amigas de tu madre y yo a caminar por los alrededores y después desayunaremos en mi casa, pensamos que podría hacerte bien, si no estás muy cansada…

Se vistió a toda prisa y cuando salió, las señoras la esperaban ya junto a la reja de la entrada. Después de varios minutos de caminar con las mujeres, se dio cuenta de que su aparente fragilidad era engañosa: todas ellas eran elásticas y no mostraban ningún signo de fatiga al subir la cuesta del monte cercano, por las veredas sembradas de helechos entre las fincas de café y las hayas, mientras ella se sofocaba.

Platicaban sin parar sobre sus vidas mientras que Lilia contestaba con monosílabos a las preguntas. Lisa era antropóloga y había llegado a Xalapa en la misma época que su madre; después de varios años de dar clases en la universidad, se había jubilado y se había dedicado por entero a la asociación. Esperanza era argentina y había tenido que huir de su país en los años de la dictadura; tras recorrer el país y tener varios cargos importantes, había encontrado en Xalapa un refugio y en la asociación una razón de vivir. Las otras tenían historias parecidas: muchas eran extranjeras, artistas o académicas; profesionistas jubiladas que dedicaban todo su tiempo a ayudar a las mujeres en peligro, o bien, que combinaban las tareas de la asociación con la docencia o el ejercicio profesional.

Así llegaron a lo más alto del cerro; a lo lejos podían verse las montañas: el Cofre de Perote, el Pico de Orizaba cubierto de nieve y el Cerro del Acamalín al fondo, todos ellos surgiendo de un lecho de nubes que parcialmente los cubría. El aire era húmedo y el olor a plantas podridas y cerezas de café caídas a destiempo era subyugante. Las mujeres le explicaban orgullosas:

—Mira, ésas son las macadamias... Esta enredadera es el maracuyá, traído de Brasil, y se siente aquí como en su casa.

Lilia estaba asombrada de la cantidad de flores y arbustos que crecían a tan poca distancia de la casa de su madre: los floripondios endémicos junto a las exóticas heliconias rojas traídas de Hawaii y que estaban colonizando el entorno; más allá las cícadas y los altísimos cedros, que dejaban caer en esa época las diminutas flores blancas que traían hasta la orilla de la ciudad el olor de la selva.

Entonces comenzó a llover de nuevo, primero sólo como un chipi-chipi que agujereaba la neblina, pero después los chorros agitaron sin piedad las hojas, lo que puso fin a la caminata matinal.

Ya de vuelta, Lisa preparó el desayuno. El aroma del café recién molido, el pan de trigo con mantequilla y mermelada hecha en casa hicieron que Lilia sonriera sin querer.

—¿Cuándo regresas a México? —preguntó una de ellas.

A su llegada, había pensado regresar enseguida, no bien terminara el funeral, pero ahora, en la calidez de esa casa luminosa, rodeada de olores y sabores tan agradables, dudaba.

—No sé.

¿A qué volvía en plenas vacaciones de la universidad? Aunque tenía proyectos pendientes, siempre podían esperar algunos días. ¿A qué regresaba? Había mucho que hacer en Xalapa, en cambio. Tenía que decidir el destino de las cosas de Selene y hasta de la casa. Habría que apurar la investigación y las primeras semanas eran cruciales.

Una parte de ella quería cerrar el capítulo enseguida, hacer como si nada hubiera pasado y volver de inmediato a la prisa, a los proyectos, a lo impostergable; pero otra parte, que le iba creciendo y que se hacía cada vez más fuerte, pedía tiempo.

—Tal vez me quede...

Caminando por la vereda de regreso a la casa de su madre pensaba en las señoras: todas viudas, divorciadas, solas, habían encontrado una comunidad para apoyarse y ayudar a otros. Sonaba idílico pero aterrorizante a la vez y Lilia se estremeció. Se prometió volver a la capital lo antes posible.

Fue hasta el día siguiente cuando la muchacha volvió a pensar en las libretas. Se instaló en la sala, en el mullido sillón que miraba a la pared verde de bambú, con una taza de café y la misteriosa caja. Pronto el gato buscó un lugar a su lado y ella por fin se atrevió a pasar la mano por el lomo, que se combaba ligeramente a su tacto.

—Olvidé preguntar tu nombre... —le dijo en voz baja, como temiendo que alguien más la pudiera oír.

El felino respondió con un maullido muy bajito también.

—Se llama Astarté y es hembra —una voz femenina que venía desde la cocina le produjo un sobresalto.

Lilia se levantó del sillón de un brinco para encontrarse frente a frente con una mujer mayor, de condición humilde y de complexión fuerte a pesar de las canas.

—¡Qué susto, por Dios! ¿Quién es usted?

—Perdóneme —le respondió la señora esbozando una sonrisa—. Me llamo Epitacia y desde hace muchos años ayudo a su mamá aquí en la casa. Entré por la cocina y no quise espantarla.

Lilia recordó que ella había estado presente, con todo un grupo, en el velorio.

—Mucho gusto... De verdad no pensé que fuera a llegar nadie.

—Si quiere, vengo otro día...

—Por favor quédese.

—Traje algunas cosas, pensé que le caería bien un chilatole calientito.

Pronto el aroma de aquel guiso llenó la casa: el epazote, el chile guajillo, las piezas de pollo y las hierbas de olor le evocaron emociones perdidas en la infancia: su nana era de Veracruz y muchas veces preparaba platillos como ése.

Entretanto, afuera la lluvia había arreciado: las gotas chocaban contra los cristales y el viento agitaba el móvil de conchas que colgaba en el porche.

Lilia se decidió por la libreta que mostraba el número uno en el lomo; después de acariciar con un dedo el unicornio plateado de la tapa, por fin la abrió, para encontrarse una fecha y una historia, escrita con la letra de su madre.

"Septiembre de 1552..."

III
Segunda libreta

Ciudad de Tablas, febrero de 1682

El viento del norte y la fina llovizna atemperaban el calor. Oscurecía. Los casi seis mil habitantes olvidaban el trabajo diario, el sudor pegado al cuerpo, las amenazas constantes de malaria y vómito negro. Los comerciantes blancos, los negros libres y esclavos por igual dejaban atrás por unos días las actividades rutinarias, la vida calmada que llevaba el ritmo del oleaje, para celebrar el carnaval.

Por las calles de la ciudad de Tablas, construida con los restos de las naos naufragadas, ésa que había resistido los incendios recurrentes y las enfermedades, las comparsas se agitaban entre los charcos dando gritos al ritmo de las improvisadas bandas.

Doña Beatriz y su esclava Serafina salieron de una de las pocas casas construidas con argamasa y coral traído de Campeche, que se distinguía entre las otras, hechas de madera. Nadie se fijó en ellas, así como iban disfrazadas con ropa de algodón ligero y mantón de seda, con los rostros cubiertos por máscaras, eran sólo dos figuras más entre las comparsas.

A lo lejos, las dos mujeres vieron cómo la cofradía de San Benito de Palermo, compuesta de negros y mulatos libres, daba vuelta a la esquina rumbo a la Plaza Mayor, seguida por los tocotines y los indios de los pueblos cercanos, que bailaban emplumados, y se dirigieron hacia ellos, sólo para encontrarse, en sentido contrario a La Tarasca, un enorme dragón de papel y su hijo El Tarasquillo: venían amenazando a todos los que se acercaban y levantando gritos de terror de los más pequeños con sus cabellos de yute y su vestimenta de raso rojo. La gente se olvidaba de quién era quién sólo esos tres días: bajo los antifaces y las grotescas máscaras, todos bailaban negrillas y congas hasta caer rendidos, siguiendo a las procesiones.

Doña Beatriz le hizo una seña a Serafina para que tomaran el rumbo de Santo Domingo, evadiendo así a los gigantes de la mojiganga, acompañados de los diablos y de los vejigantes que, dando de brincos, golpeaban a la gente con las vejigas de toro infladas que traían en la cintura. Los danzantes daban vueltas desde la Plaza Mayor hasta la Iglesia de la Compañía, pasando por la Plazuela del Mercado, para bajar luego y cruzar el río por el puente de la Lagunilla hasta la Plaza de Santo Domingo y la Inquisición.

Las dos mujeres llegaron a la plaza, encontraron frente a la iglesia parroquial a los grupos que bailaban las danzas de cascabel, azuzados por el ruido de las trompas y las vihuelas y, después de quedarse a mirar un rato, se dirigieron hacia una de las tabernas, donde jóvenes y viejos, ricos y pobres se embriagaban cantando a coro canciones soeces de marineros.

Ahí estaban los oficiales de la Armada de Barlovento, cantando y bebiendo como los demás, pero sobre todo, afinando los negocios turbios con los funcionarios y comerciantes del puerto. A doña Beatriz le llamó la atención uno de los jóvenes uniformados: no usaba máscara, sus largos cabellos rubios caían sobre la espalda ancha y angulosa. Las facciones eran finas y los ojos azules miraban con atrevimiento, como desnudando a las mujeres.

—Es Lorenzo Jácome, condestable de la armada —le susurró Serafina.

—Y a pesar del nombre, parece extranjero...

—Es de nación holandés. Acá pronuncian su nombre como pueden y le llaman Lorencillo.

Beatriz se dirigió a él. Las cartas se dejaban caer sobre las mesas anunciando la fortuna o la desgracia de los jugadores, las talegas de monedas cambiaban de manos en un momento, el tabernero corría de un lugar a otro llevando las bebidas y los borrachos se tambaleaban en los brazos de mujeres semidesnudas, mientras los músicos rascaban las vihuelas con más entusiasmo que talento.

—Lorencillo —lo llamó en voz alta cuando la canción terminó—, quiero beberme un vaso de vino contigo.

Lorenzo la miró con esos ojos azules que expresaban tanto. A pesar de la máscara, adivinó la boca sonriente y carnosa. Los pechos llenos que casi se salían de la camisa de algodón y las manos pequeñas le permitieron saber que era morena clara.

Aquélla no era una cortesana. Él conocía a la mayor parte de los tratantes, a las autoridades y a los principales mercaderes; había estado en sus casas y había visto a sus hijas y a sus mujeres: ninguna se parecía a la enmascarada. ¿Quién podría ser? Fuese quien fuese aquella mujer, parecía estar dispuesta a darle rienda suelta al deseo —tanto como él— durante el carnaval.

Beatriz siguió con atención los gestos del joven, que evidenciaban el paso de la desconfianza a la soltura, y sonrió: siempre le habían gustado los hombres rubios, en especial aquellos quemados por el sol y curtidos por las aguas del océano; bajo la camisa se insinuaban los músculos forjados por el trabajo rudo y apenas pudo ocultar el gusto ante el anticipado placer.

Lorenzo ordenó al tabernero que llenara los vasos y rodeó la cintura de la mujer con sus brazos. Bailaron durante horas al compás de los violines desafinados y cuando la música terminó y en la taberna sólo quedaron dos mulatos dormidos sobre las mesas, Beatriz guió a Lorenzo a través de las callejuelas oscuras hasta un portal. Trastabillando entre los charcos, Serafina siguió a la pareja, asegurándose de que nadie los siguiera. Subieron las escaleras entre besos que se hacían más largos en cada rellano. Lorenzo, impaciente, intentaba subirle la falda, hacer llegar su mano a su piel por debajo del corpiño, pero Beatriz se lo impedía. La oscuridad húmeda era lo único que los rodeaba y sólo la luz mortecina de una vela de sebo que Serafina llevaba para conducirlos impedía que aquel abismo negro se los tragara.

Lorenzo resultó ser mucho más de lo que ella había esperado. Los cuerpos sudorosos se encontraron una y otra vez entre las sábanas perfumadas. El impulso casi salvaje del cuerpo del condestable de la armada, las ternezas pronunciadas con el acento terregoso de holandés, los besos interminables, la caricia en el lugar preciso en el momento justo, llevaron a Beatriz a éxtasis repetidos y la dejaron sin aliento.

Fue hasta la madrugada cuando Lorenzo se sumió en un profundo sopor, vencido por el esfuerzo. Beatriz, en cambio, no se dejó arrastrar al sueño. Todavía sudorosa y agotada, se puso de pie y, vistiendo sólo la camisa de lino, se dirigió hasta el baúl que descansaba en un rincón del cuarto: de él extrajo una botellita de cristal que contenía un líquido negro. Con mucho cuidado la destapó e hizo al joven amante aspirar los vapores que emanaban de ella; el joven farfulló algunas palabras muy bajito, arrastrando las erres, luego su respiración se hizo más profunda y el cuerpo se relajó del todo.

Ella sabía lo que tendría que venir a continuación, pero un presentimiento, una inquietud imprecisa le impedían llevarlo a cabo. Con la mano temblorosa, sacó del misterioso arcón el puñal de hoja curveada con el puño grabado: era una figura fantástica con cabeza de águila y cuerpo de león, entre dos serpientes entrelazadas.

Con gran sigilo, entre los cantos de los gallos, se acercó al joven empuñando el arma. La afilada punta apartó la sábana para dejar el torso masculino al descubierto. Pero Beatriz no se atrevió a asestar el golpe que había planeado. El torso apenas se cubría de vello ensortijado; su rostro de líneas suaves estaba cubierto por una barba rala también color de miel. ¿Tendría acaso veinte años? ¿Veintidós tal vez? Se sentó a su lado sobre la cama y acarició el largo cabello rubio que se derramaba sobre los almohadones, y mientras los crecientes ruidos de la calle se colaban por la ventana abierta a través de las celosías de madera, Beatriz tomó una decisión: no mataría al joven sargento superior de artillería de la Armada de Barlovento. Él parecía ser como ella: un sobreviviente; y matar a un hombre así de manera artera traía mal agüero.

Beatriz descendía de los negros venidos de África, avecindados en la Antigua Veracruz. No había conocido ni a su madre ni a su abuela, pero Petrona, la anciana negra que la crió, le había contado que era descendiente de Mwezi, una desgraciada princesa cuya magia era tan poderosa que había desencadenado un huracán. También le habían dicho que descendía del valeroso Ñyanga, el mítico guerrero que había fundado el primer pueblo de esclavos libres. Por más que fueran consejas, tal vez fantasías de la anciana, a la que ya le fallaba la vista y no siempre acertaba en los recuerdos, ella se aferraba a ese pasado, a esa explicación que daba sentido a su vida y le concedía una estirpe. Se sabía hija de español, lo que explicaba la piel clara, pero conservaba con orgullo la cabellera ensortijada y la grupa inequívoca de las mulatas.

Petrona había sido su guardiana, pero también su maestra. Muchas veces, desde la infancia acompañó a la negra, en lo más profundo de la noche, a las reuniones donde ella y otras mujeres bailaban desnudas al ritmo de los tambores en el monte y repetían letanías en una lengua que ella cada vez iba comprendiendo mejor. Con aquellas mujeres entendió también el sufrimiento: todas eran maltratadas por los hombres —fueran sus dueños o sus parejas—; muchas fueron separadas de sus padres, como le había ocurrido a ella misma, y la única esperanza en una vida de trabajo intenso y desventura era la magia.

Petrona le había enseñado los secretos de aquellas artes: los ensalmos para curar las fiebres y el mal de San Vito; las cataplasmas para el dolor de muelas; los conjuros para atar los corazones; las pociones para dejar locos o impotentes a los hombres..., y en su lecho de muerte, entregó a Beatriz el puñal.

—Dale vuelo al cuerpo todo lo que puedas, pero cuídate de enamorarte —le dijo con su boca desdentada—. Los hombres son para valerse de ellos. Jamás confíes en sus palabras, o te perderás. Haz que se te entreguen, pero jamás te entregues tú porque no tendrán piedad de ti.

Beatriz había tomado el mandato de Petrona como un catecismo: su belleza le había traído a comerciantes, funcionarios y oficiales del puerto pero a ninguno le había entregado el corazón. Cuando el conde de Malibrán apareció en su vida, Beatriz comprendió que había llegado el momento de sentar cabeza; los poderosos hechizos —el de su cuerpo y los elíxires— hicieron al noble perder los estribos por ella, y la joven no dejó de repetir los ensalmos a la luz de las velas de sebo todos los días a la media noche hasta que don Fermín la tomó en matrimonio, a pesar de las habladurías de todo el puerto.

Por muchos años, ella llevó una doble vida: de día, la afligida esposa del conde de Malibrán esperando siempre el regreso de su marido, quien se dilataba en larguísimos viajes; pero de noche, era la hechicera que seducía a los hombres a su antojo, y cuando alguno la reconoció, no dudo en darle muerte con el puñal. Odiaba a los comerciantes del puerto y a las autoridades corruptas que hacían negocios con las mercaderías llegadas a Veracruz y, aun viviendo de sus esclavos y amancebándose con sus esclavas, despreciaban a los que, como su marido, se casaban con una descendiente de negros.

Odiaba a los hombres que abusaban de sus mujeres y, aunque ellas no le pidieran ayuda, Beatriz disfrutaba seduciéndolos y luego dándoles muerte; la sangre servía para sus pócimas y ungüentos. El cuerpo de la víctima aparecía desangrado, muchas veces sin alguno de los miembros e incluso sin pelo, flotando en el río Jamapa, a varias leguas de la ciudad, gracias al sistema de túneles y riachuelos subterráneos que comunicaban su casa con la Boca del Río; y aunque nadie sospechaba de ella, aquellos hechos fueron dando pie a rumores sobre brujería.

Pero Lorencillo no era uno de aquellos hombres, pensó, no merecía ese destino.

—Ah, querido —susurró en su oído—, hoy no es tu día para morir.

Cortó algunos rizos dorados y besó por última vez al oficial en los delgados labios entreabiertos antes de gritarle a Serafina:

—Que Agustín lo deje junto al río en cuanto oscurezca.

—Pero, señora, todavía está vivo.

—...Y así quiero que se quede. No despertará hasta mañana.

Cuando Lorenzo recuperó el sentido, no pudo adivinar en qué lugar se encontraba. Amanecía apenas y el dolor de cabeza le impedía recordar qué había pasado: todo era una bruma espesa en la que de pronto surgía el rostro de la mujer, sensaciones placenteras, piel y besos, caricias y pasión, pero cuando quería precisar los detalles, no le era posible por más que lo intentara. Después de un rato pudo reconocer el sitio en que se hallaba: la Boca del Río, más allá del palenque de negros huidos que llevaba el nombre de Mocambo, a muchas leguas de la ciudad de Tablas.

¿Cómo había llegado hasta ahí? Recordaba haber dejado la taberna al lado de una enmascarada y haber dado vueltas en círculos por los callejones oscuros. Luego los besos y la entrega apasionada de la hermosa morisca hasta la madrugada. ¿Y después?

Caminó la mayor parte del día por el estrecho camino que se abría entre las dunas y en cada paso se esforzaba en recobrar uno a uno los recuerdos. ¿O habría sido todo un sueño? ¿Una mala pasada que algún demonio le había jugado? ¿Una de esas alucinaciones causadas por el aguardiente mezclado con pólvora, como era el uso de los de su profesión?

Un pescador que lo alcanzó en el camino después del medio día lo llevó en su mula hasta la ciudad, a donde llegó por fin en las primeras horas de la tarde, sin que pudiera dejar de preguntarse quién era esa mujer cuyo olor traía pegado en la piel y cuya imagen se le había quedado grabada en el recuerdo.

Cuando pisó las calles de la ciudad de Tablas, anegadas con la llovizna traída por el Norte, alcanzó a presenciar la procesión de la victoria de doña Cuaresma sobre don Carnal, en la que se llevaba a enterrar una efigie que representaba los placeres de la carne que habían muerto para dar principio a la temporada de abstinencia y reflexión. Frente a tal algarabía, ante la música de las trompas y las vihuelas, el oficial se sorprendió de sentirse tan poco animado a continuar con el festejo.

Don Fernando de Solís, autoridad encargada de la seguridad del Castillo de San Juan de Ulúa, también seguía a la procesión, todavía borracho, y al ver a Lorenzo, a quien conocía muy bien, exclamó:

—¿Qué demonio se apoderó de usted?

—He caminado todo el día desde la Boca del Río y a fe mía que no tengo idea de cómo llegué hasta allá; debo haber sido presa de un demonio, en efecto. Un demonio con cara y cuerpo de hembra bien plantada.

—Tomemos un trago, amigo mío, para que recupere usted el cuerpo, antes de que acaben las carnestolendas. Lo había estado buscando todo el día, tengo un negocio que proponerle. Es arriesgado, pero deja mucho más que su acostumbrado porcentaje de los peajes y contrabando.

Lorencillo hizo a don Fernando bajar la voz. Era de todos sabida la participación de los oficiales de la armada y los funcionarios en las extorsiones impuestas a los navíos que llegaban a puerto, y el porcentaje que tocaba a todos ellos por la introducción de azogue, negros, mujeres para las casas de mancebía, cacao de Guayaquil y otras mercancías de contrabando, pero Lorenzo no quería que se pregonara aquello a pleno día en medio de una procesión.

Se fueron a uno de los congales cercanos al Corral de las Comedias. Después de los primeros vasos de aguardiente, don Fernando vio llegar a don Luis Bartolomé de Córdoba, gobernador de Veracruz, que, acompañado de otros dos oficiales reales, se unió a la tertulia.

—Ahora sí ya estamos completos —susurró don Fernando.

—Se trata, don Lorenzo, de que ganemos todos —comenzó don Luis, cuando la mulata que servía los tragos se alejó—. Es un lance peligroso, pero vale una fortuna.

—Hable usted, señor Córdoba.

—Usted, por ser el que más se exponga, llevará la mayor parte de las ganancias, sin embargo, contará con toda nuestra colaboración..., y juntos no podemos fracasar —interrumpió don Fernando.

—Si no los conociera bien, diría que me están proponiendo bajar a los infiernos —bromeó Lorencillo con buen ánimo.

—Bajar a los infiernos, amigo mío, y regresar con una fortuna.

Un cuarteto de músicos desharrapados, como si hubieran oído, empezó a cantar, ahogando la conversación de los conspiradores:

Ya el infierno se acabó
Ya los diablos se murieron
Ahora sí, negrita mía
Ya no nos condenaremos

Esta noche he de pasear
Con la amada prenda mía
Y nos tenemos que holgar
Hasta que Jesús se ría

Las caderas de la desconocida volvieron a la mente de Lorenzo como si en ese instante las adivinara entre las notas de la música.

Un año entero transcurrió en las actividades del puerto, con su pleamar y bajamar acostumbrados. Las campanas regulaban tiempo de trabajar y descansar, y lo único que perturbaba la tranquilidad era la llegada de la flota. Nada interrumpía el plácido sobrevolar cotidiano de los mosquitos y las gaviotas más que la llegada de los pescadores portugueses con su carga desde las aldeas cercanas a la Boca del Río, y las mulatas libres de Medellín y Tejería, que ofrecían a gritos, con pícaras palabras, sus pollos y hortalizas.

El domingo 16 de mayo de 1683, los habitantes de la nueva Veracruz pudieron ver un cerco brillante en el sol, que duró a la vista de todos más de dos horas. Tanto los vecinos como los recién llegados notaron algunas exhalaciones que caían cruzando el aire, cosa inusitada para la mayoría; sin embargo, decían los viejos que era natural en primavera. Sólo algunas mulatas viejas murmuraron:

—Esto anuncia una desgracia.

Al día siguiente, a eso de las tres de la tarde se avistaron dos navíos, tan cercanos que todo el mundo pensó que entrarían a puerto antes de que cayera la noche, pues casi llegaron a tocar la punta de la isla de San Juan de Ulúa.

Don Fernando de Solís, el encargado del castillo, estaba en tierra, en la casa del capitán Arias, oficial responsable de la seguridad de Veracruz, degustando los vinos catalanes, los finos jamones y escuchando tocar y cantar al capitán, quien se preciaba de ser un gran músico. Les hacían compañía la mujer y las hermanas de Arias, famosas por su belleza y su afición al baile.

Aunque todos esperaban que Solís saliera en su balandra a ver quiénes eran los que se aproximaban, él ni siquiera se movió de su lugar: pidió más vino, y su anfitrión ordenó a la pequeña orquesta tocar otra canción. Ante tal tranquilidad, todos supusieron que eran navíos de la flota de Su Majestad, que se esperaban ya desde hacía varios días, pero no salió barco vigía en toda la tarde ni guardias del castillo a averiguarlo. A eso de las cinco, algo tambaleante, se embarcó don Fernando a su castillo.

Como no aparecía ningún galeón y ya era tarde, el rumor que se extendió fue que eran navíos de Caracas cargados de cacao. Los mismos oficiales corrieron esa voz entre los vecinos por lo que, todos tranquilos, se fueron a dormir. A las ocho de la noche envió su lancha don Fernando a tierra con un mensaje para don Luis de Córdoba, el gobernador: "Estos navíos que se han visto han tenido tiempo para entrar y no lo han hecho. Vuestra señoría tenga cuidado, no sea alguna cosa que nos inquiete".

Pero don Luis, al escuchar el recado que su secretario insistió en leerle enseguida frente a los presentes, lo echó a chanza y no tocó a rebato, además de pedir a sus acompañantes que no hablaran del asunto, para no perturbar a la gente.

—No sea que se espante el pueblo... ¡Aquí todo está tranquilo! ¡Venga un último trago antes de irnos a dormir!

Lejos de olvidar a Lorencillo, Beatriz había dejado de frecuentar las tabernas en pos de nuevos amantes y buscaba, en cambio, en cada extranjero al oficial. En contra de sus principios, pasaba muchas horas frente a la ventana con la mirada perdida: no cabía duda, lo deseaba: sólo recordar la noche pasada a su lado hacía que le subiera el rubor a las mejillas y que el calor bajara al centro de su cuerpo. Aquella noche estaba más inquieta; a pesar de haberse ido a la cama temprano, daba vueltas entre las sábanas húmedas sin poder conciliar el sueño. Luchaba para no acudir a los mismos medios que usaba para ayudar a otros, pero al dar las once, no resistió más y abrió el baúl del rincón para extraer varios objetos: un paño rojo atado con cinta azul en el cual estaban contenidas algunas habas y un espejo de obsidiana enmarcado en plata. A la luz trémula del velón de sebo, oyéndose a lo lejos las campanadas de la parroquia, Beatriz pronunció una oración de manera repetida, hasta contar nueve veces:

Yo os conjuro, habas,
Con don San Pedro y don San Pablo
Con el apóstol Santiago
Con el señor San Cosme y San Damián
Con la santísima noche de Navidad
Con el señor San Cebrián
Que suertes echó en la mar
Habas,
Que me digáis la verdad
Con Dios Padre, con Dios Hijo
Con Dios Espíritu Santo
Habas,
Que me digáis la verdad.

A continuación, tiró las habas sobre un pergamino donde estaba dibujado un doble círculo. En él estaban escritas palabras y cortas frases en latín. Las semillas se dispersaron sobre el pergamino y parecieron cobrar vida propia. Beatriz entonces examinó el espejo de obsidiana un largo rato en silencio.

Figuras oscuras, amenazantes, arrastrándose entre los médanos. Una luna roja surgiendo entre la sangre, un charco de sangre que llegaba hasta el mar. Un tumulto, gritos de hombres y mujeres pidiendo auxilio. Fuego desde San Juan de Ulúa, fuego desde los baluartes, cadáveres de caballos con las vísceras de fuera abandonados en la playa. Extranjeros adueñándose de las calles y allanando las viviendas. Caballos ataviados con brocados, hombres feroces enarbolando los alfanjes, parvadas de zopilotes cebándose en los muertos. Aires de rapiña, palabras incomprensibles, monedas de plata brillando entre los charcos infectos y Lorencillo de pie en el castillo de proa de un galeón de cincuenta cañones con el nombre de *Neptuno*.

Beatriz soltó el espejo, con un grito. Con la respiración entrecortada, envolvió las habas en el paño y las devolvió junto con el frasquito de cristal, el pergamino y el espejo al baúl. ¿Qué hacer?

—Es él. Ha vuelto. ¡Debí haberlo matado!

A medio vestir, con los ojos desorbitados, Beatriz comenzó a dar órdenes a sus sirvientes. A pesar de que pasaba de media noche, todos los habitantes de la casa se dirigieron hacia la hacienda de los médanos propiedad de los condes de Malibrán, a través de los túneles y pasadizos subterráneos. Llevaban armas, alimentos y las joyas de la condesa: lo necesario para sobrevivir por un buen tiempo. Sólo Agustín, el fiel sirviente, insistió en quedarse con otros cinco de sus compañeros en la casona de coral para proteger los bienes y llevar noticias de lo que ocurriera.

Entre tanto, desde las nueve, ochocientos hombres habían ido desembarcando en silencio en las márgenes del río Vergara, cercano al puerto, y con todo sigilo marcharon por entre los médanos, previniendo que alguien pudiera estarlos esperando. Entre ellos, había muchos mulatos que habían estado en Veracruz y que conocían bien el terreno; los acompañaban mestizos, indios campechanos, ingleses, españoles, franceses y algunos vizcaínos. Mientras un grupo de mulatos se adelantó a reconocer el terreno, el pequeño ejército se sentó a esperar en el más completo silencio.

De cuando en cuando, a la luz de las yescas, se adivinaba un perfil, el brillo de un puñal, la blancura de una pluma en el sombrero de alguno de los jefes. A poco, el mulato que dirigía las acciones de espionaje llegó al cuerpo de guardia y ahí halló a siete hombres dormidos, borrachos de aguardiente según se echaba de ver por el tufo que despedían. Se sentó a esperar a sus compañeros fumando un cigarro frente a los guardias inutilizados, como estaba previsto. Por si acaso, echó el humo del cigarro, que contenía algo más que tabaco, hacia ellos, pronunciando palabras en una lengua extraña y esparciendo el humo con los brazos. Hizo señas a sus compañeros para que se acercaran sin miedo, y así emprendieron la marcha hacia el interior de la ciudad.

Recorrieron las calles principales, los portales de piedra múcara con sus bodegas y tendajones cerrados, las tabernas y las casas de mancebía, llenas de clientes a esa hora; caminaron despacio por el frente de las casas principales, muchas de ellas todavía iluminadas. Por entre las celosías podía percibirse la música de las vihuelas y el aroma de la comida: todo en calma.

Volvió el mulato con los demás espías para avisar a su gente del estado en que se encontraba Veracruz y de su descuido; y ahí mismo determinaron ir entrando a partir de la media noche a la ciudad dormida. Unos se quedaron en los dos baluartes; otros entraron por la playa del lado del convento de San Francisco; unos más, por la playa de Hornos, en la otra banda de la ciudad, y los que quedaron entrarían por la parte de los médanos, hacia el poniente.

A las cuatro de la mañana, situados todos en los lugares previstos, rompieron el ataque disparando toda su arcabucería. Al oír los disparos, los de la guardia se despertaron y, en vez de responder, huyeron para el convento sin disparar un tiro. La gente del castillo oyó también los disparos y empezó a tirar piezas, pero no a la ciudad, sino al aire; la guardia de San Juan estuvo tirando por ampolleta todo aquel día y la noche siguiente para avisar a los que venían de fuera que no entraran a los baluartes, pero ni una sola vez disparó a los invasores.

Los piratas que entraron a los baluartes no encontraron más de dos hombres, con las piezas de artillería descargadas y nada de pólvora. Con la pólvora que ellos traían y después de limpiar los cañones, aprovecharon el refugio de aquellas fortificaciones para alistarse a responder, si acaso el castellano disparara o se avistaran los galeones de la flota.

Abiertas las hostilidades y puestas las banderas rojas de los invasores en los baluartes, amaneció el martes 18 de mayo. Ese día, los pobladores que habían despertado con el ruido de la arcabucería de los enemigos supieron antes del desayuno que eran prisioneros de los piratas y que estaban indefensos.

El convento de los franciscanos, por estar a la entrada, fue el primero en ser atacado: reventaron las puertas, disparando los arcabuces a las chapas, con tanta facilidad que ninguna puerta hubo menester segundo tiro para abrirse.

—¡Morí, cerdos saca plata! —al salir los curas de sus celdas, se encontraron con los enemigos, que les gritaban a la cara sin atender a su condición.

No perdonaron ninguna indisciplina: cuando alguno de los padres quiso comulgar, frente al temor de la muerte, le dieron un alfanjazo. Lo mismo sucedió en toda Veracruz, pues cualquiera que saliera de su casa se encontraba con el enemigo a la puerta; si huía, moría a balazos; si se resistía, moría luego; si se asomaba a la ventana, asimismo moría. Un religioso de San Agustín en su convento se asomó por la ventana de la celda sin saber qué ocurría y como era sordo, no atendió a los gritos: lo mataron de un balazo. Lo mismo ocurrió con un francés que estaba en la cárcel y porque no quiso irse con ellos por estar a favor de España, le dieron un tiro en la cabeza, como a los otros.

Los ochocientos hombres entraron al mismo tiempo en todas las casas y conventos, sacaron a palos a toda la gente que había en ellos de la manera en que los cogían, sin dar lugar, no a que se vistiesen, siquiera a abrigarse;

y desnudos, así hombres como mujeres, viejos y niños y enfermos, los llevaban a palos a la plaza. De paso, aprovechaban para saquear las casas, llevándose toda la plata que podían.

La casa de los condes de Malibrán no fue la excepción. Se llevaron a Agustín y a los otros criados, arrasando con las puertas, con los muebles y con los víveres. El esclavo, al salir ya prisionero, iba tropezando con muertos en los que reconocía a sus vecinos, amigos y gentes principales de Veracruz.

El filibustero que parecía estar a cargo estaba en la plaza dando de gritos y componiendo a su gente, de suerte que tanto los prisioneros como los piratas que iban entrando, junto con el tesoro, quedaban encerrados en aquel lugar, ya que había diez culebrinas bastardas en el portal, apostadas por los piratas en las bocacalles para evitar que los presos escaparan o que alguno de fuera opusiera resistencia.

Ahí se encontraban los capitanes, y Agustín, como el resto de la gente de Veracruz, pudo verlos muy de cerca. A cargo de las operaciones estaba el general Nicolás van Horn, a quien los porteños llamaron unos Bruñón y otros Bonor; era un holandés cruel que se había distinguido en todo el Caribe por sus hazañas en las que no había dejado sobrevivientes, así como por sus finas maneras y su talle delicado; traía consigo a un hijo suyo muy galán, y muy cortesano, porque siempre que pasaba por delante de la gente se quitaba el sombrero.

Por almirante, Agustín reconoció al hombre que había dejado con vida a la orilla del río: Lorenzo de Graff, a quien muchos en Veracruz conocían y que hacía poco menos de un año había adquirido su propia flota con las ganancias del contrabando; y por gobernador del tercio iba Francois de Gramont, al que llamaron Agramont, de nación francés, reconocido filibustero que ya había cobrado gran fama por sus acciones en la toma de Campeche y La Guaira.

Los cuatro vestían con elegancia: los calzones de terciopelo oscuro con acuchillados blancos, la ropilla también de terciopelo, ceñida y de mangas largas, y las medias de seda, que dejaban ver las formas torneadas de las piernas. Los cuatro se cubrían con chambergos adornados de plumas y cintillos con hebillas de plata. Eran bien parecidos y se expresaban con corrección. Todos habían sido oficiales en los ejércitos de su país, algunos todavía seguían sirviendo a sus reyes, otros se habían independizado para no compartir las ganancias.

Los demás eran mercenarios o habían sido tomados prisioneros en los abordajes a las flotas españolas. También había muchos mulatos malcontentos que habían salido de Veracruz y que eran muy apreciados por los corsarios, dados sus conocimientos del terreno. Los vestidos de todos ellos eran de lona, casacas de saya azul, unos calzones muy sucios y grasientos, y zapatos de cuero muy gastados. Cada uno traía su alfanje, un arcabuz largo de piedra, dos pistolas y, en la cintura, colgados dos baulillos con sus cargas preparadas en alcartaces, con lo que no hacían más que morder uno, dar un golpe en la pistola y disparar sin mediaciones.

Todo el mundo miraba aterrado las embarcaciones de los invasores: con sólo los ochocientos hombres de dos navíos de alto bordo habían logrado tomar la ciudad;

más tarde entraron a puerto otras cinco fragatas nada despreciables, una tartana y un barco de vela de gavia, los cuales fueron recibidos por los intrusos con salvas desde los baluartes.

Como a las siete de la mañana, los piratas abrieron las puertas de la parroquia y metieron a los prisioneros, y con ellos, a Agustín y los demás.

Beatriz y sus criados habían llegado entretanto al rancho de los condes en los médanos; Serafina y los mulatos que estaban a su servicio oteaban el horizonte intentando averiguar si los invasores llegarían a la Boca del Río, pero al ver que habían desembarcado ya en la Playa de Hornos, su tranquilidad fue creciendo. Los vigías desde la torre del campanario habían visto ya la bandera de los piratas ondeando en los baluartes. Serafina fue la encargada de tocar la campana de la capilla que hizo eco en cada rincón y se extendió por las llanuras; al cabo de un rato, todos estaban reunidos bajo los primeros rayos del sol en la entrada principal del rancho: los cortadores de caña, los negros en el trapiche, los vaqueros y los trabajadores del rancho.

—Escúchenme bien —dijo Beatriz—: Veracruz fue tomada por bucaneros. Si Dios quiere, no llegarán hasta acá, pero es necesario prevenirse. Las mujeres y los niños se quedarán conmigo en la casa grande; los hombres buscarán armas y estarán listos para la defensa.

Era la primera vez que oían de la presencia de piratas en el puerto. Comenzaron a circular las historias escuchadas al calor del fuego sobre bucaneros que asaban y se comían a los niños, que secuestraban a hombres y mujeres. Se sabía que en la toma de Campeche habían obligado al gobernador a comerse su propia lengua.

—Desde ahora, nada de aguardiente —continuó Beatriz—. Y tú, Fabián, ven por los arcabuces y los machetes para armar a los hombres. Hasta con piedras nos hemos de defender.

Cuando la hermosa morisca estuvo a salvo en su habitación, cerró los postigos y atrancó la puerta; sacó del baúl que había traído consigo el terciopelo rojo de las habas y, a la luz de una vela, se volcó a repetir nueve veces una letanía:

No conjuro habas
Sino al corazón de Lorenzo,
Con Dios Padre
Con Dios Hijo y con Dios espíritu Santo
Con el cielo y las estrellas
Con el campo y con las hierbas
Con la mar y las arenas
Con el sol y con sus rayos
Con el aventurado señor San Cyprián
Si suertes echó en la mar
Y le salieron ciertas y verdaderas,
Así me salgan éstas.

Echó las semillas sobre el pergamino con el doble círculo dibujado. Dos de las habas, como si tuvieran vida, se reunieron en uno de los extremos, sobre la frase que rezaba: "Se hace la voluntad", con lo cual Beatriz respiró aliviada. Luego sacó del baúl otro saquito que contenía dos rizos dorados, los reunió con las habas y repitió en un susurro:

Yo te conjuro, Lorenzo,
Con la sal y con el libro del misal
Y con el ara consagrada
Que me quieras, que me ames
Y me vengas a buscar
Como el santo óleo
Detrás de la cristiandad.

En el saquito metió los rizos, junto con dos habas a las que se habían reunido y un puñito de sal; le hizo dos nudos y se dirigió a la capilla. Ahí, sin que nadie la viera, enterró el saquito debajo del altar.

—Has de venir, Lorencillo, a recibir tu merecido. Me has de querer, para que yo te desprecie... —susurró apretando la mandíbula, y dos lagrimones de rabia salieron de sus ojos.

Sólo entonces se reunió con las otras mujeres, que hacían los preparativos para alojar a los trabajadores del rancho dentro de la casa. En el patio, a la sombra de un palo mulato, estaba un músico que llegaba quién sabe de dónde a amenizar las fiestas y saraos, y volvía a irse; regresaba cuando lo traía el viento. Esa tarde afinaba su vihuela y entretenía a los niños que hacían valla a su alrededor.

—Canta, Guaruso —ordenó Beatriz.

El músico comenzó a hacer sonar el instrumento que llenó el aire caliente de un sonido alegre y pegajoso:

Quitilán, quitilán
Que suenan las campanas de Malibrán
Que vienen los piratas que no vendrán
Quitilín, quitilín

Que suenan las campanas de Medellín
Y que suena y suena a rintintín...

Los negritos repetían las estrofas una y otra vez. El corazón de Beatriz se llenó de alegría. "Todo saldrá bien", se dijo. "Si vienen los bucaneros, ¡duro con ellos!, y si viene Lorenzo, ha de saber quién soy yo... Si las habas no mienten, ¡nos hemos de reunir!"

Pasaron dos días y Beatriz no tenía ninguna noticia de lo que ocurría en el puerto. Le preocupaba especialmente que Agustín y los otros no hubieran llegado al rancho. Desde lo alto de la torre de la capilla, veía con claridad la flota de los invasores: los trece navíos seguían frente a Veracruz sin que nadie los atacara desde los baluartes ni desde el castillo.

Pasado el medio día, vio venir a Agustín, desharrapado, corriendo como si detrás de él vinieran mil demonios. De inmediato Beatriz ordenó que le sirvieran aguardiente y redoblaran la guardia. Cuando el mulato recobró el aliento, relató los horrores que había visto:

—Ama Beatriz, ¡nunca había visto algo así! ¡Los bucaneros son malos como el demonio! Tienen a todos encerrados en la parroquia. Todo Veracruz está ahí adentro. Bueno, a los que no han matado, que son muchos ya, más los que se han muerto de hambre y de sed, o que han enloquecido allí adentro; los que no aguantan el encierro se dan de topes contra la pared. Hombres, mujeres, niños, negros, mulatos, todos revueltos, tan apretados, que apenas cabíamos parados.

—¿Cuánta gente habrá en la ciudad de Tablas? ¡Miles! ¿No podían escaparse?

—Clavaron con pernos grandes dos de las tres puertas y en la otra tenían puestas las guardias.

—¿Y las ventanas?

—¡Ay, mi ama! A quien se atrevió a treparse a los santos para llegar a las claraboyas o a la torre, lo bajaron a balazos. No contentos con el apretujadero en el que estábamos, luego llevaron a los muertos de afuera. Tuvimos que enterrarlos allí mismo, junto con los de adentro. Hubo que apretarse más, aguantando el resuello, para poder hacer los agujeros.

—¿Los tuvieron parados dos días? —preguntó Serafina, incrédula.

—Así nos tenían, dándonos de palos y gritándonos, "¡Morí, cerdos!" —Agustín tragó el aguardiente, como para ahogar en él todos los recuerdos—. ¡Y la peste! Esta mañana ya no se podía respirar ahí adentro con el olor a muerto y a lo que salía de toda esa gente encerrada. Al principio los prisioneros buscaban un rincón dónde aliviar el cuerpo, pero después, ahí, delante de todos hacían lo que tuvieran que hacer. Pero eso no fue lo más malo: desde la primera noche los bucaneros llegaron a la parroquia a solazarse con las mujeres; no sólo las mulatas y las negras: se fueron sobre las españolas, a las que les tenían más inquina.

—O más ganas —intervino Beatriz.

—¡Y no osaran decir algo los maridos, aunque fuera suplicando! Ahí mismo acuchillaron a dos que se atrevieron. Delante de todos las encueraban y las gozaban.

Beatriz sin poder esperar más, preguntó por fin:

—¿Y Lorenzo? Viene con ellos, ¿verdad?

Lorencillo era el único de los dirigentes del ataque que los visitaba dos veces al día, revisando a todos como si buscara a alguien; él los surtía de alimento y los tranquilizaba asegurándoles que si obedecían las órdenes, saldrían con vida. También era el antiguo oficial de la armada, al que ahora llamaban almirante, el que encabezaba la caballería de los piratas, formada con los trescientos caballos y mulas que había en la ciudad de Tablas, enjaezados con las colchas de seda que se habían robado de las casas principales, así como el clarín y la bandera del palacio. Esta compañía salía por la mañana a reconocer las playas y los médanos, y llevaba de regreso a prisioneros de los ranchos cercanos. Lorenzo no podía quedarse quieto y sus propios compañeros no entendían la razón de sus acciones.

—Ayer, aprovechando que Lorencillo andaba fuera, entraron a la iglesia los piratas con tres barriles de pólvora y cuerda encendida, dando gritos, diciendo que todos nos íbamos a morir abrasados. ¡Ahí se armó la de Dios Padre! Todos corrían como hormigas, atropellándose, cayéndose encima y lastimándose, pedían a Dios misericordia por las culpas, agarrándose los que podían de los santos de los altares. ¡Qué risotadas las de los malditos piratas! ¡Cómo les entretenía nuestro pavor!

Duró aquel infierno más de una hora, hasta que hicieron señas de que los perdonaban y que se callaran. En la tarde, delante de todos, agarraron a algunos negros y mulatos de los que tenían más cerca, para que dijeran si sus amos tenían escondida alguna plata en sus casas.

—Yo me hice chiquito y me escondí lo mejor que pude, detrás de la virgen de la Caridad del Cobre, para que no me vieran —Agustín entonces rompió en llanto—. A una negra de Gaspar de Herrera la marcaron con un hierro caliente en la cara. ¡Cómo olía a chancho!, y eso, revuelto con la pestilencia que ya había, nos hizo vomitar. La ingrata mujer confesó que su amo tenía una cantidad escondida... ¡A saber qué le hará el amo cuando se vayan los piratas por haberlo echado de cabeza! Se llevaron a don Gaspar casi en vilo y tuvo que entregar dos mil pesos.

El silencio se apoderó de la cocina donde estaban todos reunidos escuchando el escalofriante relato.

Beatriz sentía que le hervía la sangre; odiaba a los comerciantes y poderosos funcionarios de Veracruz, y no dudaba ni por un instante que Gaspar de Herrera mereciera que le arrebataran su fortuna mal habida, pero ¿por qué habían de torturar a los esclavos y no a los amos? ¿Siempre habrían de pagar los negros, los mulatos y las gentes de bien las faltas de los ricos? ¿Se habría equivocado al juzgar a Lorenzo? ¿Era tan cruel, tan ambicioso, tan corrupto como los demás? Se quedó abstraída por un momento hasta que la voz de Agustín la trajo de regreso:

—Luego mandaron que saliéramos de la iglesia algunos mulatos, negros y muchachos a traer algunas botijas de agua y algo de comer de lo que encontráramos..., y la verdad, hay bien poco ya para alimentar a tanta gente. Ellos se quedaron con lo mejor. Nos desperdigamos, entonces yo aproveché que los piratas se distrajeron y me vine volando para acá, a avisarle, aunque amenazaron con rastrearnos como perros si no volvíamos.

—No te preocupes, Agustín. Volverás, y yo iré contigo —dijo Beatriz.

—Pero, mi ama..., no le van a perdonar la honra los piratas.

—¡Ni que estuviera manca! —respondió Beatriz furiosa.

Cuando comenzó a oscurecer, Beatriz regresó a Veracruz a través de los túneles. Se había puesto la ropa de su marido: un justillo y un calzón de color oscuro, además de unas calzas y un chambergo del mismo color. Se había manchado a propósito el traje para pasar inadvertida, se había anudado la cabellera con un pañuelo, al cinto llevaba un alfanje y un pistolón. Completaba su atuendo un juboncillo de terciopelo tinto y cualquiera hubiera dicho que era un guapo mancebo a las órdenes de Agramont o Bruñón.

Halló en su casa a los piratas bebiendo y bailando, borrachos, en brazos de las mulatas de todo Veracruz, que se habían puesto los vestidos de las amas. Las esclavas reían complacidas, refrescándose con los abanicos de plumas; caminaban a duras penas sobre los escarpines de seda y forzaban sus cuerpos dentro de los vestidos y camisas de Holanda, imitando las risas y maneras de sus amas.

Los extranjeros departían en la enorme mesa del comedor y devoraban los jamones curados de las bodegas de los condes, bacalaos, aceitunas y alcaparras, y sobre todo, el aguardiente; sentaban a las elegantes esclavas en sus piernas, derramaban el vino en sus escotes y lo bebían de entre sus pechos.

Furiosa, Beatriz salió de ahí; una vez en la calle, sorprendió a más de algún bucanero en la oscuridad y con el alfanje los degolló, con la misma rabia con la que pasaba a los cerdos y a las gallinas a cuchillo, antes de ser condesa y después, a los comerciantes golpeadores de mujeres, a los nobles avariciosos, a los viejos casquivanos que llegaron a su lecho.

Pasó las últimas horas antes de que amaneciera dando vueltas por la ciudad de Tablas, comprobando la destrucción: lo que no se habían podido llevar los piratas lo habían destruido: hasta las puertas y las ventanas de las casas y los conventos estaban destrozadas. En las aguas cenagosas del río Tenoya flotaban los cadáveres de los habitantes de Veracruz y en los callejones se apilaban también algunos muertos, rodeados por enjambres de moscas que se disputaban los despojos con los sempiternos buitres.

La Plaza de Armas estaba cerrada, tal como había dicho Agustín: en las bocacalles se acumulaban los fardos de mercancías y en cada una de ellas había un cañón preparado para defender el botín.

Al amanecer, tal como lo había deseado, los bucaneros la tomaron por uno de ellos y le ordenaron llevar los petates de bizcocho a los prisioneros en la parroquia. En cuanto se abrió la puerta, una peste insoportable la hizo retroceder varios pasos. Se amarró un pañuelo sobre el rostro para respirar aire menos viciado y para no ser reconocida. El aspecto que tenían los prisioneros era deplorable: sudorosos, mugrientos, pero, sobre todo, aterrados.

Después de que los prisioneros se lanzaron como perros sobre el petate de bizcocho y las botijas de agua, un pirata les anunció que el general Van Horn quería hablar con los principales de Veracruz. Beatriz misma, junto con otros bucaneros, escoltó a los prelados de las órdenes religiosas, a las autoridades y a veinte de los principales comerciantes del puerto hasta el palacio de gobierno: Van Horn lo había convertido en cuartel general y morada.

Una vez dentro, Beatriz se mantuvo quieta en un rincón, para no llamar la atención, y desde ahí pudo presenciar toda la junta. Se sorprendió ante las galas de los invasores y sus suaves maneras. Los tres generales y el hijo de Van Horn se movían por el recinto como si estuvieran bailando, y ahí, en un rincón, tenían a una pequeña orquesta tocando suaves melodías; en la mesa había golosinas y jarras de vino que degustaban con delicadeza. Entre ellos Beatriz reconoció a Lorenzo: la piel dorada por el sol, la presencia imponente por su altura y las formas de su cuerpo. Sin querer se estremeció. ¿Sería capaz de matarlo, como se había propuesto?

Van Horn le pidió al guardián de los franciscanos mil pesos a cambio de respetar el convento y a sus frailes; por un momento las suaves maneras del filibustero les hicieron pensar que no corrían peligro, pero cuando el religioso dijo que no los tenía, el general se transformó: con un grito ronco dio la orden a sus hombres de que lo tundieran a golpes; como aun así no cambió su respuesta, lo pusieron en una garrucha y lo suspendieron en alto sobre la Plaza de Armas hasta que lo hicieron escribirle al provincial de la orden para que enviase los mil pesos. Viendo aquella escena, el prior de Santo Domingo prometió de inmediato dos mil pesos, firmando un contrato, lo mismo que el rector de la compañía, que fue obligado a entregar tres mil pesos, hecho lo cual, el pirata los regresó a la parroquia.

Se quedaron las autoridades civiles y militares, y después de un rato, en el que Van Horn y Gramont les hicieron comprender que estaban perdidos, el general, con su acento extranjero y sus suaves maneras, capituló que no quemaría la ciudad ni pasaría a cuchillo a todos los prisioneros, con tal de que les entregaran ciento veinte mil pesos en reales.

Un murmullo de incredulidad recorrió el grupo.

—Pero, señor, ¡eso es imposible! —exclamó el contador Morueta—. Ya se han llevado ustedes todos los bienes que estaban en las bodegas y en las tiendas; ya saquearon las casas y los conventos, ¿de dónde podemos juntar esa cantidad?

—Trayendo la plata de las minas de Zacatecas o el tesoro del virrey —respondió Van Horn con calma.

—¡Eso podría tardar semanas!, ...en caso de que quisieran mandarlo —profirió el gobernador, escandalizado.

—Es verdad, señores —dijo Lorenzo, llevándose a Gramont y Van Horn hasta un rincón—. En cualquier momento pueden aparecer las fuerzas virreinales o los galeones de la flota española, que según he oído, está por avistarse. Será mejor que nos demos por satisfechos con las riquezas escondidas de los prisioneros y dejemos cuanto antes el puerto.

Este último argumento pareció pesar en el ánimo de los filibusteros, y a regañadientes dieron por concluida la junta. Gramont ordenó a los guardias escoltar de regreso a los principales comerciantes del puerto, excepto al gobernador don Luis Bartolomé de Córdoba, a quien Lorencillo escoltó personalmente.

Beatriz se fue rezagando del contingente, para escuchar la conversación que el almirante sostenía con la primera autoridad del puerto:

—¿Ciento veinte mil pesos, Lorenzo? ¿Perdiste la cabeza en altamar? ¿Los soles del Caribe te frieron el seso? —preguntó don Luis procurando hablar en voz baja a pesar de la furia—. ¡No fue eso lo que acordamos! ¡Tampoco acordamos que encerrarían a todo el mundo en la parroquia! ¡Ni que mataran a la gente!

—¿Y qué esperaba vuestra merced? —le respondió Lorenzo—. Con Van Horn y Gramont no se juega, mucho menos se les puede controlar. Usted sabe que los necesitábamos para tomar el puerto y así obran ellos en todas partes.

—¡Tienes que sacarnos de este embrollo! —exigió don Luis.

—Cuando se hacen pactos con el diablo, mi querido gobernador, hay que asumir las consecuencias —respondió con sorna Lorenzo, apurando el paso para dar por terminada la conversación.

A la llegada del grupo a la iglesia, se hizo un silencio súbito y como todos querían preguntar a las autoridades cuál sería su destino, el vicario se subió al púlpito y dijo en voz alta después de pedir silencio:

—El señor general Nicolás Bruñón, de quien somos hoy humildes prisioneros, es tan piadoso que nos concede las vidas con tal de que declaremos lo que hubiese escondido entre nosotros o en nuestras casas, en los pozos o en los médanos, y amenaza también con pena de la vida al que usurpare algo en ese punto, para lo cual dará tormento a los esclavos y sabrá por sus confesiones lo que se ha ocultado, y en no habiendo entregado todo lo escondido, ejecutará sin remedio el castigo.

Un murmullo general se levantó. De nuevo hubo exclamaciones de descontento entre los comerciantes:

—¿Dónde están las fuerzas reales? —preguntó uno.

—¡Y el castellano! ¡Si don Fernando de Solís hubiera defendido el puerto como era su deber, estos hombres no estarían aquí! —exclamó otro.

—Y nuestro gobernador… —dijo alguien, dirigiéndose a don Luis en su cara—: Señor Córdoba, ¿dónde está su guardia? ¡Huyeron sin disparar un tiro!

—Pero de todos, los peores son los de la Armada de Barlovento. Le cuestan a la Nueva España más de quinientos mil pesos al año y se la pasan bebiendo en los congales de Veracruz. ¿Dónde están ahora? ¿Alguien lo sabe?

—Invadiéndonos —dijo una mestiza muy alterada—. Lorencillo era el condestable de la armada, ¿no? Y quién sabe cuántos de estos filibusteros hayan pertenecido a ella también.

—La armada está en Yucatán. Fueron a traer un cargamento de negros decomisados a un galeón holandés —explicó don Luis de Córdoba, tratando de recuperar alguna credibilidad.

—¡Qué conveniente! ¿No les parece? —preguntaban varios con ironía.

—¿Y las murallas? ¡Desde cuándo está pendiente la construcción de unas verdaderas defensas! Todo el mundo sabe que las que tenemos no sirven para nada, con los nortes se llenan de arena y cualquiera puede caminar encima.

—¿Quién estaba en los baluartes? ¡Para qué sirvieron los baluartes!

—Señores, por amor de Dios —suplicaba el vicario desde el púlpito—, no es momento para reclamos; entreguemos lo que piden los piratas: salvemos las vidas y piérdase todo lo demás. Ya se llevan lo más valioso, ¿qué puede haber oculto si no niñerías? Acabemos con nuestro padecer, antes de que nos vayamos a morir de hambre y sed.

Los prisioneros empezaron a manifestar lo escondido, en presencia del contador Morueta y del capitán Arias, del capitán Carranza y del vicario, con asistencia de cuatro de los piratas, entre ellos, Beatriz.

Mientras recogía las joyas de los habitantes de Veracruz, iba armando en su mente el infernal rompecabezas: las autoridades del puerto, desde el gobernador, el castellano y quién sabe quiénes más, estaban coludidos con Lorenzo. La corrupción de todos los funcionarios se evidenciaba ahora en esa situación desesperada, desde la costosísima Armada de Barlovento hasta los constructores de la muralla, que habían cobrado a la corona el triple de lo que valía la precaria empalizada, ahora enterrada en la arena. ¿Qué hacer frente a aquella miseria? Los poderosos habían condenado a los habitantes de Veracruz a ese tormento.

Horas más tarde, se habían juntado en joyas, anillos, zarcillos, perlas, relicarios, cazuelas y otras presas de plata, más de mil pesos. A eso se añadió que varias personas tenían consigo cantidades de a dos, de a tres y de a cuatro mil pesos. Incluso una de las más prominentes damas del puerto manifestó que, en joyas y alhajas que tenía escondidas en su casa, se juntarían siete mil. A pesar de todo, los piratas no quedaron satisfechos y rompieron su palabra diciendo que todos habían de morir, ya que los veracruzanos no querían dar el dinero; así volvió el susto y desconsuelo de los prisioneros, que no esperaban sino la muerte, porque aquellos hombres rudos insistían en que iban a prender fuego a la ciudad. Los habitantes de Veracruz pasaron el resto del día aterrorizados oyendo solamente: "Morí, cerdos saca plata" y recibiendo golpes a diestra y siniestra.

Beatriz pasó la noche oculta en la bodega de su casona de coral cercana a la plaza. No se atrevía a ayudar a los prisioneros, por temor a ser descubierta, pero tampoco se atrevía a regresar a su rancho y pretender que nada de lo que había visto y oído estaba sucediendo realmente.

A la mañana siguiente, cuando Beatriz consideraba regresar a la parroquia, uno de los piratas le gritó en francés:

—¿Quién eres? ¿A quién obedeces?

Aterrada, Beatriz se volvió y asestó por sorpresa un alfanjazo al bucanero, que no anticipó el ataque. Se disponía a arrastrar el cadáver cuando sintió el filo de un cuchillo en la espalda.

—Suelta el arma y date la vuelta muy despacio —le ordenó el atacante.

Cuando se volvió, se encontró frente a frente con Lorenzo. Sus piernas temblaron. El almirante le arrancó el pañuelo que cubría su rostro, le quitó el chambergo y dejó libre la cabellera oscura y ensortijada e hirsuta. Reconoció enseguida a la mujer a la que soñaba, a la que vagamente tenía en el recuerdo borroso de aquella última noche de carnaval. Sus ojos azules brillaron de una manera distinta y el rostro duro del pirata se suavizó.

—¿Quién eres? ¿En verdad eres tú? —preguntó por fin, aferrándola del brazo hasta lastimarla.

Beatriz no tuvo que responder. Agustín, detrás del pirata, le asestó en la cabeza un golpe seco con un grueso tablón recogido de entre los escombros. Había visto aquella escena y reconoció a su ama en peligro, por lo que dejó atrás al grupo de negros enviado por los invasores a buscar alimentos y corrió a su rescate. Lorenzo cayó de inmediato como un fardo.

—Ayúdame a llevármelo de aquí —ordenó Beatriz.

—Pero, mi ama... —se atrevió a protestar el joven sirviente—. Éste es el que está al mando y lo van a buscar por donde quiera.

—¡Que me ayudes, te digo!

Con dificultad se llevaron el cuerpo inconsciente, amarrado y metido en un saco. Así cruzaron algunas calles, cuidándose de los piratas, que no les prestaron mucha atención, ya que en aquel momento sacaban a todos los hombres de la parroquia para obligarlos a cargar los productos del robo hasta el embarcadero. Más de dos mil hombres llevaban, en hombros y en carros, plata, ropa y grana, además de las alhajas y otros objetos que encontraron en las bodegas.

A través de los pasadizos, ama y criado llegaron de regreso al rancho de los médanos, donde nada parecía haber perturbado la calma. Cuando Serafina y los demás criados los vieron llegar, corrieron en su auxilio.

—¡Bendita sea la virgen de la Caridad! ¡Han vuelto con bien!

De nuevo repicaron las campanas y corrió el aguardiente, se condimentaron los huachinangos con ajo y chile guajillo, se frieron los plátanos y los frijoles negros, y el Guaruso amenizó el sarao con su vihuela. Se sumaron al jolgorio otros mulatos, tocando el arpa. Después de la comida, los trabajadores del rancho siguieron la fiesta bailando bajo los árboles.

Pero Beatriz no quiso quedarse en la celebración y ordenó que llevaran a Lorenzo a su recámara, en la parte alta de la casa, y que lo dejaran amarrado, con una capucha en la cabeza para que no supiera en dónde estaba; en cuanto se hubo quitado de encima el tufo nauseabundo de la parroquia y ya con sus ropas de mujer, decidió interrogar al prisionero.

De su baúl extrajo una petaquilla que contenía un polvo amarillo. El floripondio pulverizado —según las enseñanzas de Petrona— quitaría toda la voluntad al prisionero, quien la obedecería ciegamente. Le quitó la capucha de la cabeza y sopló el polvo directamente a su rostro. El muchacho dejó de agitarse bajo las cuerdas que lo mantenían sujeto a la cama de Beatriz.

—¿Quién es usted? —preguntó con voz débil, intentando reconocerla.

—Soy tu dueña —respondió Beatriz, insolente, con la cabeza levantada, el seno erguido y una mirada de fuego.

—Agua, por el amor de Dios —pidió el prisionero.

—¡Qué sabes tú del amor de Dios! Ahora sabrás, en cambio, lo que está sintiendo la gente en la parroquia. No te daré de beber hasta que respondas. ¿Quién te ayudó a planear este ataque?

Lorenzo luchaba por recuperar su voluntad, volviendo a agitarse: trataba de librarse de las ataduras. Beatriz tuvo que soplar más polvo amarillo sobre su rostro. Entonces Lorenzo contestó, en contra de sí mismo:

—El gobernador, el castellano y algunos oficiales de la armada. Nos repartiremos el botín entre todos.

—¿Y qué piensan hacer con los prisioneros?

—Van Horn querrá matarlos a todos y Gramont hará lo que él le diga. ¡No puedo hacer nada! Esto se ha salido de control. ¡Debí haberlo sabido, conociendo a esos animales! No se puede confiar en ellos... Ahora es demasiado tarde.

Lorenzo cerró los ojos y Beatriz, incrédula, vio cómo las lágrimas corrían por las mejillas tostadas del joven. ¿Sería un ardid? Un hombre duro como ése, un marinero que no temía ni a Dios ni al diablo, ¿llorando? Y sin embargo, Beatriz creía a pie juntillas en el poder del floripondio, que doblegaba la voluntad más férrea y hacía aflorar los verdaderos sentimientos. No pudo controlar la rabia al recordar los tormentos a los que los piratas habían sometido a la gente de Veracruz y asestó una bofetada en el rostro de Lorenzo:

—¡Hipócrita! ¿Qué te importan los sufrimientos de esta gente si te saldrás con la tuya y te llevarás el botín más grande de tu vida?

—Veracruz es también mi casa. Viví muchos años aquí y tengo por amigos a muchos de los que ahora sufren. ¡Si supiera cómo detener a Van Horn, lo haría! —respondió Lorenzo con voz ronca, intentando secarse las lágrimas con la funda del almohadón, girando la cabeza—. ¿Para qué cargar con tantas muertes inútiles sobre mi conciencia? ¿Por qué matar a mis amigos y a la gente que siempre me recibió con agrado? No me sirven de nada esos muertos: al contrario, cada hora que pasa nos pone más cerca del peligro. ¡Hace días que yo hubiera soltado los trapos con rumbo a Tortuga!

El corazón de la mulata se enterneció. Se acercó al prisionero y lo besó. Pasó la lengua por el cuello, por el pecho del pirata, haciendo a su cuerpo reaccionar de inmediato. El calor era agobiante a pesar de la ligerísima brisa que se colaba a través de los postigos; Beatriz se despojó de la ropa y acarició con sus senos redondos, con sus pezones erizados, todo el cuerpo de Lorenzo, quien se arqueaba, sujeto aún de las cuerdas, para alcanzar el cuerpo de la mulata con sus labios. Pero ella se alejaba luego, permaneciendo fuera de su alcance. Por fin el pirata lamió las gotas de sudor que se habían acumulado en el estrecho valle entre los pechos de la mujer e hizo que Beatriz se estremeciera al devorarlos con un apetito añejo.

Luego ella volvía a torturarlo: con un cabo de la soga que aprisionaba sus extremidades, lo azotó en el pecho, en el vientre, en los muslos, sin llegar a lastimarlo, pero sí causándole una excitación que se confundía con el dolor. Ella exploró su cuerpo, teniéndolo a su merced, atado como estaba de los pilares de la cama, y, a horcajadas, lo poseyó con toda el ansia que le habían dado el miedo y la rabia de aquellos días aciagos; ansias que de inmediato se convirtieron en placer. Los gritos de Beatriz se oyeron hasta donde los trabajadores festejaban, y el Guaruso comenzó a cantar una nueva copla entre las risotadas de todos los presentes:

Para subir al cielo
Para subir al cielo se necesita
Una escalera grande
Y otra chiquita
Ay, arriba y arriba
Y arriba iré
Yo no soy marinero
Por ti seré, por ti seré.

Ya estaba oscuro cuando Beatriz se quedó dormida con la cabeza en el pecho del muchacho, que murmuró en su oído:

—Si te vas conmigo, te haré reina del mar, te haré una casa en la isla de Tortuga y me iré sólo para volver una y otra vez a tus brazos, y para cubrirte el cuerpo de monedas de plata, de cacao de La Guaira, de perlas de la China...

Besó su mejilla y, al darse cuenta de que una de las ligaduras de sus manos se había aflojado, se soltó. Por un instante pensó que podía ahorcar con aquella mano a su captora, pero sólo pudo acariciar su cabello y la curva pronunciada de la cintura antes de caer también rendido.

Beatriz despertó en la madrugada. Todavía entraban por la ventana las risas de los negros que seguían de fiesta bajo los árboles, y desde más lejos llegaba el latido de los tambores en los palenques de trabajadores, confundidos con el murmullo del oleaje en Mocambo.

Cuando tomó conciencia de que Lorenzo había soltado sus cuerdas, se alarmó, para luego darse cuenta, conmovida, de que no le había hecho daño. Un rato largo estuvo mirando al espejo de obsidiana antes de decidir lo que debía hacer, y procedió a esparcir los vapores de la botellita negra sobre el agotado amante, que de inmediato cayó más profundamente en la inconsciencia.

Mandó traer a los sirvientes para que regresaran a Lorenzo a Veracruz y lo abandonaran en algún callejón oscuro antes de que despuntara el alba.

—Pero, mi ama —protestó otra vez Agustín—, podemos matarlo ahorita mismo.

—No vas a tocarle un solo pelo —ordenó Beatriz—. Sólo él puede desenredar lo que ha enredado y evitar una masacre. Dile a Felipe que ensille mi caballo, yo también saldré enseguida.

Al amanecer, Beatriz se encaminó a todo galope, acompañada de Serafina, por el camino a Yanga, el pueblo de negros libres que había fundado su abuelo, ése que los blancos llamaban San Lorenzo de Cerralvo, a buscar ayuda.

Lorenzo despertó cuando el sol le pegó en la cara. Adolorido, confundido y hambriento se dirigió a la plaza, a enterarse de las noticias. Estaba seguro de que había sido víctima de algún hechizo poderoso, alguna droga, algún bebedizo que no le permitía recordar qué había pasado y que sólo le había impreso una imagen femenina en la memoria. ¡Una diablesa, una bruja! ¡Y no podía dejar de pensar en ella! Una voz dulcísima repetía en el fondo de su cerebro: "No te resistas, ¡eres mío!".

En el camino hacia el palacio, encontró un revuelo como de fiesta: los piratas recorrían las calles en los caballos y coches que habían robado, adornados con las colchas de seda que habían hallado en las casas de los más pudientes mercaderes, y ellos, muy galanes, traían tres y cuatro camisas sobrepuestas, y otros tantos calzoncillos de seda. Las mulatas iban en ancas, tan borrachas como ellos, ataviadas con los elegantes vestidos de las señoras.

Hubiera sido un desfile de carnaval, de no ser por los cadáveres que iban aplastando a su paso y el revoloteo de los buitres que iban espantando con el látigo. Algunas casas ardían y en todas se veían ya sólo boquetes donde había habido puertas y ventanas, mientras que desde el interior de la parroquia se oían los lloros y lamentos de los prisioneros pidiendo agua, pidiendo algo de comer.

Al hablar con los piratas, Lorenzo se enteró de que una vez más Van Horn había amenazado con degollar a todos los prisioneros y quemar la ciudad; se habían llevado a la mayor parte de los esclavos a la isla de Sacrificios y, como habían estado en junta de nuevo con los principales la mayor parte del día, habían olvidado llevar alimento y agua a la gente. De inmediato ordenó Lorenzo que les llevaran de comer y de beber a los prisioneros que, famélicos y deshidratados por el encierro en pleno calorón de mayo, se pelearon por las pocas botijas de agua y tres petates de bizcocho que los criados introdujeron a la parroquia cerca de medio día. Acababan de agotar sus exiguas provisiones cuando un mulato con un escoplo y un martillo, acompañado de tres franceses con hachas en ristre, llegó a la iglesia. El mulato fue abriendo los sagrarios y sacando los vasos, quitando las lámparas y sacando la plata de la sacristía, las coronas de las imágenes, sin dejar pieza de plata por chica que fuese; incluso a la caja del sepulcro le fue quitando las junturas y otras piezas de plata, hasta que la hizo pedazos.

#60 01-11-2017 2:04PM
Item(s) checked out to YOUNG, MARIA G

DUE DATE: 02-01-17
TITLE: Las mujeres de la tormenta
BARCODE: 33090020742344

DUE DATE: 02-01-17
TITLE: Tengo tu número
BARCODE: 33090015514724

Brewitt Neighborhood Library
Renewal Line: 570-5496 or 570-5498

En eso estaban cuando por toda la ciudad se oyeron los gritos de alarma de los piratas: en los médanos estaban apostados mil demonios negros armados, decían los que vigilaban desde los baluartes.

—Son los negros de Yanga —dijo Lorencillo—. Son feroces y no tienen miedo a nada.

—¡Tenemos que salir de aquí! —concedió al fin Van Horn.

Echaron fuera de la iglesia a todos los hombres, así españoles como mulatos y negros, y los cargaron con envoltorios de ropa, tercios de harina y fardos con los que habían tapado las bocacalles. Los cruces por donde iban pasando los prisioneros estaban custodiados por los piratas, a fin de que no escaparan o armaran alboroto.

Así condujeron, a pleno sol de mediodía, a los prisioneros que llegaron horas más tarde hambrientos, apaleados y tan rendidos que se caían muertos algunos con la carga, rumbo a la playa de Hornos, situada a media legua de la ciudad.

Amenazados por los negros de Yanga que ya entraban al puerto y por los oficiales de la Antigua Veracruz que se acercaban por el norte, la tensión entre los atacantes fue creciendo, por lo que a la orilla de la playa aquello se volvió un pandemonio: el antiguo esclavo vuelto pirata que al encontrar entre los prisioneros al que había sido su amo lo mataba; el caballo, en el que un pirata había cargado su botín, escapando de regreso a la ciudad y dejando a su dueño desesperado y disparando a todo aquel que tenía enfrente; los bucaneros que por orden de Van Horn mataban a sus propios compañeros exclamando "Ya no servir más", para no compartir con ellos los tesoros…, y Lorencillo, que intentaba que aquel infierno se calmara en lo que transportaban a los rehenes a la isla de Sacrificios.

Lo peor fue la muerte del hijo del general, que venía a galope sobre un caballo retinto desde la ciudad. El caballo se asustó al parecer sin razón y tiró al pirata, que se rompió el cuello. Van Horn se vengó disparando contra los prisioneros, que a pesar del cansancio, emprendieron la fuga a todo correr por la playa.

Los piratas embarcaron aquel día el cargamento de ropas y harinas, y a todos los prisioneros en barcos, piraguas y lanchas; en la isla estaban más de dos mil negros y alrededor de cien soldados, custodiando la bandera roja con la insignia de Van Horn, izada en un tronco.

Los prisioneros llegaron sedientos; como se morían de calor, se echaron al mar, donde estuvieron refrescándose la piel renegrida casi toda la tarde, bajo la mirada de los piratas. Era una lástima verlos: a algunos que se les caía el pellejo, otros eran una llaga completa y los demás tenían los cuerpos negros. Ni siquiera podían pensar en escapar, porque las trece embarcaciones de los bucaneros rodeaban la isla, de suerte que tenían a los prisioneros a boca de cañón de su artillería.

En la junta del día siguiente, a bordo de la nave capitana de Van Horn, el bucanero fue implacable, enloquecido por la muerte de su hijo y sabiendo que los negros de Yanga no tenían barcos ni lanchas para atacarlos. Tenían que entregarle ciento veinte mil pesos en reales, además de toda la grana que hubiese en la ciudad, toda la lona, doscientas botijas de vino y aceite, así como todo el bizcocho, harina y cecina que hubiese menester para su armada. Los enviados tenían diez días para conseguir lo acordado para el rescate o los rehenes de la isla morirían.

Beatriz y sus sirvientes entre tanto, habían regresado a su casa en la ciudad y ocupaban todas las horas en ayudar a los sobrevivientes de la parroquia, que eran, los más, ancianos y heridos graves, además de mujeres aterrorizadas, todavía en plena histeria después de haber sido ultrajadas y mal comidas por tanto tiempo.

A pesar de los días de intenso trabajo, la muchacha no lograba conciliar el sueño por las noches. Las pesadillas la acosaban hasta la madrugada, cuando se levantaba sudorosa y aterrorizada por las imágenes que aparecían en su espejo de obsidiana: veía a los rehenes en la isla sin nada que llevarse a la boca, otros inmóviles, ya muertos de hambre o insolados, porque sus captores derribaron las sombrillas que habían hecho con cornezuelos y zacatillo de la mar. Estaban casi desnudos, al haber sido despojados de la ropa y hasta de la más pequeña joya.

Mientras, del otro lado de la isla, las esclavas, ebrias de aguardiente y entusiasmo por el interminable jolgorio, se bañaban en el mar, jugando con las olas, vestidas todavía con los brocados de las amas. Ahí, delante de todos, los bucaneros llegaban a holgarse con ellas sin preocuparse por buscar un refugio. Los aterrados prisioneros escuchaban a lo lejos las risas y los gritos de las negras, y las canciones soeces de los piratas alcoholizados que regresaban tambaleantes a sus barcos, tirando mandobles y amenazando a los cautivos.

Al ver aquello en los pliegues del espejo, Beatriz, desesperada, ordenaba tomando los rizos de Lorenzo entre sus dedos:

—¡Tienes que salvarlos! En nombre del Padre, y del Hijo y de la Santísima Trinidad, declaro que me habrás de obedecer. ¡Lorenzo, conjuro a tu voluntad! ¡Me perteneces y te ordeno que salves a esa gente! ¡Tienes que salvarlos!

Ya había pasado más de una semana y las labores para conseguir el rescate continuaban. Los oficiales y los intermediarios de los piratas se habían lanzado a los caminos a buscar las recuas de plata y grana que habrían de embarcarse a España a fin de cubrir los ciento veinte mil pesos, mientras los demás empacaban la lona y los alimentos para llevarlos de a poco hasta los navíos piratas.

Ese día, los sobrevivientes avistaron los galeones de la flota: aquellos esqueletos renegridos contaron hasta siete velas y le dieron gracias a Dios, pero a la hora de la oración, los galeones ya se habían vuelto mar adentro, porque del castillo les avisaron que no se atrevieran a acercarse a riesgo de caer en manos de los filibusteros.

A la mañana siguiente Van Horn mandó llamar al gobernador: tendría que apurar a los enviados a entregar el rescate aunque no se hubieran cumplido los diez días. Tanto para los piratas como para los rehenes la situación era insostenible: unos no podían arriesgarse a enfrentar la bien armada flota española y los otros estaban menguados en número, ya que muchos de los prisioneros habían muerto o estaban enfermos.

Los mismos bucaneros murmuraban entre ellos que la estancia en Veracruz se había prolongado más de lo razonable. Con los tesoros que ya habían conseguido vivirían holgadamente durante años. ¿Para qué se empecinaba Van Horn en los pesos que sólo el diablo sabía si existían? Algunos hablaban de rebelarse y largarse de ahí lo antes posible.

Esa tarde llegó el rescate, que se puso enfrente de la isla. Los agresores fueron en una piragua a recogerlo junto con algunos de los rehenes; una vez que tuvieron en sus manos el tesoro, soltaron a los mensajeros en tierra firme y se llevaron los sacos con los ciento veinte mil pesos en una tartana, dirigiéndose a los navíos de alto bordo. Cuando concluyeron la maniobra de embarque, Lorenzo le dijo al general Van Horn:

—Sería bueno regresar ya a los prisioneros de la isla a tierra, no hay más qué hacer con ellos.

—¿Estás loco? —contestó Van Horn, encolerizado y enarbolando el alfanje—. ¡Los pasaremos a cuchillo ahora mismo! ¡No levaremos anclas antes de haberlos matado a todos!

Lo que sucedió después fue confuso: un clamor de indignación se levantó entre los piratas, que querían largarse en seguida: no veían utilidad alguna y sí un gran esfuerzo en dar cuenta de los cautivos, fuera como fuera. En medio de los gritos e insultos, Lorenzo le arrancó el arma a Van Horn con tal ligereza que, antes de que el general se diera cuenta, le había dado un alfanjazo en un brazo y otro en la cabeza, encima de la oreja.

Gramont quiso detener la riña en ese momento, pero antes de que intentara nada, los piratas de Lorencillo ya lo tenían rodeado y desarmado. El almirante ordenó entonces que llevaran a Van Horn al *Neptuno*, la nave almiranta, y encerraran a Gramont en la bodega. A partir de ese día nadie volvió a ver al general, y la autoridad de Lorenzo se acató como incuestionable.

—Nos iremos esta misma noche —ordenó.

Los navíos, bien pertrechados, erizados de cañones y ahora repletos de los tesoros de Veracruz, fueron levando anclas de uno en uno. Llevaban más de seis millones de pesos en plata, grana, vino y aceite, lona, harina, cecina, además de los adornos de las iglesias, las joyas y ropa de todos los almacenes y casas de la ciudad de Tablas. También se llevaron a más de mil quinientos esclavos, a algunos sacerdotes y al gobernador.

Beatriz supo, a través de las habas, lo que había ocurrido esa tarde.

—Se va —dijo para sí en un murmullo—. Se va y yo no puedo quedarme. Él es quien es, y aun así debo estar a su lado. Vendrá a buscarme, lo sé.

Mandó llamar a Serafina y, después de abrazarla, le extendió los objetos mágicos del baúl.

—Si no regreso, son tuyos. No dejes que caigan en manos equivocadas. Yo tengo que cumplir mi destino, si no, no me perdonaré jamás.

En su caballo, se dirigió a la Boca del Río, a donde llegó bien entrada la noche. Ahí esperó temblando hasta que en la madrugada, un lanchón se fue dibujando entre las olas. Lorenzo venía en él con dos de sus hombres. Al verla, respiró aliviado y la ayudó a subir a la embarcación.

Al día siguiente por la mañana, casi todos los navíos de los piratas estaban a una legua mar en fuera, menos el barco de vela de gavia de la flota de Lorencillo, que venía de la Boca del Río. Unas cuantas horas más tarde, las embarcaciones del almirante se perdieron de vista también.

Aunque los prisioneros de la isla de Sacrificios pudieron volver ese mismo día a tierra firme, pasaron varios años antes de que los sacerdotes y el gobernador regresaran al puerto desde la isla Tortuga. Los esclavos fueron vendidos a buen precio en Jamaica y no volvieron jamás a Veracruz.

Todavía años después, se cantaban en las tabernas del puerto las hazañas de Lorencillo en las coplas que los bebedores coreaban:

Una niña se robó
El pirata Lorencillo
Y medio mar se quemó
Con la lumbre del cerillo.

Éstas son las horas
Y éste el estribillo:
¡Viva el rey de España!
¡Muera Lorencillo!

IV
Kyrie eleison

Xalapa. Época actual, agosto

Lilia iba retrasando cada vez más su regreso a la Ciudad de México. Había pedido a su asistente que le enviara sus libros y notas a fin de continuar su trabajo de investigación desde la casita en La Pitaya, y aunque se mantenía en contacto con sus colegas, se ocupaba la mayor parte del día en averiguar más sobre las actividades de su madre, en lo particular, las referentes a la asociación, pero le daba pena preguntar a la gente que había conocido a Selene por qué había escrito esas extrañas historias fechadas en diferentes épocas.

¿Su madre, una escritora de cuentos de brujas? ¿Por qué dedicar tiempo a plasmar las historias (reales o no) de la región? ¿No tenía suficiente con su labor como activista? De cualquier manera, ella encontró interesantes las historias narradas en las libretas, y aquellos cinco cuadernos azules pasaron a ocupar un lugar en la mesa de trabajo, mientras que la caja con los otros objetos volvió a lo alto del clóset, sin que Lilia se ocupara más de ella.

Epitacia iba todos los días a limpiar la casa y poco a poco fue estableciéndose una relación más estrecha entre las dos mujeres, a pesar de la edad y las diferencias que las podrían haber separado. La señora mayor parecía saber cómo hablarle a la joven, y la manera como la había consolado, a través de los platillos de la región, le había ganado el corazón de Lilia.

Así, a medida que pasaban los días, la académica prestigiada se veía peguntando a la campesina sobre los nombres de las flores y los insectos, sobre la posibilidad de que lloviera, sobre la temporada de cosecha del café..., y cada día aprendía los usos de las plantas y los sabores específicos de aquella tierra.

> Tortillas azules hechas a mano con salsa de hormiga chicantana.
> Quelites con nopales y epazote.
> Flores de frijol hechas en huevo.
> Infladas de masa negra.
> Tamales rancheros envueltos en hoja de plátano.
> Frijoles con hoja de aguacate.
> Caldo de pescado con acuyo.
> Xonequi con orejitas de masa y yerba de conejo...

Pronto, aquella presencia se hizo indispensable, un verdadero consuelo, y ella, a quien jamás le había interesado cocinar, enseguida estaba junto a Epitacia ensayando cómo amasar, qué mezclar, en qué punto freír los plátanos para el arroz, cómo reconocer los tipos de hongos y qué hacer con esas hormigas que sólo aparecían durante el tiempo de lluvia.

Un día, ocupadas en esas labores, Epitacia comentó:

—Así que está leyendo los cuadernos de su mamá.

—¿Usted sabe de ellos?

Claro que sabía. Selene le había contado que estaba preparando una historia de las brujas en Veracruz. Una historia de cómo las mujeres de la región habían logrado rebelarse a su condición y usar los conocimientos prohibidos para curar o dañar, pero sobre todo, para sobrevivir en un mundo de hombres, donde ser mujer significaba ser maltratada, golpeada y condenada a morir joven.

Su madre quería escribir una historia de cómo se habían mezclado los elementos provenientes de los esclavos africanos, de los indígenas y de los españoles, para crear una tradición única. Había estado investigando, le dijo Epitacia, en libros y archivos, pero también había ido a los pueblos cercanos a preguntarle a la gente, a los nahuales, a las "mujeres de conocimiento", así les llamó.

—Selene se la pasaba escribiendo, viajando, batallando... —dijo Epitacia con un dejo de nostalgia.

Lilia no dijo nada, pero le extrañó escuchar que Epitacia llamara a su madre por su nombre de pila. Nada de "señora"... Y, si lo pensaba con cuidado, la mujer se movía con demasiada confianza por la casa, como si también le perteneciera. Le atribuyó aquello a la manera en que su madre establecía los vínculos con toda clase de personas y a las ideas de igualdad que había tratado de inculcarle desde niña.

Epitacia la miraba de soslayo en silencio. De pronto le dijo:

—Le voy a traer el diario de su mamá. Ahí apuntaba todo lo que hacía. A lo mejor eso le ayuda a entender... A ella le gustaría que usted supiera. Me lo dio antes de irse y me pidió que no se lo entregara a nadie más que a ella. Se puso muy inquieta cuando entraron a robar la casa, aunque no se llevaron nada, más que su computadora. Eso sí, le revolvieron todo.

Lilia se puso en guardia. Recordó que a todas las activistas de la asociación les había ocurrido lo mismo; al parecer a alguien le interesaba mucho la información que su madre pudiera tener. ¿Qué podría ser?

Epitacia le llevó un cuaderno igual a los otros. Al hojear algunas páginas, Lilia se detuvo. No quiso leer de inmediato lo que ahí había. Se sorprendió teniendo miedo de lo que podría encontrar en aquel relato y lo escondió, con el resto de las libretas azules, en una maleta detrás de toda la ropa del armario. Sabía que era un escondite ingenuo pero, por otro lado, los interesados en la información que su madre tenía ya habían ido a buscarla y era evidente que las libretas azules no habían resultado de su interés.

Por esos días, Lisa y las otras mujeres la convencieron de organizar una marcha para protestar por la falta de avance en las investigaciones. A las activistas les costó convencer a Lilia de participar. La médica nunca había tomado parte en una protesta de aquel tipo: por el contrario, hasta aquel momento había considerado a los marchistas como sobrevivientes de un pasado remoto, cuya función era molestar a los ciudadanos útiles congestionando el tránsito.

—Es parte de la cultura política nacional —explicó Lisa—. Aquí si no te hacen caso las autoridades, de inmediato organizas una marcha. Es la única forma de diálogo que los políticos nos han dejado.

Cuando Lilia vio la cantidad de gente que se reunió en la explanada del teatro, no podía creerlo: cientos de jóvenes y viejos con ropa blanca, enarbolando pancartas y velas encendidas llenaban la avenida. La invadió el sofoco, así como un calorcito agradable que le fue subiendo por la columna vertebral hasta colorearle las mejillas y hacer brillar sus ojos. ¡Esos desconocidos venían a apoyarla! ¡Venían a exigir justicia para su madre muerta!

En las pocas calles que los separaban del centro, la mujer entendió por fin el significado de la solidaridad y la gratitud. Toda aquella gente gritaba consignas, como si se tratara de algo personal: a todos les dolía la muerte de Selene como si fuera su propia madre. La activista se había convertido en el símbolo de la víctima, en el que muchos podían sublimar su propia pena: como algunas mujeres que llevaban fotografías de hijos —sobre todo hijas— desaparecidos o muertos; o su propio miedo: cualquiera podía ser asesinado.

Al llegar a la plaza, algunos manifestantes se tiraron en la calle, mientras otros dibujaban sus siluetas con gises blancos y amarillos. Por un momento, mientras las campanas de la catedral llamaban a misa de seis y las palomas del parque formaban una aleteante nube gris, la calle principal de la ciudad se llenó de cuerpos: muertos vociferantes que al pararse dejaron plasmadas sus figuras; cientos y cientos de siluetas de tiza que Lilia no olvidaría ya. Luego inició un fandango por la justicia, con décimas leídas a la luz de las antorchas, mientras otros artistas de crucero realizaban malabares y todos gritaban "Ni una más".

Las jóvenes que Lilia había visto en el velorio de su madre aparecieron entre la multitud y, sin decirle nada, sujetaron sus manos, como si con ello quisieran sostenerla, animarla a seguir adelante.

Un funcionario del gobierno la mandó llamar pasadas las siete y en una oficina húmeda al fondo del palacio se afanó durante más de media hora en explicarle cómo estaban haciendo todo lo posible por resolver el caso, le enseñó expedientes abiertos, declaraciones de testigos, fotografías de partes del cadáver y un análisis pericial de los contenidos de la gallina muerta: al parecer, hierbas medicinales y sebo.

—No entiendo. ¿De qué me sirve saber eso? —reclamaba Lilia.

—Tenga la seguridad de que hallaremos un sentido a todo lo ocurrido y atraparemos a los asesinos de su madre.

Hablaba con tanta seguridad, como si de verdad él mismo se creyera lo que estaba diciendo. ¡Cuánto hubiera querido creerle!

—Pero ¿cuándo?

—Pronto.

Lo impreciso del término, la palmada en la espalda y la súbita aparición del guardia que la escoltó a la puerta hicieron que le hirviera la sangre a la agraviada. Y sin embargo, por el momento no había más que hacer ahí.

Regresó a su casa con sentimientos encontrados: gratitud y satisfacción por no saberse sola y, a la vez, perdida en un laberinto judicial que no parecía llevarla a ningún sitio. Tendría que buscar otras pistas ella misma. Para eso era investigadora, de algo habría de servirle el método científico, después de todo.

Los días de verano se deslizaban con calma en la casita de La Pitaya. La muchacha se fue acostumbrando a la vida sosegada de la comunidad. Por la mañana se iba a subir el cerro con el grupo de amigas de su madre, antes de dedicar algunas horas a su trabajo mirando hacia el jardín y la pared verde de bambú. ¡Todo parecía tan apacible!

A veces se sentaba en el columpio que su madre había colgado de las ramas de una haya añosa y, mirando cómo los rayos de sol se colaban entre las palmeadas hojas e iban a posarse en la gata, que dormía la siesta sobre el pasto, Lilia más de una vez rompió en llanto: no era justo que el mundo siguiera su curso, no podía ser normal que el sol siguiera brillando y que la belleza deslumbrante de la naturaleza llenara todos sus sentidos cuando su madre estaba muerta.

Cuando miraba las exóticas flores de yoloxóchitl aferrándose a las columnas de madera que sostenían el techo, pensaba en el río Papaloapan, donde flotaban las cenizas de su madre: mientras aquella lujuriosa oquedad violácea ofrecía su impúdica belleza al sol, su madre en cambio se desintegraba lentamente en el fondo, hasta que de ella no quedara ni el recuerdo. ¡Carajo! No estaba bien seguir viva, que todo el mundo siguiera vivo, si ella estaba muerta.

Para recuperar la calma, por las tardes en que los aguaceros de verano azotaban los cristales, Lilia tomaba su lugar en el mullido sillón de la sala junto a Astarté y encendía la chimenea, aunque no sintiera frío. Le gustaba oír el crepitar del fuego en contraste con el ruido de los truenos que parecían querer romper el cielo. Entonces sentía un poco de paz. La prisa y los pendientes impostergables parecían ridículos frente al reflejo rojizo del fuego en la ventana.

Una de esas tardes de tormenta, justo cuando la calma regresaba y el calor levantaba una casi imperceptible neblina desde el pasto, la campana que su madre había instalado para que hiciera las veces de timbre rompió el silencio. Astarté brincó del sillón cuando Lilia abrió la puerta. Era Fernando, el abogado de la asociación.

Aceptó un café y se sentó en la sala con la familiaridad que dan los años. Lilia se preguntó cuál sería la relación de su madre con aquel hombre. Era todavía joven, más o menos de su misma edad, y sus ademanes desenfadados contradecían su ocupación. Los abogados que Lilia había conocido eran más convencionales y usaban un lenguaje excesivamente formal, por lo menos en el trato con desconocidos. Fernando en cambio tenía el pelo ondulado ligeramente largo y su ropa era informal. Un par de pulseras de estambre y el discreto collar de conchas y ámbar hacían pensar más en un artista que en un estudioso de las leyes.

—No hay progreso en la investigación —le dijo así, de entrada—. Hablé con todos los contactos que tenemos, pero me temo que hay gato encerrado. No salimos de lo mismo: muerte por diez impactos de arma de fuego; posible móvil, el asalto.

Lilia sintió un agujero en el estómago. Era rabia otra vez.

—¡No le robaron gran cosa! Si lo piensas bien, ni el coche. Nomás lo dejaron desbaratado en la zanja.

—Lo sé —coincidió Fernando. Luego, tras un momento de silencio, continuó—. Quiero decirte cuánto lamento lo que pasó y que sepas que voy a hacer todo...

—Gracias —atajó Lilia.

No quería la compasión de los extraños. No sabía muy bien qué terreno estaba pisando y le molestaban mucho los lugares comunes. Odiaba ser un lugar común.

—Tienes los ojos de Selene —espetó él levantándose.

La muchacha se descontroló. No esperaba aquella frase. No sabía, ¡no quería tener los ojos, nada de su madre!

Cuando Fernando se perdió en el sendero arbolado más allá de la reja, Lilia se encaminó al cuarto, resuelta a leer el diario de Selene. Antes de abrirlo, dejó escapar su vista en los objetos dispersos sobre el escritorio: había varias fotografías de su madre en diversas etapas de su vida. En una de ellas, una joven Selene miraba a la cámara con los ojos brillantes y risueños: estaba en un parque, vestía una falda larga de batik y se le veía el cabello ondulado y oscuro cayéndole sobre la espalda.

Lilia tuvo que aceptar que, en efecto, se parecía a ella: los mismos ojos pequeños de reflejos verdosos bajo unas cejas pobladas, la frente amplia y redondeada, la piel morena clara y la esponjada cabellera negra. Muchas veces su madre repitió que tenían sangre negra y Lilia hasta ahora comprendía el significado de aquello. El porte era altivo y juguetón, con algo de andaluza, que Selene había destacado usando pulseras en brazos y tobillos, y largas arracadas de plata; mientras que Lilia había ocultado esa faceta bajo ropa formal y el cabello sujeto en la nuca. Fue toda una sorpresa constatar el parecido en el espejo.

—Tengo sus manos y sus ojos, la misma boca y hasta el lunar del cuello...

Después de un rato volvió al diario de Selene. La activista había iniciado la narración ese mismo año y contaba en aquellas páginas su llegada y actividades en Xalapa. A medida que pasaban las páginas y los días, Selene había ido intercalando cada vez más recortes de periódico, fotografías de mujeres cubiertas de sangre, así como de funcionarios en diversas situaciones, y documentos que no parecían hacer mucho sentido. El recuento se detenía unos cuantos días antes de su muerte. Era una sucesión de notas cada vez más inconexas, escritas con letra cada vez menos clara —tal vez con prisa o en estado de ebriedad—, llegando a ser casi ilegible.

Lilia, decidida a desentrañar el misterio, no se arredró ante tal evidencia y se dispuso a leer, primero, y a descifrar lo mejor que pudo después, aquellas notas que eran el único documento para conocer la historia reciente de su madre. Y al ir leyendo, iba entretejiendo sus propios recuerdos sobre los acontecimientos que ahí se narraban. No podía leer de corrido, era demasiado doloroso.

Así se fue enterando de la vida y motivaciones de su madre, de sus relaciones, de sus miedos, del amor que le había tenido, así como su incapacidad para expresarlo.

Selene tenía más de cuarenta años cuando llegó a Xalapa a fines de la década de los ochenta, buscando un refugio para el alma, después de haber vivido toda su vida en la Ciudad de México.

La familia materna, de antiguas raíces veracruzanas y emigrada a la capital a mitad del siglo xx, le había dejado una considerable herencia que hizo innecesaria incluso la pensión alimenticia después del divorcio. No la hubiera pedido de todos modos, aquello habría ido en contra de todos sus valores, de los cuales, la independencia absoluta era el esencial.

Selene relataba cómo se había casado con el padre de Lilia, Federico, cuando eran muy jóvenes, después de un cortísimo noviazgo siendo ambos estudiantes de arquitectura. Él terminó la carrera y se convirtió en un profesional exitoso, mientras que ella se había cambiado a historia del arte porque nunca terminó de convencerle su opción original.

Luego había nacido la niña y ella se había dedicado a cuidarla los primeros meses. En su narración confesaba cuánto miedo había tenido frente a la responsabilidad de criarla, cuán incapaz se había sentido, atormentada de no saber hacer lo que sería mejor para ella. Por eso, aventuraba Selene en sus recuerdos, la había sometido a cuidados excesivos, a una sobreprotección enfermiza que iba en contra de lo que ella realmente ansiaba para su hija: la libertad.

Las páginas manuscritas seguían narrando cómo, cuando Lilia cumplió un año, Selene decidió dejarla en manos que entonces consideró más capaces que las suyas, o quizá sintiendo el peso abrumador de la responsabilidad, temiendo que ella no tuviera la capacidad para ser madre y sospechando, en el fondo, que no se merecía a aquella hermosa criatura que dependía totalmente de ella y cuya vida estaba en juego si ella cometía un error.

Por ello, confesaba, pretendió evadir el peso de la maternidad en busca de otros emprendimientos con los que pretendía salvar al mundo. Federico los permitió, pero no acompañó ninguno de ellos. Convencida de las nuevas ideas de alimentación que se hacían imperiosas en la Era de Acuario, abrió un restaurante vegetariano que quebró rápidamente; luego quiso recuperar sus raíces veracruzanas y puso un bar especializado en música jarocha que no supo administrar, aunque dedicó a él todo su tiempo; después optó por seguir estudiando y eligió una maestría en antropología, pero algunos meses más tarde la dejó, aburrida de las exigencias académicas de una tesis, y prefirió tomar cursos de historia de las religiones, de astrología, de meditación y de cuanta cosa nueva y extraña pudo encontrar... Siempre había sido inquieta y tenía un hambre insaciable de conocimientos no convencionales, diferentes...

Cuando Lilia llegó a esa autojustificación materna, tiró el cuaderno a un lado con rabia. Claro: su madre siempre se había interesado en las cosas más extravagantes, como una adolescente que no había acabado de crecer. ¿Cómo había podido abandonarla para poner un bar? ¿Qué quería decir con "manos más capaces que las suyas"? ¿Las de la nana? Esa mujer que ella terminó llamando "mamá", porque con todo y su hablar de pueblo, su ignorancia para muchas cosas, supo darle un poco de cariño. ¿Qué necesita un niño, además de ver cumplidas sus necesidades elementales y ternura? Su madre siempre tuvo cosas más importantes que hacer, como salvar al mundo...

Lilia no esperaba que su madre hubiera renunciado enteramente a sí misma para dedicarse a ella (conociendo a su madre, sabía que aquello era imposible), pero Selene bien habría podido —pensaba la hija abandonada— repartir el tiempo, incluirla en sus proyectos, regresar a ella por las noches y hacerla sentir amada, como habían hecho y seguían haciendo tantas mujeres. No había sido el caso: la figura materna había permanecido borrada de sus primeros recuerdos, ausente en sus primeros juegos y sus primeras enfermedades.

La sensación de abandono de entonces volvió a hacerse presente. Lilia, que siempre había gritado a voz en cuello que no necesitaba a nadie, se encontró a sí misma llorando con la cara hundida en los cojines del sillón cercano a la ventana, que parecía llorar con ella, pues escurrían por la fría superficie los goterones de la lluvia. Siguió llorando bajito, aunque sin poder parar hasta que se quedó dormida.

Al día siguiente retomó la lectura del cuaderno sin querer aplazar más el conocimiento aunque se fuera convirtiendo en dolor.

La letra palmer de colegio de monjas de su madre explicaba que en aquellos emprendimientos, Selene había conocido a gente muy distinta y con esto, todo un mundo de nuevas sensaciones e ideas se abrió ante ella, sin que pudiera —ni quisiera realmente— detenerse.

Así llegó César a su vida (y al contar esto, un dejo de entusiasmo se colaba entre las frases). Era su maestro de yoga y, además de complacerla con su atractivo físico, la introdujo a la filosofía de la nueva era. Él fue el primero que le habló de los diferentes aspectos de la luna y la influencia en su vida: si bien la virgen, Eva, se mostraba encadenada por la inmovilidad, la rebelión de la primera mujer de Adán se haría presente en el momento menos esperado, le dijo César cuando vio su luna mal aspectada en Tauro y la opuesta —la cara oscura— en Escorpión, según su carta astral. "Toda tu vida fluctuarás entre las dos caras de la luna. La prueba que debes superar es la lujuria: el sexo y el misterio de las cosas ocultas", citaba su madre en el diario las palabras de su amante.

En aquel entonces, confesaba Selene, la buscadora rebelde que era ella no entendió la profundidad de las revelaciones: se limitaba a dejarse llevar por la pasión carnal que aquel hombre despertaba en ella y pensaba: "Tú eres mi prueba entonces". Hacían el amor durante horas, experimentando un erotismo que rayaba en lo religioso.

El descubrimiento del cuerpo como fuerza telúrica cambió a Selene para siempre, declaraba contundente en sus notas la activista. Él, además, era poeta y gracias a su destreza con el lenguaje abría su corazón. Con esa experiencia transformadora supo que hasta entonces no había vivido. Sentía que una sangre nueva, que un fuego intenso corría por sus venas y todo a su alrededor tomaba nuevos colores; vivía en una dimensión antes desconocida que tenía que seguirse potenciando con otras compañías, con nuevos intereses.

Selene dejaba asentado en la libreta que sabía que con estas aventuras, con ese alejamiento progresivo, había lastimado a Federico, que siempre había sido bueno con ella, y lo lamentaba. Ella misma se lo había dicho, sin poder aguantar la culpa que la corroía por dentro y sin querer seguir viviendo una farsa. Después de discusiones a todas horas, de llantos y amenazas, ella se fue de la que había sido la casa de los dos. Fue una decisión muy dolorosa ya que habían construido (literalmente) ese hogar pensando en envejecer juntos, en toda una vida compartida, y ahora ella se atrevía a darle la espalda a todos los proyectos que habían forjado con tanto esfuerzo.

Selene relataba, dejando traslucir una enorme tristeza, cómo se había ido una mañana, antes de que amaneciera, como en aquella canción de los Beatles, sin mirar atrás, para no convertirse en estatua de sal, dejando a la pequeña Lilith —sí, así la llamó hasta el último día de su vida—, de apenas cuatro años, dormida en su cuna. No había tenido corazón para despedirse de ella y sabía que no podía (¿quería?) llevarla. Estaba perdida, necesitaba un tiempo para reencontrar su camino, y el acuerdo con su marido había sido que la niña se quedaría con él mientras ella se asentaba. La activista incluía aquí varias páginas con sus experiencias de la soledad primero y de un viaje al Tíbet después, en el cual, decía, se había encontrado a sí misma.

Lilia pasó las páginas con fastidio y rabia hasta volver a la parte de la historia en donde Selene relataba cómo regresó al país, se instaló en un departamento de la colonia Juárez y se compró una casita en Cuernavaca; sólo hasta entonces, su madre le pidió a Federico que le permitiera llevarse a la niña los fines de semana.

De nuevo, Lilia interrumpió la lectura. Recordaba vagamente en la bruma de los cuatro años, aquella mañana siguiente después del abandono, el despertar sin su madre, la cara de Federico procurando justificarla, diciendo que iba ser por un tiempo, que su madre tenía que hacer un viaje, un largo viaje...

Ella decidió que no la extrañaría, incluso cuando fueron pasando los días y la presencia materna —un rayo inconstante, un flashazo de luz— se fue haciendo cada vez más lejana. Los recuerdos de la voz que narraba historias de cuando en cuando en la oscuridad se fueron volviendo terregosos, hasta que no quedó nada.

Cuando se convenció de que Selene no volvería, su madre regresó y se la llevó con ella un viernes por la tarde, después de la escuela, al departamento de la colonia Juárez, y aquellas visitas se volvieron costumbre. La niña, de entonces seis años, oía a Selene tocar el piano, de nuevo sintiéndose deslumbrada por su luz, queriendo creerle las historias de chaneques y gigantes... Hasta que ella desaparecía de nuevo, el domingo por la noche, en su eterna labor de salvar al mundo.

Al despertar Lilia el lunes por la mañana, el único que estaba a su lado era su padre, haciéndose cargo de la vida cotidiana: se aseguraba de que estuviera planchado el uniforme, de que fuera a la escuela, de que hiciera la tarea..., esas actividades aburridas y groseras que la realidad imponía.

¿Por qué su madre siempre tuvo que irse? Se preguntó en ese momento como si todavía tuviera seis años. ¿Por qué no pudo ser como todas las mamás que regañaban, que cuidaban las fiebres y cocinaban? ¡Algunas de ellas trabajaban, pero siempre regresaban a casa en la noche! ¡Cómo aborrecía las miradas compasivas de sus compañeras de escuela cuando ella les decía que su madre vivía en otro lugar! Después de recordar esos días de zozobra, Lilia tardó un buen rato antes de continuar con la lectura:

Selene aseguraba, páginas más adelante, que realmente había querido estar cerca de su hija y, sin embargo, algo en ella le impedía mostrarle el cariño que sentía: la culpa, el sentimiento de inadecuación, la incapacidad maternal que había mostrado desde siempre, agobiada por la responsabilidad... Además, veía que la pequeña luchaba con un resentimiento atroz por haber sido abandonada y que se había solidarizado con Federico, que sufría en soledad, aunque no lo demostrara.

Su madre dejaba entrever en la escritura que sabía bien que ella, Lilith, le echaba la culpa —desde niña hasta la edad adulta— de aquella tristeza que su padre sentía a todas horas y, aunque en parte le daba la razón, expresaba su convicción de que las relaciones de pareja son un baile de dos en donde no hay un solo culpable. Federico no había compartido las inquietudes que la habían asaltado, habían dejado de crecer juntos y les iban interesando cosas más y más distintas. Él se fue conformando, acusó Selene, se sentó en la silla de la respetabilidad, en la cómoda posición que su profesión le concedió y dejó de preguntarse cosas, dejó de querer cambiar al mundo e incluso dejó de interesarse en todo tipo de experimentación, tanto en sus proyectos de trabajo como en el plano más íntimo de sus relaciones.

"Nunca pude explicarle a la pequeña Lilith...", se lamentaba Selene renglones más abajo. Nunca había habido una oportunidad de hablar realmente, aunque ella hubiera querido trasmitirle a su hija, con su actitud de aquellos años, el derecho de la mujer a seguir sus sueños, a seguir sintiéndose viva y a correr cuando sintiera que la coraza dura de la respetabilidad y la rutina estuvieran anquilosándola, volviéndola un robot, como sentía que le había sucedido a ella.

A medida que la niña fue creciendo y alcanzó la pubertad, contaba Selene, Lilith se había vuelto rebelde, y los fines de semana que pasaban juntas estaban siempre plagados de discusiones y peleas. A la hija no le gustaba que los amigos y amigas de Selene se reunieran en la casa de fin de semana en Cuernavaca para discutir de política, entre copas de vino y carne asada.

La activista narraba cómo había formado por aquella época un grupo de estudio sobre los derechos de las mujeres, y aquellas tardes de sábado pervivían en su recuerdo como algo entrañable: discutían de marxismo y de psicoanálisis entre las buganvillas del jardín, tomando el vino corriente que se conseguía entonces y totalmente convencidos de que podrían cambiar las cosas.

De nuevo Lilia detuvo la lectura. Claro que recordaba aquellos fines de semana; si bien no eran desagradables, para ella eran muy tristes. No ignoraba que ella terminaba exigiendo más de su madre: atención, aunque fuera regaños, dinero..., cualquier cosa con tal de sentirse mirada por un momento. Aunque con frecuencia invitaba a alguna amiga y se la pasaban divertidas en la alberca y en el jardín, siempre se sintió relegada, un personaje secundario que vive perpetuamente en un segundo plano: ella era menos importante que la acción política, que los amigos de su madre, que las discusiones y el conocimiento..., y su resentimiento fue creciendo. Lilia nunca pensó que su madre lo notara siquiera y que por eso había pensado en los viajes que emprendieron juntas después.

Y en las páginas siguientes estaban las descripciones de los viajes, como la mejor manera de compartir algunas cosas, según Selene. A medida que iban devorando kilómetros con destino a ninguna parte, la madre procuraba interesar a la hija adolescente en los cuentos de su propia infancia, en historias que había leído o aventuras en lugares imaginarios que le pintaba a Lilith con colores fantásticos. Quería enseñarle que la vida era una aventura —dejaba asentado— y que mientras más libremente viviera, sería más feliz.

Lilia leía sin poder dar crédito a los testimonios manuscritos: Selene apuntaba, con cierto resentimiento, que cuando su hija se había convertido en una joven y terminó la secundaria, ya no había querido viajar con su madre. Así, de pronto, como si hubiera sido un capricho de la hija —pensó Lilia—, un capricho inexplicable que casualmente había coincidido con aquel asalto en el bosque que juntas habían sufrido. Eso no estaba en la libreta. Lilia adelantó y atrasó las páginas por si acaso se hubiera descuidado: nada. Sólo la acusación sentimentaloide de su madre de que a partir de entonces, la hija, ¡la hija mala!, nunca atendía sus llamadas y cuando por milagro le contestaba el teléfono, la chica le respondía con monosílabos.

La madre pensaba entonces —¡qué comprensiva!, acotó Lilia con sarcasmo— que había que darle espacio, que seguramente estaba muy ocupada y que a esa edad, obviamente, no querría compartir secretos con su madre. Pensó también que por fortuna su hija sí había conquistado su libertad, aunque eso significara no estar cerca de ella.

¡Ni una palabra de la violación en el bosque! Eso no había ocurrido jamás en los registros de su madre, como si al evitar nombrarlo, pudiera hacerlo desaparecer para siempre. Sin aguantar la rabia que se le despertó entonces, Lilia se levantó a buscar una bebida y apuró varios tragos de whisky antes de animarse a seguir con el relato.

Selene afirmaba sentirse culpable (y vaya si lo era, pensó Lilia cada vez más rabiosa). Sentía que se merecía aquel silencio de su hija, aquella indiferencia, por no haber sido una "buena madre" en términos convencionales, pero ¡cómo le habían dolido —incluso hasta el final de su vida— el alejamiento, la ausencia, el silencio!, y sí, su profunda incapacidad para preguntarle a su hija cosas que Lilia quisiera responder y para contarle cosas que su hija quisiera escuchar, sin que se interpusieran entre ellas las culpas, los rencores y la estúpida, estúpida incapacidad para acercarse.

La joven médica de nuevo tiró la libreta sobre la cama. Le molestaba mucho que su madre pudiera causarle esa tristeza, esa culpa incluso después de muerta. Sobre todo encontraba fastidioso seguir teniendo discusiones y pleitos con Selene en los que de ningún modo podía ganarle, en este caso porque a todas sus recriminaciones, la madre sólo respondería con el silencio. Lloró de rabia, de tristeza y de culpa, aunque no entendía muy bien de qué.

Hasta que regresó de una larga caminata, volvió sobre el relato de la llegada de Selene a Xalapa.

Según la narración, Selene decidió mudarse a Xalapa, esta pequeña ciudad rodeada de montañas para encontrar una razón de vivir y algo de paz. Describía cómo se había comprado la casa de La Pitaya, para vivir de manera alternativa, como el resto de los vecinos, ajena a las costumbres urbanas.

Hablaba con nostalgia sobre cómo se había pasado los primeros años cultivando orquídeas en el jardín, sembrando maracuyá y finalmente comprando una pequeña finca de café donde también sembró macadamias. La autoexiliada descubrió en ese contacto con la tierra una vida completamente distinta de la que alguna vez había conocido.

De la misma manera, había comenzado a cultivar amistades entre sus vecinos, que en aquel entonces formaban parte de los círculos artísticos e intelectuales de la ciudad. Muchos extranjeros habían escogido vivir en este estilo alternativo, igual que ella, a la vez que participaban activamente en la vida cultural de la capital del estado.

Selene describía La Pitaya como un hervidero creativo donde vivían actores, bailarines, escritores, músicos de la sinfónica, escultores y pintores; además de los dedicados a actividades alternativas de diversa índole: expertos en feng shui y bioenergética; masaje holístico y repatterning; gestalt y constelaciones familiares; gurús de la transdisciplina; astrólogos y avatares de la nueva era. Muchos de ellos seguían ahí todavía, a pesar de que las cosas habían cambiado por esos rumbos.

Ahí, Selene descubrió una juventud nueva en los talleres de cerámica, donde los monstruos fantásticos y figuras caprichosas llenaban su imaginación, así como en las clases de danza contemporánea y de son jarocho, o en los conciertos de jazz. Era aceptada en las asambleas en donde se luchaba por la democracia y en los grupos de meditación de toda índole. ¡Por fin estaba en el lugar que había soñado toda su vida!

Lilia, a medida que iba leyendo, se imaginaba a su madre haciendo el ridículo, como toda su vida, en las tarimas de los fandangos, zapateando sin saber cómo o cantando, desafinada, unas décimas mal rimadas que hubiera acabado de inventar. Sin querer volvía a la infancia, cuando se avergonzaba tanto de aquellas actitudes de Selene: una vez se había puesto a bailar con un trío norteño en un mercado, ¡en un mercado!, a las once de la mañana, perfectamente sobria, dejándola a ella muerta de vergüenza detrás de las canastas.

Al recordar aquello, la huérfana reafirmaba su buena decisión de no haberle contestado el teléfono desde dos años antes de su muerte. De todos modos, algunas lágrimas se escurrían por sus mejillas al leer aquellas notas, se le hacía un nudo en la garganta y sentía que se ahogaba entre la rabia y algo más, algo que se parecía ¿a la culpa?, ¿al dolor, tal vez?

Había anochecido y Lilia volvió a llenar su vaso en la penumbra. Antes de prender la luz y continuar leyendo, tomó un respiro y buscó música suave en la colección de su madre. Regresó al cuaderno, en donde su madre explicaba, páginas más adelante, cómo había conocido a doña Epitacia, quien vivía en una de las casas del pueblo original, Zoncuantla. Sus habitantes conviven estrechamente con los recién llegados, como empleadas domésticas, jardineros, trabajadores de las fincas, y en muchas ocasiones, curando los huesos rotos, las fiebres y los cólicos de niños y adultos, ganándose así el reconocimiento y el cariño.

Selene evocaba con agrado el recuerdo de la llegada de Epitacia. La señora se había presentado en la casa un día ofreciendo sus servicios, era viuda y necesitaba trabajar para sacar adelante a sus hijos; los mayores desde hacía tiempo le ayudaban a Selene en las labores de limpieza y cosecha del café y ambas mujeres se habían visto ya de lejos. En el diario su madre confesaba que ahora, después de los años transcurridos desde aquella primera vez, no sabía qué hubiera hecho sin ella. Doña Epitacia le había enseñado lo que nunca sospechó que hiciera falta aprender pero que, sólo hasta haberlo aprendido, supo cuán vital resultaba: desde cocinar, usando las hierbas de la región, hasta curar heridas del cuerpo y del alma.

Luego la activista hacía una larga reflexión sobre la relación ancestral de la cocina con la magia: en aquel lugar de la casa las mujeres preparaban pociones tanto para alimentar como para provocar la muerte, y en los dos casos el procedimiento requería de artes altamente especializadas y un talento natural que no podía sustituirse con nada. Epitacia había intentado enseñarle ambos.

"¿Por qué a mí?", se preguntaba su madre, para responderse de inmediato que tal vez fuera porque ella le había ido preguntando, quizá porque siempre había querido saber más de todo o bien porque la fuerza de la luna en todos los aspectos de su vida la predisponía al misterio. Epitacia le había dicho una razón más simple: que Selene estaba destinada a "saber".

¿De qué estaba hablando su madre?, se preguntó Lilia. ¿A qué se refería con ese "saber" entre comillas? ¿Tendría algo qué ver doña Epitacia con las historias de las brujas? ¿Habría tenido algo que ver todo aquello con la misteriosa presencia de una gallina negra en el lugar del crimen? Por un momento una sombra de duda la paralizó: ¿Epitacia culpable? Las palabras cariñosas de su madre sobre la campesina disiparon enseguida esa hipótesis absurda.

Era de madrugada y sólo Astarté le hacía compañía en su lectura, no se percibía ningún ruido más que la estridulación de los grillos en la noche profunda. Lilia decidió irse a dormir llevándose consigo la libreta. Volvería a ella cuanto antes. Necesitaba saber, saber más de todo aquel embrollo.

Al día siguiente recibió una llamada de Fernando.

—¡La marcha fue un éxito!

Informó a Lilia que uno de los altos funcionarios de la procuraduría quería hablar con ambos, por lo que se citaron en un restaurante del centro en Coatepec.

Cuando Lilia llegó, los dos hombres ya la esperaban en una de las mesas del corredor exterior que daba a un espléndido jardín, sembrado de aves del paraíso, bromelias y palmas de todas clases alrededor del brocal de un pozo.

—¿Alguna noticia sobre el caso de mi madre? —preguntó de inmediato, después de las presentaciones de rigor.

—El licenciado quiso hablar personalmente contigo —empezó Fernando, con tono neutro.

—Así es, doctora Olavide. Hemos hecho las gestiones, se ha averiguado hasta donde se ha podido —el hombre de mediana edad, vestido de guayabera (esa prenda de elegancia informal que usan los políticos), hizo una pausa larga—. Lo más probable es que su madre haya sido una simple víctima de robo. No tenía ninguna de sus pertenencias cuando fue encontrada y por la región hay algunos grupos delincuenciales que han cometido ya desmanes.

Lilia sintió que la rabia se le empezaba a acumular en el estómago. Todos sabían que el coche había aparecido y en él, la maleta abierta con la ropa llena de lodo y hasta la cartera...

—Y si fue un grupo delincuencial que pretendía robarla, ¿por qué balacearon el auto y lo dejaron treinta kilómetros más adelante? ¿No se lo debieron haber llevado? ¿Por qué despreciar un auto prácticamente nuevo? ¡Ni siquiera estaba desvalijado! ¿Por qué no llevarse todo?

—Los asaltantes deben haberse peleado. Pudo haber ocurrido alguna otra cosa que impidió que se llevaran las cosas del coche al huir de prisa —respondió el hombre, sin sonar convencido él mismo—. Además, ¡usted no se imagina las razones por las que han matado a tanta gente! ¡Por robarle el celular, veinte pesos, cualquier cosa! Y si su madre se resistió, eso explicaría los balazos.

Lilia tomó un pequeño trago de la bebida que había pedido, temblando de rabia, antes de preguntar:

—¿Y la gallina, licenciado? ¿Esos grupos delincuenciales suelen dejar gallinas negras degolladas sobre sus víctimas?

El funcionario se revolvió incómodo en su silla.

—Hay muchas historias de ese tipo, doctora, pero yo no les daría ninguna credibilidad. Cuentos de aparecidos, de magia negra... Tal vez la pobre gallina se cruzó en el camino de las balas o la tiraron de un camión y acabó allí sin que haya otra razón.

—Una gallina rellena de yerbas y sebo... —intervino ella cortante—. Haga el favor de no burlarse de mí.

Su interlocutor terminó excusándose.

El licenciado se bebió todo el caballito de tequila de un golpe. Su mirada se oscureció y después de dudarlo un momento, finalmente dijo en voz muy baja:

—Doctora Olavide, yo le recomiendo que ya no le busque más. En atención a Fernando, que es amigo querido y respetado, se lo estoy diciendo de corazón. Hicimos lo que nos fue posible, pero ya no vamos a poder avanzar, ¿me entiende?

—Pues no, sinceramente.

—Le pido, le suplico, que por su propia seguridad, no busque más. Este caso está fuera de nuestras manos. Créame que hicimos todo lo posible... —el funcionario se puso de pie y dejó un billete sobre la mesa.

Lilia se levantó tras él y preguntó en voz alta:

—Entonces dígame, ¿a quién debo acudir?, ¿con quién debo hablar?

—Fue un placer conocerla, doctora. Tengo que retirarme, con su permiso.

Fernando intentó calmarla y la llevó de nuevo a la mesa. Lilia percibió algo extraño en la actitud del funcionario. No era prepotencia, no era falta de interés.

—Ese hombre tiene miedo —le dijo mirando a Fernando a los ojos, para saber si podía confiar en él—. Pero ¿a qué?, ¿a quién?

—No sé, pero te juro que te ayudaré a averiguarlo —prometió en un susurro, tocando apenas su brazo—. Tienes mucha razón en no querer confiar en nadie, ni en mí. ¿Qué quieres que te diga? Secuestraron a mi hermana el año pasado y su cadáver apareció tres meses después desfigurado; desde ese día mi madre es una sombra de sí misma y mi padre se fue de aquí. He estado buscando justicia para ella y para todas las otras, pero nada se ha resuelto... Tu madre, Lisa y las demás han sido un apoyo invaluable para mi familia. ¡Y ahora, lo que pasó con Selene...!

Después de un momento de silencio, en que Lilia analizaba el rostro del joven en busca de un gesto, de una sombra en la mirada, una duda, descubrió que los ojos castaños del muchacho parecían sinceros y decidió darle una oportunidad.

A la mañana siguiente, juntos emprendieron camino por la carretera serpenteante en medio de los bosques de pinos y oyameles que rodean Xalapa, con rumbo a la hacienda de Los Molinos, donde el auto de Selene había quedado abandonado el día de la desaparición.

Era un pequeño poblado muy cerca de Perote, construido en las inmediaciones de una abandonada hacienda del siglo XIX. El bosque iniciaba inmediatamente atrás de la vetusta construcción y a un lado operaba un instituto de investigación forestal.

Sin saber muy bien cómo empezar, los dos preguntaron a la gente que fueron hallando a su paso si habían visto el auto, si habían oído algo aquel día. Los campesinos, de mejillas enrojecidas por el frío, no quisieron responder. Negaban con la cabeza, los más; otros ni siquiera los miraban. Cuando entraron al instituto de investigaciones, los académicos los invitaron a tomar asiento y les ofrecieron café.

No habían sabido más que de la súbita aparición del auto balaceado y tampoco tenían noticia de que hubiera una banda de salteadores en el camino. Ellos hacían el recorrido diariamente hasta Xalapa y no habían sabido nunca de ataques de ese tipo. Había que pensar en otras posibilidades y claro, como estaban las cosas…

—¿Y brujería? Había una gallina negra degollada junto al cadáver.

—Eso no forma parte de las tradiciones de esta región. Parece magia negra de raíz africana —dijo uno de ellos.

—Leí hace poco que ciertos delincuentes que operan en el estado se apropiaron de ese tipo de ritos —dijo otro—. Se habla de sacrificios humanos y otras cosas escalofriantes. Pero la verdad, no puedo asegurar nada. Creo que esas cosas son más chisme que verdad.

Cuando iban a subirse al coche, un muchacho se acercó a Lilia.

—Yo vi lo que pasó —le dijo casi en secreto, alejándola un poco de Fernando—. Me dijeron que andaba usted preguntando por su madre.

La joven se sintió temblar por dentro.

—Por favor, ¡dígame qué sabe!

Iba saliendo del pueblo rumbo a Perote en su troca a repartir leche, cuando vio las dos camionetas negras intentando sacar del camino al auto de su madre. Dispararon contra ella y cuando el coche cayó a la cuneta y chocó contra un árbol, el campesino vio cómo sacaron a la señora mayor y la metieron a una de las camionetas. Parecía ir herida, pero estaba todavía viva.

—¿Vio las placas? ¿Les vio las caras?

—No quise ver nada. Me escondí debajo del volante, esperando que ellos no me hubieran visto a mí.

—¿La policía ya lo interrogó?

—Sí, hace ya tiempo anduvieron preguntando, y les dije eso que le digo a usted. Ora tengo miedo de que vayan a venir por mí..., uno nunca sabe.

En el camino de regreso, Lilia pidió a Fernando que se detuviera en una gasolinera, para preguntar si habían visto algo.

—Por aquí pasan camionetas negras todo el día, señorita.

—Pero la gente, ¿notaron algo extraño ese día?

—¿Qué quiere que le diga? Unos son más feos que otros. Muchos son funcionarios del gobierno, pero los otros, mejor ni preguntar... Tenga cuidado, no se vaya a meter en un problema.

Todo el camino de regreso, Lilia se fue pensando en las incongruencias del caso, en el miedo de la gente y en la negativa de la autoridad de proseguir con la investigación. ¿Qué iba a hacer? ¿Recurrir a la prensa? ¿Hacer el caso público?

Fernando no estuvo de acuerdo con aquella propuesta.

—No tienes idea... —le dijo críptico.

Así que ella misma decidió buscar a un periodista que tenía fama de crítico y no cejó hasta conseguir una cita.

—Hay cosas que no pueden hacerse públicas, doctora —le dijo el periodista en un café del centro de Xalapa frente a un enorme parque—. No es nada sencillo entender las redes subterráneas que operan detrás de un caso como el de su madre. Desde hace algunos años, la delincuencia organizada ha establecido bases en el estado y sus nexos llegan a diversos ámbitos, no sólo del poder, sino de la sociedad. Al principio parecían ser relaciones convenientes y controlables, pero a estas alturas, el agua se está saliendo de cauce y no es fácil poner dique a esos ríos desbordados, usted me entiende.

—“Cuando se hacen pactos con el diablo, hay que asumir las consecuencias” —Lilia repitió pensativa lo que había leído en las libretas de su madre.

—¡Exactamente! —coincidió el periodista—. Y las víctimas somos todos nosotros. Le aconsejo que tenga mucho cuidado, no creo que ningún periódico quiera arriesgarse antes de hacer una investigación profunda... y por el momento estoy seguro de que no existe el que se atreva a hacerla. Como usted sabe, este estado es el que más ataques ha sufrido contra los periodistas, muchos están amenazados, otros están comprados y dirán cualquier cosa, sin tocarse el corazón, con tal de deslindar a las autoridades de cualquier responsabilidad. Ya ve lo que han dicho de su madre.

Lilia lo miró asombrado, no sabía. Preguntó qué habían dicho. El periodista intentó desviar la conversación, pero era tarde para hacerlo. Finalmente dijo:

—Que había malos manejos de la asociación, que su madre no era precisamente de moral intachable, que...

—¡Basta! —exclamó Lilia refrenando la rabia.

Después de un momento de silencio, el periodista susurró:

—Lamento no poder ayudarla, de verdad.

Llegó a La Pitaya al filo del atardecer casi arrastrándose.

Nada. No tenía nada.

Las semanas iban transcurriendo y ella intuía que mientras más tiempo pasara, las pocas evidencias irían quedándose en el cajón, las huellas se irían borrando y el impulso inicial se perdería.

¿A dónde ir? ¿Dónde más buscar? Era hora de acudir a instancias nacionales, no podía dejar que el desconsuelo, que iba creciéndole como la mala yerba, acabara por aplastarla con la contundencia de la certeza: nadie ahí podría ayudarla.

V
Tercera libreta

Villa de Córdoba, 1780

Se llamaba María Josefa, pero todos le decían la Mulata, sin más, parte por la costumbre de llamar a los esclavos con los distintivos de su nación o su grado de mestizaje, y parte porque ella misma había elegido ese apelativo como orgulloso símbolo de sus orígenes. Su madre, María del Carmen, había sido esclava de don Manuel de Olivera, rico hacendado azucarero que la había tenido como amante desde los quince años. Las carnes jóvenes hacían milagros en la salud del viejo, que vivió más de lo que se hubiera esperado. Al morir había dejado asentado en su testamento que la muchacha —que apenas habría cumplido veinte años— recuperara su libertad. Lo que no supo el difunto era que María del Carmen estaba encinta.

María Josefa nació ya libre en una casucha de las afueras de la villa, con rumbo a la hacienda de Toxpan, donde su madre había encontrado refugio en compañía de Serafina, una parda libre de Veracruz. La Mulata sólo había conocido privaciones los primeros años de su vida. Su madre había trabajado largas horas en el campo, se había ocupado en la zafra, como otros muchos hombres y mujeres, tanto esclavos como libres; por las noches había hecho dulces para vender en el mercado, y todo para dar sustento a la niña.

La pequeña se quedaba al cuidado de la vieja Serafina que en las largas, largas tardes de verano, mientras ambas se ocupaban de rellenar los limones con dulce de coco o de batir el chocolate con anís que Serafina iba a vender en las fiestas de Corpus, la mujer le contaba las viejas historias con que la Mulata nutría su fértil imaginación.

—Llevo el nombre de mi bisabuela, Serafina Carabalí.

Esa negra era sirvienta de la condesa de Malibrán cuando el pirata Lorencillo atacó Veracruz, le explicó. Decían que doña Beatriz era una hechicera que había recibido sus poderes de la abuela, que había llegado de África. Al morir aquella mujer había lanzado un hechizo para desencadenar una tempestad que casi destruyó la Antigua Veracruz.

La niña la miraba con sus grandes ojos negros.

—A la condesa de Malibrán se la llevó el mar. Dicen que Lorencillo se la robó cuando se bañaba en las playas de Boca del Río y que los filtros de amor los volvieron inmortales. Todavía viven, dicen, en la que llaman la cueva de Lorencillo en la sierra de San Martín.

—¿Podemos ir algún día, Serafina?

—Es muy lejos. Allá, hacia el sur —la vieja extendió un brazo flaco con el pellejo colgante, señalando hacia la fila de palmeras que estaba delante de la casa—. Es el lugar donde viven los chaneques y los gigantes.

La pequeña Mulata por más que estiró el pescuezo para ver más lejos, no alcanzó a distinguir nada más que la cadena de montañas azules de formas caprichosas que se perfilaba más allá de la vegetación tropical.

Serafina le contó que aquella sierra se había formado, según le había contado su madre, cuando los rayos del sol todavía no iluminaban el mundo y las piedras tenían vida. Andaban haciendo un puente para que un rey destronado, patrono de estas tierras en un tiempo remoto, pudiera escapar de sus enemigos cruzando el mar. Pero entonces había salido el primer sol y sus rayos convirtieron a las piedras en lo que ahora eran: cosa muerta e inmóvil. El rey, como no pudo escapar de sus enemigos, se había prendido fuego y ahora esas montañas eran el altar donde la gente lo adoraba para que nadie olvidara su historia. Sólo los viejos sabios y las hechiceras podían caminar por sus veredas sin perderse o ser llevados por los chaneques a una muerte segura.

Al escuchar aquello la niña pensó que de grande sería una hechicera. Cuando lo dijo en voz alta, Serafina la mandó callar con el miedo pintado en la cara:

—¡Pero qué se te metió en el seso! ¡Nada de decirle eso a nadie! Los curas te llevarían a las cárceles oscuras y te harían mal, ¿entiendes? Te arrancarán la piel a tiras, te darán mil azotes y te pasearán por las calles de la ciudad para que todos se burlen de ti. Y lo peor: te mandarán quemar en una hoguera enorme hasta que no quede nada de ti, más que los cueros ardidos.

Aquella noche la Mulata soñó con los tormentos de los curas y con los chaneques de la montaña, pero al despuntar el alba llegó a la conclusión de que si los curas con sus largas túnicas y sus rostros enjutos tenían tanto miedo de las hechiceras como para encerrarlas y causarles daño, era porque debían de ser muy poderosas, como la condesa de Malibrán o aquella abuela africana que había desencadenado una tempestad, y con más fuerza deseó ser como ellas.

Sabía que, de algún modo, Serafina se parecía a las mujeres cuyas vidas le relataba. Aunque la vieja la sacaba de la casa cuando alguien venía a visitarla con el rostro angustiado, la Mulata había hecho un agujerito en una de las tablas de la choza para ver al interior. Así, algunas veces vio cómo Serafina prendía una vela de colores, sacaba unas semillas de un trapito rojo y las aventaba sobre él después de repetir varias veces una oración con muchos nombres de santos. Poco alcanzaba a oír desde allí afuera, quitándose de encima a Chorote, el perro de la casa, que quería jugar con ella, pero sí alcanzaba a percibir algunas palabras de la conversación:

—No te preocupes, niña, tu marido va a volver, fue rescatado de la tempestad y está vivo, ya verás.

¿Cómo sabía Serafina una cosa así? ¿Cómo lograba ver figuras en el agua de la jícara o en el espejo de obsidiana que alumbraba con la pálida luz de la velita?

"¡Yo tengo que aprender eso!", se decía la Mulata cada vez.

A Serafina también la buscaban para que ayudara a parir a las negras en los trapiches, y muchas veces tenía que salirse a media noche con su hato de yerbas y frascos de colores por si se ofrecía.

Un día su madre les avisó que se casaría con un negro esclavo, calderero en la hacienda de Guadalupe, y que el patrón la había aceptado como sirvienta para que se quedara en la hacienda y no tuviera que hacer todo el viaje de regreso.

—Ya no voy a tener que ir y venir. Tendremos casa y alimento —los ojos de su madre brillaron con la esperanza de una vida de menos sufrimiento.

La Mulata la había visto trajinar y por más que había querido ayudarla, las labores de la zafra habían hecho mella en su salud: tenía las manos sangrantes y callosas por el esfuerzo de cortar la caña y la espalda encorvada a sus poco menos de treinta años. Así, con dolor se despidió de Serafina y se fue con su madre a la hacienda. Era la más antigua de la región, consagrada a la molienda de la caña. Al centro de la propiedad se encontraba la casa del administrador, la capilla consagrada a la Virgen de Guadalupe, y las cabañas de los 150 esclavos, una verdadera población rodeada por una cerca para que los cerdos y otros animales no dañaran las siembras aledañas.

Al lado estaba el trapiche, un edificio más grande, hecho de piedra con el techo cubierto de tejamanil. Ahí estaba el molino, con su maquinaria de madera de tepeguaje; también estaba la rueda, los árboles de trasmisión y las prensas. Junto a ella, estaba la casa de las calderas, donde se situaban los hornos y los calderos de cobre: ahí se cocían los jugos de la caña, que llegaban hasta el molino a través de los canales de madera. Del otro lado estaba la casa de purgar, ahí se hacía cristalizar y blanquear el azúcar en moldes de arcilla en forma de conos invertidos. Más allá estaban los almacenes y el asoleadero. Ahí era donde se transformaba la caña en azúcar, con el sudor de muchos hombres y mujeres, la mayor parte, esclavos.

La Mulata tenía que trabajar en las tareas de servicio: llevar el agua a la casa grande, barrer los patios y el asoleadero, recoger los huevos del corral y ordeñar a las vacas. No era un trabajo sencillo y la Mulata caía rendida por la noche, pero la diversidad de las labores y la cantidad de personas que circulaban por la hacienda, además de la compañía de su madre, le brindaban cierta paz. No le duró mucho el gusto: a los pocos meses de vivir con el marido de su madre, que era un negro alto de nación arará llamado Pascual, éste comenzó a golpearlas.

Quién sabe qué había causado su furia aquel día. Tal vez el hecho de que su madre no tenía lista la sopa o que le había escondido unas cuantas monedas para que él no pudiera irse a beber a la taberna. Y sin embargo, llegó borracho y apestando a aguardiente; en cuanto entró a la casa y las vio juntas riéndose de alguna tontería, se fue contra ellas con el puño cerrado.

La Mulata sintió una mezcla de rabia y pánico al ver los ojos de Pascual inyectados con sangre y los dientes apretados mientras las tundía a golpes:

—¡Maldita negra floja! ¡Tú y tu hija son iguales! ¡Maldigo el día en que me junté contigo!

Su madre se hizo un ovillo en un rincón, cubriéndose la cara ensangrentada y llorando a gritos, pero ella, la pequeña Mulata, tomó el azadón que estaba en un rincón del cuarto y, desde su altura de niña de diez años, encaró al enorme negro, parándose enfrente de su madre. Pascual se le fue encima, todavía más furioso al ver cómo la criatura se rebelaba. La empujó contra la pared, a donde fue a estrellarse con un golpe seco, pero con su mismo impulso, la Mulata alcanzó a herirlo con el azadón. El hombre retrocedió asustado al ver cómo la sangre salía de su pecho y la Mulata aprovechó para salir corriendo de la casa.

—¡Vámonos, madre! —gritó—, ¡vámonos con Serafina!

Pero su madre estaba atendiendo la herida de Pascual y sólo le gritó en respuesta:

—Vete, niña, escápate y no vuelvas.

Así lo hizo ella: corrió sin parar, ocultándose por las noches entre la maleza de la montaña hasta dar con la choza de Serafina. Llegó muerta de miedo y temblando de fiebre, pero en cuanto oyó los ladridos de Chorote recibiéndola, supo que había llegado a casa y decidió que no habría poder humano que volviera a llevársela de ahí.

Serafina la recibió en sus brazos y lavó sus heridas. Tenía sangre seca en la cabeza y muchos rasguños por todo el cuerpo. La vieja le hizo guardar cama después de preguntarle qué había pasado y le llevó una infusión con hierbas aromáticas que la hizo caer en un sueño profundo que resultó reparador.

Cuando abrió los ojos, el viento del norte anunciaba lluvia, y una neblina suave bajó desde las montañas a cubrirlo todo.

—¡Déjame quedarme contigo! —le pidió a la vieja—. Puedo trabajar para ti, haré cualquier cosa, pero no me mandes de regreso.

La anciana acarició los cabellos ensortijados de la niña con una sonrisa.

—¡Claro que te puedes quedar, mi niña! Si eres mi alegría y mi consuelo.

Desde entonces no se volvió a hablar de regresar a la hacienda. Serafina le enseñó a batir el chocolate y mezclarlo con anís para vender en las fiestas, y la acompañaba al mercado de Córdoba, cargando con los peroles calientes y con el anafre, por la empinada cuesta del río.

Le enseñó a sembrar y hacer dulces de leche con canela, a cocinar los frijoles negros y freír los plátanos para el arroz. La vida de trabajo era penosa y con dificultad les alcanzaba para comer y cubrirse, pero la Mulata estaba tranquila. Algunas veces Serafina le permitía acompañarla cuando una mujer iba a dar a luz, y así la pequeña fue conociendo cómo vivían otras gentes: casi todas rodeadas de miseria. Otras veces, la vieja la dejaba en la casa, arguyendo que tenía un asunto grave que atender en una aldea más lejana, y por más que la Mulata le suplicara, no había poder que lograra que Serafina la llevara. ¿A dónde iría? La Mulata se quedaba custodiando la casita pobremente amueblada, con estampas de santos clavadas en las tablas y con un altar lleno de veladoras y cilantro metido en un vaso de agua. Chorote y las gallinas le hacían compañía y la niña se preguntaba por qué Serafina tardaba dos y hasta tres días en regresar. Cuando la vieja volvía, descargaba sonriente su canasta llena de yerbas con olores penetrantes y raíces y hongos de colores.

—¡Ya tenemos suficiente para un año!

—¿Para qué sirven esas yerbas? —preguntaba la Mulata.

—Pronto lo sabrás.

Una mañana al levantarse, la Mulata descubrió sangre entre sus muslos y, horrorizada, llegó hasta Serafina:

—¡Me voy a morir! ¿Qué me está pasando?

La anciana entendió en un momento lo que ocurría y abrazando a la jovencita con una sonrisa, la tranquilizó:

—¡Vas a empezar a vivir, pequeña! Te has hecho mujer y pronto los hombres te andarán detrás para gozarte. Es hora de que aprendas los secretos de las ancianas sabias, los secretos que cuentan las montañas y la selva. Heredarás todo lo que yo sé.

—Pero Serafina, ya me enseñaste a hacer los dulces, a batir el chocolate, a zurcir las enaguas, a saber cuándo hay que sembrar y cuándo cosechar..., ¿qué más tengo que saber?

De nuevo Serafina se rio con su boca desdentada, y con la vibración de sus carcajadas, los cueros de sus brazos se agitaron.

—Niña de mi vida..., ¡te falta tanto por saber! Ojalá me alcance el tiempo de enseñarte. Pero eso sí, ¡júrame que jamás le dirás a nadie lo que yo te enseñe! ¡De tu silencio dependen nuestras vidas!

—Ya lo sé... —respondió fastidiada—. Los curas nos harán daño y nos quemarán en una hoguera.

—¡Esto no es un juego! —Serafina le gritó por primera vez en su vida—. Entiende una cosa...

Entonces la vieja le contó que en los tiempos antiguos las mujeres habían sido veneradas por su sabiduría. Las ancianas eran las guardianas de los secretos del cielo y de la tierra, pero después los curas las habían culpado de las maldiciones de los seres humanos, y las sabias, las hechiceras, las mujeres que provenían de la primera mujer de Adán, la rebelde, se tuvieron que esconder para siempre.

—Ellos no nos darán tregua jamás: nos perseguirán y nos matarán porque nos tienen miedo —continuó la vieja.

Serafina entonces le dio a escoger: podía ser de las mujeres que callan y se dejan doblegar, con suerte tendría una vida tranquila, unida a algún hombre que la maltratara poco y la llenara de hijos. Pero también podía ser una hechicera: una mujer de poder que aprendiera a dar y quitar la vida; que no se doblegara ante los hombres, sino que los pusiera a sus pies y a su servicio; a condición de que jamás revelara esos secretos, que no le pertenecían sólo a ella, sino que eran la herencia de siglos que se le había confiado.

La Mulata escuchó asustada aquellas palabras. Serafina parecía otra: estaba más alta, más erguida y sus ojos brillaban con una luz extraña y amenazadora. La joven, a pesar de su miedo, afirmó con la cabeza en silencio, para luego decir con voz segura:

—Quiero ser una hechicera.

Serafina sonrió satisfecha:

—Nunca serás como las otras.

Lo primero que la Mulata le pidió a Serafina fue saber sobre su madre.

—Te he visto echar unas semillas y leerles la suerte a las señoras que han venido a verte —confesó—. Quiero que me digas cómo está ella. ¡La extraño tanto! ¡No puedo creer que me dejara ir sola! ¡Que no viniera conmigo!

—Quiso salvarte la vida —dijo Serafina sin enojarse con la Mulata por haberla espiado—. Yo tampoco entiendo por qué se quedó con ese hombre, pero sé de muchas que han hecho lo mismo.

Serafina le enseñó cómo leer las habas, que había que conservar con sumo cuidado envueltas en un paño rojo, por ser un producto poco común que con gran dificultad se conseguía, pero también para conservar su poder. Sacó las habas envueltas en su tela roja y recitó una letanía nueve veces, las arrojó sobre un pergamino con un círculo pintado, donde había letras y símbolos, y les echó encima un puñito de sal. Las semillas tuvieron un comportamiento extraño: una de ellas se revolcó varias veces en la sal, la otra se mantuvo inmóvil. La Mulata estaba alelada, no conseguía quitar los ojos de aquel prodigio.

—¿Cómo...?

—Ya te enseñaré, no comas ansias, niña...

—Dime, Serafina, ¿cuál de esas habas es mi madre? ¿Qué quiere decir esto?

La vieja movió la cabeza denegando en silencio. Después de un momento, por fin dijo con voz profunda:

—Esto es muy, pero muy malo, Mulatilla. Las habas anuncian una desgracia —el rostro de la anciana era sombrío. Le dio un par de fumadas a su cigarro y ya no quiso decir más.

—¿Qué le pasó a mi madre? ¿Esa bestia la mató? Eso fue, ¿verdad?

Ante el silencio de la mujer, que sólo seguía fumando su cigarro y miraba al piso de tierra, la Mulata tomó una decisión:

—Me voy a ir a buscarla.

—Ya no tiene caso, niña. No la salvarás.

—Entonces iré a matarlo a él.

Corrió a preparar un hatillo de alimentos para el camino y cuando estaba en ese menester, la voz ronca de Serafina a sus espaldas la detuvo:

—Antes de ir, es necesario hacer varias cosas aquí mismo para matarlo. Acostúmbrate a enfriar el corazón antes de cobrar venganza.

La Mulata detuvo sus preparativos y se volvió a mirar a su mentora.

—¿Entonces? Dime, ¿qué tengo que hacer para matar a ese hombre?

—¿De verdad quieres matarlo?

Se quedó pensativa un rato, mirando a las montañas desde la puerta de la choza. Nunca había matado a nadie. Alguna vez había golpeado a una rata hasta quitarle la vida y había apedreado a los cuervos, pero a pesar de que su rabia era enorme, le parecía muy grave acabar con una persona. Incluso la tarea de matar a las gallinas cortándoles el pescuezo estaba reservada a Serafina. Además no podía estar segura de que algo realmente le hubiera sucedido a su madre.

Afuera, los zanates escarbaban el piso en busca de gusanos y los zopilotes revoloteaban sobre los campos de caña; Chorote, el perro criollo, le ladraba a un mulato que con paso lento se acercaba cruzando el puente río abajo. A medio día, el visitante llegó hasta la puerta para darles la noticia:

—¿Tú eres la hija de María del Carmen? Vengo a avisarte que tu madre se murió hace dos días en la hacienda de Guadalupe. Estaba preñada y dicen que se desangró...

—¡No es verdad! ¡Fue Pascual!, ¿no es cierto? —preguntó entonces ya furiosa.

—¡No me preguntes! Yo no sé de eso..., a mí nomás me pidieron venir a avisarles, de camino al mercado de Córdoba. ¡No me preguntes más! —el joven salió corriendo hacia la villa.

La muchacha corrió a abrazar a Serafina y entre sollozos le dijo:

—Dime qué tengo que hacer para matar a Pascual.

Así empezó su preparación formal como hechicera. Asimiló las lecciones no sólo con el cerebro, sino con la rabia que le dictaba su corazón.

—Vamos a ir al mercado, mi niña, y compraremos un gallo negro. Pon cuidado de que nadie se dé cuenta de lo que tramamos y que parezca una casualidad que al final nos quedemos con el animal.

Y así se fueron, maestra y alumna aquel sábado. Después de vender el chocolate y los dulces, fingieron interesarse por una gallina blanca, pero al final, como de casualidad, eligieron un gallito joven de plumas relucientes y negras como el carbón. Esa misma tarde iniciaron el camino hacia una ranchería cercana donde a media noche entraron al cementerio. Cobijadas por la neblina, robaron los huesos de un difunto, así como algunos puñitos de tierra del campo santo. Esperaron hasta el viernes por la tarde para hacer el ritual: en cuanto se puso el sol, Serafina le dio un puñal extraño a la Mulata: tenía la punta retorcida y el mango era un animal fantástico con la cabeza de águila, el cuerpo de león y dos serpientes entrelazadas.

—Con éste tienes que matar al gallo. No lo puedo hacer yo por ti.

Muerta de miedo, la Mulata rasgó el pescuezo del gallito como había visto hacer a su mentora muchas veces.

Entretanto, Serafina preparó una mezcla de yerbas en el metate.

—Sácale las tripas —le ordenó a la muchacha luego—. Ésas las usaremos en otra cosa.

Rellenaron al gallo con las yerbas y una pasta hecha de cera con la tierra del campo santo y le ataron las patas con un cordón rojo.

—Ahora repite conmigo —le pidió una vez más, mientras sahumaba al gallo con copal y hojas de pirul.

Yo te conjuro, con el diablo de la cizaña
Yo te conjuro, con el diablo de la maraña
Yo te conjuro, con el diablo de la guerra
Tres mensajeros te quiero enviar, Pascual
Tres galgos corrientes, Pascual
Tres liebres pacientes, Pascual
Tres diablos corredores, Pascual
Tres diablos andadores, Pascual
Y este gallo negro que te ha de matar.

Marta, Marta,
No la digna, no la santa,
La que los polvos levanta
La que las palomas espanta
La que entrando en el Monte Taburón
Con tres cabras negras se encontró
Tres cucharas de cacha negra cogió
Tres negros quesos cuajó
En tres platos negros lo echó
Con tres cuchillos de cachas negras los cortó
Con tres diablos negros conjuró
Así te conjuro yo…
¡Que este gallo negro lleve mi venganza!

Un relámpago rasgó el cielo, haciendo que la Mulata se estremeciera, pero Serafina sonrió complacida:

—Todo salió bien, mi niña. Mañana lo iremos a llevar.

Y así lo hicieron. Emprendieron el viaje hacia la hacienda de Guadalupe con el gallo preparado dentro de una bolsa de lona. Sin llamar la atención de nadie, el domingo que todos los trabajadores estaban en la capilla oyendo misa, escondieron el gallo debajo de la cama en la casucha de Pascual.

—¿Cuánto tarda en hacer efecto? —preguntaba la Mulata cada día.

—No comas ansias —respondía una y otra vez Serafina.

Sólo pasaron unos cuantos días. El domingo, cuando estaban vendiendo dulces y chocolate en el mercado, les llegó la noticia a través de diversas voces que fueron completando la historia de lo ocurrido:

—En la hacienda de Guadalupe ocurrió una desgracia.

—A un negro de nación arará el trapiche le cercenó un brazo.

—¿No alcanzaron a salvarlo?

—Se le gangrenó la herida y murió aullando de dolor y pidiendo perdón a Dios.

—¡Ave María Purísima!

—¡Que el señor le conceda el descanso eterno!

—¡Pobre hombre!

La Mulata estaba emocionada. Le asustaba sentir que tenía el poder de la vida y de la muerte, pero por otro lado sentía la satisfacción de saber que la muerte de su madre había sido vengada.

Al calor del fuego fue aprendiendo muchas más cosas que jamás había imaginado y desde entonces ayudó a Serafina cuando las mujeres de Córdoba y de las aldeas cercanas iban a pedirle consejo o ayuda.

—Se me han perdido unos encajes de Bretaña —les confesó la esclava de doña Manuela de Gálvez—. Si mi ama se entera, creerá que los robé y me mandará presa.

Por instrucciones de Serafina, la Mulata puso unas tijeras en cruz y les pasó una piedra imán por encima, de manera que las tijeras comenzaron a dar vueltas como hechizadas hasta que se quedaron quietas. Entonces Serafina sacó un espejo de obsidiana y a la luz de una velita verde, pronunció una oración; al instante se vio la imagen de los encajes:

—Los tiene la lavandera. Has de decirle a tu ama que la obligue a regresarlos.

Así pasaron los años. Serafina se volvió cada vez más flaca y enjuta, y la Mulata se fue convirtiendo en una moza que llenaba de deseo a los hombres y de envidia a las mujeres. Fue aprendiendo las artes de los ensalmos y los conjuros mágicos, pero también aprendió a curar a las criaturas el espanto y sacarles el mal del cuerpo, chupándoles el ombligo y dándoles a beber una infusión de aguardiente con la flor de la pasionaria, que quitaba el desmayo del alma.

Cada vez llegaban más mujeres (y a veces hombres) a consultarles sus males. Constantemente llegaban las indias, las mulatas y las mestizas con brazos rotos, moretes en la cara, ojos hinchados, con mirada suplicante:

—¡Quiero amansar a mi marido! Me golpea cada vez que se emborracha.

Además de las friegas de aguardiente y árnica con que les aliviaban los dolores corporales, les aconsejaban:

—Toma; en este saquito hay moco de guajolote secado al sol y hecho polvo, haz de dárselo mezclado en el chocolate para asimplarlo. Cuando lo estés preparando, dale vuelta al molinillo nueve veces y nueve veces reza la oración de Santa Marta; ten la seguridad de que te deja en paz.

Así como iban a las casas de los indios y negros a atender los partos, también acudían a espantar a las cigüeñas incómodas de las casas de las blancas en la ciudad:

—Estoy preñada y no puedo tener a la criatura: mi prometido llegará de España dentro de un mes y cree que soy doncella.

—Tómate el agua viva de este frasquito y no te vayas a asustar por lo que te pase. El espíritu contenido en la botella te sacará al niño de las entrañas pero te va a doler: encomiéndate a la virgen y pronto se te pasará.

Quitaban las calenturas de los viajeros y atendían las heridas de los peones de las haciendas azucareras y los trapiches. Y por supuesto, daban soluciones a los conflictos de amor:

—¡Deseo con toda mi alma al hijo de mi patrón! Me sedujo y estoy con criatura suya. Si no se decide por mí, ¿de qué voy a vivir? ¿Cómo hago que deje a su mujer y se encariñe conmigo?

—Dale a oler este polvo de floripondio molido y también mézclaselo en el tabaco. Toma este amuleto de chupamirto y tráelo siempre contigo. Cuando tu amante esté durmiendo contigo, córtale unos pelos de la axila y de sus partes, y me los haz de traer para prepararte un bebedizo.

Serafina llevó a la Mulata con ella a la montaña el primer viernes de marzo para enseñarla a escoger las plantas necesarias para hacer el bien, pero también para matar.

El floripondio para vencer la voluntad.

La concha del armadillo para quitar la tos, mezclada con hierba de san Juan.

La yerba santa para guisar, pero también para curar el espanto y alejar a los espíritus malignos.

La flor de la pasionaria para devolver el alma al cuerpo.

Las habillas de la costa para sacar el mal aire.

El cempasúchil para los dolores de parto.

La yerba del cuervo para controlar la ansiedad y conciliar el sueño.

La caña agria para el mal de orín...

La enseñó a distinguir los árboles: el lustroso palo mulato del tepejilote, el quiebracuchillo del liquidámbar, el abasababi del cuajilote...

La instruyó sobre la hora más propicia para extraer una raíz, pidiendo permiso a los seres de la tierra, así como para cortar los frutos de enredaderas desconocidas antes del amanecer.

Le dijo cómo interrogar a los espíritus de los ríos y manantiales, y cómo escuchar las voces del viento que cantaban en la montaña, así como hacer volver a los pasmados, esos hombres que se perdieron en el bosque, y convencer a los chaneques de devolver sus almas.

Una noche tuvieron que ir a curar a uno de ellos, un mestizo que se había perdido en la espesura y cuya mirada estaba vidriosa y vacía.

Serafina quemó copal delante de él y con el molcajete del copal en alto comenzó a invocar a los chaneques de este modo:

—Agua, tierra, universo... Ustedes, viejos terrones de tierra, ahí en el cántaro en donde tienen encerrado a este hombre de bien, ustedes, chaneques de tierra, ya hicieron sufrir mucho a esta criatura, ustedes, viejos terrones de tierra, aquí voy a quemar flores para vuestro gozo. Estas flores amarillas son muy aromáticas, podrán guardarlas para que se las pongan en la cabeza. Suelten a este hombre, déjenlo vivir.

Luego frotaron al hombre con alcanfor y poco a poco su mirada fue regresando a este mundo.

Una tarde, Serafina le advirtió con un gesto adusto poco común en ella:

—Ya sabes casi todo lo que hay que saber, sólo falta una cosa. Vas a ir conmigo a una ceremonia importante, ya estás lista.

Cuando anocheció, Serafina atrancó la puerta de la choza y cerró los postigos, menos uno que daba al tapanco.

—¿No me dijiste que íbamos a una ceremonia? —preguntó la muchacha a su mentora.

—Iremos, niña, ya verás. Tráeme el perol grande de cobre.

La Mulata obedeció las instrucciones de la anciana, que llevaba y traía ingredientes de los frascos de cristal que tenía en la alacena. Tomó también un bultito de tela donde se apreciaba sangre seca.

—Estamos listas para comenzar —dijo Serafina, entusiasmada, prendiendo las velas buenas por toda la casa.

Sobre el fuego del anafre puso el cazo con un poco de agua y soltó un cúmulo de pellejos que luego la Mulata pudo distinguir mejor: se trataba de una criatura. Horrorizada, volteó a mirar a Serafina.

—Nació muerto —contestó ella simplemente—, y sirve para nuestra intención.

Serafina ordenó a la Mulata que revolviera la olla con un cucharón de palo, mientras ella iba echando aguardiente, yerbabuena, anís, eucalipto, flores de adormidera, hongos de varios colores y unos cactos cabezudos que la muchacha no reconoció.

—¿Qué son ésos? —preguntó.

—Ya te lo diré luego —respondió evasiva la anciana—. Sigue dando vuelta y no preguntes más.

Así estuvo la Mulata, dando vueltas al preparado aquel durante varias horas hasta que el cocido se convirtió en una especie de pasta gelatinosa y espesa. Entonces le ordenó Serafina:

—Quítate toda la ropa.

Tomó enseguida la pasta caliente entre sus manos y, soplándole para no quemarla, untó el cuerpo de la Mulata con ella, repitiendo bajito, muy bajito, una letanía en una lengua que la muchacha no pudo descifrar.

A medida que su cuerpo esbelto se llenaba con la pasta misteriosa, la Mulata sentía que la cabeza se ponía ligera y que sus pensamientos no le obedecían. Era como aquella vez que había tomado unos tragos de aguardiente y había sentido que todo el cuerpo se volvía como de trapo. Cerró los ojos asustada, hasta que escuchó la voz ronca de Serafina que la tranquilizaba:

—Déjate ir, dame la mano y no te espantes.

Al abrir los ojos se dio cuenta de que el techo de la choza estaba a un palmo de su rostro. Allá abajo se había quedado el velón de sebo que alumbraba los pocos muebles y el bote con la pasta misteriosa. No sentía el cuerpo, como si estuviera hecho de neblina. La única sensación real era la mano de Serafina que volaba junto a ella, con los cueros al aire.

—Vámonos.

Serafina la sacó de la choza por el postigo abierto. Era ya noche cerrada y no había nadie afuera de las casas. Sólo los perros les ladraban al pasar.

—¿Pueden vernos?

—¡Claro que pueden! Y nos ven. ¡Mira cómo se les erizan los pelos! —Serafina se reía con unas carcajadas contagiosas que hicieron olvidar a la Mulata cualquier temor que le quedara.

Subieron todavía más y la Mulata estaba perpleja ante la belleza que se extendía frente a sus ojos y la rodeaba por todas partes: el cielo de primavera, las estrellas nítidas, tan cercanas que hubiese podido tomarlas en sus manos; el Citlaltépetl con su corona de nieve, el bosque tropical llenando la noche de olores; las hayas altísimas, las ceibas con los nidos de oropéndulas colgando de sus altas ramas, las orquídeas y jazmines despidiendo aromas, los plátanos y palmeras jugando con la brisa, los ríos susurrando en las barrancas. Entonces salió la luna de entre los jirones oscuros: era una luna enorme y amarilla, teñida de rojo, como si hubiera salido de un charco de sangre.

La villa de Córdoba se veía desierta, con un resplandor macabro a la luz de aquella luna roja. A esas horas nadie caminaba por sus calles y la plaza estaba vacía. Los portales admirados por todos estaban oscuros y las campanas de sus iglesias permanecían silenciosas. Por el contrario, en los trapiches cercanos, los esclavos negros aprovechaban la oscuridad para correr al campo y hacer sonar los tambores primigenios; y entre las ramas de los zapotes y los mameyes, negros y negras se unían en un abrazo lúbrico al ritmo de la música venida del otro lado, de la tierra de sus antepasados.

Cuando por fin bajaron, estaban en lo profundo de una barranca, rodeadas por los helechos gigantes, enormes mafafas y orejas de elefante. Las langostas y los grillos rechinaban a su lado y el croar de las ranas era un solo canto interminable. De la maleza fueron saliendo una a una, otras mujeres desnudas, jóvenes y viejas, unas casi ancianas; mulatas y mestizas, algunas indias y representantes de todas las mezclas raciales de la Nueva España. Se saludaron sonrientes, dándole la bienvenida a la novata, mientras juntaban leña para hacer una fogata. Luego entraron a una enorme cueva cuya boca permanecía oculta por el follaje.

De una bolsa de lona que llevaba con ella, Serafina sacó el puñal de las extrañas figuras grabadas en el mango que la Mulata ya conocía, y a la luz del fuego trazó un amplio círculo con la punta del arma. Las mujeres se situaron de pie alrededor del círculo.

—¡Papé Satán, Papé Satán, aleppe! —dijo la voz ronca de la más vieja, como si con esas palabras misteriosas diera comienzo formal a la ceremonia que Serafina le había prometido.

—¡Párate en medio! —dijo la voz de la anciana.

Se sintió más desnuda todavía, sola en el centro del círculo, con las mujeres mirándola y repitiendo un canto que ella no pudo comprender.

Luego Serafina lanzó yerbas a la hoguera, lo que hizo que el humo se espesara y que la Mulata casi perdiera el conocimiento. Se sentía mareada, sin poder recuperar la voluntad. Serafina levantó el puñal hacia los cuatro puntos cardinales, pidiendo a los espíritus de cada uno de ellos que les fueran favorables en aquella ceremonia.

Las mujeres comenzaron a cantar de nueva cuenta. Las indias cantaban en náhuatl encomendándose a la diosa de la falda de jade; las mulatas y las negras, en yoruba o kimbundu rezando a Oshún; mientras las blancas y mestizas cantaban en español rogando a santa Marta que recibiera a la nueva joven que habría de ser hermana de carne y sangre.

Luego todo se volvió más borroso para la joven novicia. Sus piernas no la sostuvieron más tiempo, se derrumbó en el piso. Dos de las mujeres se desprendieron del círculo, como si hubieran estado esperando ese momento y frotaron el cuerpo de la joven con aceites aromáticos por todas partes: los pechos duros, el vientre plano, el sexo, que se abrió como una orquídea ante los dedos ávidos de las hechiceras, provocándole sensaciones desconocidas, hasta que las cosquillas se volvieron estertores de placer que le arquearon el cuerpo. Los cánticos parecían acompañar sus sensaciones: se volvieron más intensos. Una de las mujeres sujetó las manos de la Mulata y se hincó junto a ella, mientras que la otra separó sus piernas y la penetró con un falo de obsidiana untado de aceite, haciendo que los gritos de placer de la muchacha se hicieran más fuertes.

Una eternidad más tarde, cuando las mujeres volvieron a sus lugares en el círculo y el humo de la hoguera se fue disipando, la Mulata abrió los ojos.

—Ahora ya conoces los secretos de la carne —le dijo una anciana negra.

—Ningún hombre te dominará, ninguno ha de vencer tu voluntad —prosiguió una mestiza de ojos verdes.

—Les darás placer y tú recibirás placer de ellos, pero ninguno te someterá —terció una mulata más o menos de su misma edad.

—Tu cuerpo es tuyo, no lo olvides —dijo por fin Serafina, tendiéndole la mano para que se pusiera de pie.

—Eres una de nosotras —dijeron todas a coro, haciendo que a la Mulata se le erizara la piel con una mezcla de miedo y de placer—. Tienes el poder de amansar a las fieras, de convertirte en animal, de hablar con los muertos y engañar a los vivos.

Al amanecer del día siguiente, cuando la Mulata despertó en su cama, pensó que todo había sido una pesadilla, sin embargo pronto se desengañó: estaba toda untada con un aceite extraño y su cuerpo tenía algunos rasguños; su sexo estaba mojado y aceitoso, además de que algunas gotas de sangre manchaban su cama.

—Ya no eres doncella —le dijo Serafina que estaba parada frente a ella—: te convertiste en hembra; más que eso, eres una hechicera, dueña de tu cuerpo y de tu futuro.

Como si Serafina hubiese cumplido con su destino, murió unas semanas después; en su lecho de muerte consoló a la muchacha, que no se apartó de su lado:

—Nada puedes hacer para que no me muera. Es tiempo de descansar. No estés chillando y oye bien: cuando ya no respire, me cubres con salvia y me pones estas monedas en los ojos cerrados. Que me entierren antes de mediodía y déjame este amuleto en las manos para que pueda encontrar la puerta al otro lado.

Apretó en sus manos huesudas un saco que contenía una telita de seda roja envolviendo un sapo disecado, en el cuello traía cuatro cuentas redondas de hueso y dos cuentas azules de vidrio.

—Todo esto es tuyo, pero eso sí, haz de cuidar el puñal y el espejo negro: eran de Mwesi y de la condesa de Malibrán; luego fueron de mi bisabuela Serafina y de mi abuela indígena Matiana. Allí está metida la sabiduría de las africanas y las mujeres de aquí. Úsala bien, ¿entiendes?

La Mulata cumplió al detalle la voluntad de la vieja y siguió desempeñando los trabajos que Serafina le había enseñado, tanto los permitidos como los ocultos: vendía dulces en el mercado de Córdoba y chocolate en las festividades, pero también ayudaba a las mujeres que se lo pedían, suministrando hierbas y ungüentos, o leyéndoles la suerte en el espejo de obsidiana y echando las habas.

Su fama fue creciendo entre las mujeres que le solicitaban favores, ante lo acertado de sus visiones y la eficacia de sus hechizos. También había aprendido de Serafina el arte de traer a los niños al mundo y de ayudar a los moribundos a cruzar el umbral del otro mundo, por lo que no había un solo día en que no fuera solicitada tanto en alguna casucha de la orilla del río como en la casa grande de alguna hacienda azucarera de la región. Los chismes corrían en torno a su gran actividad, incluso algunos llegaron a decir que tenía el don de la ubicuidad: había sido vista en varios lugares al mismo tiempo: vendiendo dulces en el mercado, ayudando a parir a alguna indígena o sobándole el empacho a la dueña de alguna hacienda.

La mayor parte del año, la villa de Córdoba era una estampa de luminosidad y calor. La pequeña población fundada ciento setenta años antes, en las cercanías del majestuoso Citlaltépetl, era el centro neurálgico de una región sembrada de haciendas azucareras, y como tal, en sus calles y sobre todo en su plaza, predominaban el bullicio y la alegría.

En los días de mercado, los negros, los indios y los blancos de todas clases se mezclaban frente a la parroquia con sus torres eternamente en construcción.

—Todo se acaba en este mundo, decían las gentes, todo, menos las torres de Córdoba.

Las mujeres se guarecían de los rayos del sol a la sombra de los bellos portales, que eran la admiración de los fuereños, y podía verse pasar a los hacendados en sus carruajes, a los viajeros procedentes de Veracruz rumbo a Orizaba en sus literas polvorientas y a los orgullosos negros de San Lorenzo de Cerralvo en sus corceles.

La Mulata era ya una mujer de edad indefinible, de una belleza impactante que la hacía blanco de envidias, no sólo de las esclavas y mulatas libres, sino de las mismas blancas, que la veían como un peligro para la estabilidad de sus matrimonios y para el buen comportamiento de sus hijos: era alta, denotando así la raza de sus antepasados, de piel brillante y morena clara, y rebelde cabellera ondulada que a ella le gustaba lucir suelta cada vez que tenía ocasión.

Cordobeses y extraños volteaban a mirarla cuando aparecía en la esquina de la plaza con su caminar felino, haciendo sonar sus pulseras cada vez que levantaba un torneado brazo para saludar a las marchantas con el mismo desparpajo que a los miembros del ayuntamiento.

El éxito que tenía en la venta de los dulces era atribuido por sus amigos a la gracia con que los anunciaba y por sus enemigos, a algún hechizo. Cuando llegaba con los peroles de chocolate a las fiestas, su caminar garboso, el movimiento sensual de sus caderas, hacían a los hombres de la villa susurrar a su paso:

—Si como lo mueves lo bates, ¡ay, qué rico chocolate!

La Mulata nomás se reía, burlándose de todos los pretendientes que la acosaban.

Aquel Jueves de Corpus, se acercó don Francisco de Velázquez, alcalde de la villa, acompañado de su mujer, a comprar una jícara del humeante líquido a la Mulata.

¿Fue el tintineo de las pulseras en sus brazos? ¿El mórbido seno asomándose por la camisa de algodón blanquísimo? ¿Los carnosos labios? ¿El brillo juguetón en la mirada? Nadie lo sabe. Y sin embargo, después del primer trago de espeso y dulce chocolate, don Francisco levantó los ojos y ya no pudo apartarlos de la preciosa muchacha. Aunque se alejó del brazo de su esposa rumbo a la parroquia, su corazón se quedó junto a ella y no descansó hasta dejar a su mujer en su casa y regresar a toda prisa a la plaza a ver de nuevo a la Mulata.

Oscurecía ya y en la plaza se había asentado un grupo de músicos en medio del bullicio general. Los mulatos, tocando sus guitarras y algún arpa, hacían sonar los sones de la tierra mientras las parejas zapateaban junto a ellos. También prendados de la Mulata, entonaban estas coplas:

> María Tirolerole, chocolatito con pan francés
> En mi casa no lo tomo porque no tengo con quién
> Pero si usted me lo bate, con gusto lo tomaré.
>
> María Tirolerina, chocolatito con masa fina
> En mi casa no lo tomo porque no quiere Cristina
> Pero si usted me lo bate, lo tomaremos ansina.
>
> María Tirolerolero, chocolatito en el mes de enero
> En mi casa no lo tomo porque no tengo dinero
> Pero si usted me lo bate, lo tomaremos primero.
>
> María Tirolera y el chocolate molido en piedra
> En mi casa no lo tomo porque no quiere mi suegra
> Pero si usted me lo bate, lo tomaremos con yerba.

La Mulata escuchaba la música complacida, bailando también junto a su olla de chocolate. Le gustaba gozar de la vida y se regodeaba en la atención que provocaba. Al ver al alcalde que la miraba fijo desde el otro lado de la multitud, no pudo evitar sonreír: se sentía halagada de que un alto personaje como ése hubiera regresado a buscarla.

Don Francisco era un andaluz de ojos verdes y carácter dulce. Sus cabellos oscuros y ensortijados denotaban algún antepasado árabe, así como su piel color de aceituna. Frisaba los cincuenta años y algunas canas se asomaban a su sien, pero su sonrisa era amable y el brillo de su mirada denotaba pasión contenida.

Poco a poco la gente se fue yendo a su casa y el chocolate de la Mulata se acabó. Cuando iba rumbo a la choza donde vivía, se percató de que don Francisco iba discretamente tras ella. Lo pensó un momento: ¿qué podría darle aquel hombre? ¿Joyas? ¿Los vestidos suntuosos que otras soñaban? No podía negar que le complacía sobremanera aquel interés. Sin saber cómo proceder, se encaminó sin volver la cabeza y a toda prisa hacia su casa, perdiéndose entre las oscuras callejuelas de la villa.

El siguiente domingo ocurrió algo parecido: llegó don Francisco con su mujer al puesto de chocolate para comprarle la espumosa bebida. Sus ojos brillaban todavía más al mirarla y ella le sonrió coqueta. Pero esta vez él no regresó, su mujer lo condujo discreta hacia otro lado, aunque sí se volvió a mirar a la Mulata con desprecio.

Otras españolas, advirtiendo la atención que don Francisco había prestado a la Mulata, susurraban:

—Es una mulata, don Francisco no tiene decencia.

La joven se sintió herida de pronto. Nunca había tenido tan clara conciencia de su posición y de su clase. Una rabia enorme le fue creciendo por dentro hasta el punto de cegarla.

Para su sorpresa, un ujier vestido de brocados llegó hasta su choza a mitad de la semana: doña Gertrudis de

Velázquez quería comprarle dulces, con la condición de que fuera a llevárselos ella misma.

La casa del alcalde estaba pintada de amarillo y rojo y la puerta principal era de cedro. Al ver a la Mulata, el criado la hizo cruzar el zaguán y la llevó a través del patio empedrado que tenía un brocal hasta la sala del estrado. Ahí estaba doña Gertrudis, elegantísima, con un vestido de brocado carmesí, ajustado en la cintura, dejando apreciar el talle esbelto y el escote que mostraba el nacimiento del pecho. El rostro maquillado y empolvado sólo tenía color por los labios rojos y un lunar de carey en la sien, última moda en Europa. Estaba sentada en un sillón francés de brazos en esa especie de salón del trono característico de las casas de la época. Agitaba un abanico para sentir algún respiro en medio del calor agobiante del verano cordobés. Una negrita le trajo una jarra de agua de limón con chía, de la cual no le ofreció a la vendedora ni por asomo.

Cuando se quedaron solas de nuevo, doña Gertrudis la miró de arriba abajo con desprecio, haciéndola más consciente de su vestido de algodón sencillo, de lo remendado de sus enaguas y de lo gastado del rebozo.

—Te he mandado llamar porque he visto cómo te mira mi marido y, sobre todo, cómo lo has mirado tú, y te quiero advertir que te le apartes —de nuevo la miró con la misma sorna del principio, como midiéndola—. Sé a qué te dedicas, ¿me entiendes?

El gesto era de tal desprecio, que parecía que estuviera hablando con un animalito del que no se supiera si realmente captaba el sentido de las palabras humanas.

La Mulata no le dio el gusto de asentir siquiera. La alcaldesa prosiguió:

—La gente habla y tú estás en muchos de esos relatos. Yo no creo esos chismes de negros, pero ¡óyeme bien! El Santo Oficio está obligado a investigarlo todo y la hechicería se paga cara. Ahora, ¡hale! Largo, negra mugrosa, y deja en paz a mi marido.

La muchacha le botó la canasta con los dulces a doña Gertrudis en la cara y salió corriendo de ahí. ¡Qué vergüenza!

¿Cómo podía una mujer tan bella y elegante tener miedo de una mulata como ella? ¡Era verdad entonces que las hechiceras tenían un poder que las hacía más seductoras! ¡Causaba miedo! En el camino a su casa, la rabia se fue convirtiendo en satisfacción contenida.

Esperó al siguiente domingo con impaciencia y todos los días se frotó con miel diluida en agua de manantial, pronunciando unas palabras por lo bajo:

Francisco, el rostro te veo
Las espaldas te saludo
Aquí te tengo metido en el puño
Como mi señor Jesucristo a todo el mundo.

Don Francisco no llegó con su mujer aquella tarde. La Mulata estaba a punto de asumir su inexplicable fracaso, cuando el alcalde apareció entre la multitud, solo, sin quitarle los ojos de encima. Desde la esquina de la parroquia esperó a que la muchacha terminara su venta y recogiera sus peroles y, como la primera vez, la siguió por las calles oscuras hasta la salida de la villa. Esta vez, sabiendo la Mulata que don Francisco la seguía a distancia prudente, volvió la cabeza por encima del hombro y lo miró coqueta.

—¿Me vas a ayudar o no? —le dijo sin ninguna sombra del respeto debido a tan alta autoridad.

Don Francisco se detuvo, desconcertado. Miró para todas partes y se dio cuenta de que estaban solos y que la noche había caído sobre ellos, convirtiéndolos en sombras. Se acercó de prisa y empujó a la joven contra una tapia, haciéndola tirar las ollas; sin embargo, ella no se amilanó, lo miró de frente y siguió sonriendo con descaro. El alcalde pegó su cuerpo contra el de ella y la sujetó del cuello, temblando ante el contacto de los senos duros bajo la delgada tela de algodón.

—Te daré lo que sea —dijo a pesar de sí mismo—. Me tienes vuelto loco, sólo pienso en ti, día y noche; noche y día.

Ella seguía mirándolo directo a los ojos en silencio.

Él entonces la besó, hundiendo su lengua en la boca roja de la Mulata, quien la chupó con gula. Don Francisco apretó uno de los senos de la muchacha, sintiendo una excitación creciente.

—¿Qué me darás? —preguntó ella apartándose.

No le importaba en realidad lo que él le diera, sino el juego de hacerlo esperar, desesperar, mientras sentía la masculinidad de don Francisco irguiéndose impetuosa.

—Joyas. ¿Quieres perlas? ¿Oro? ¿Zarcillos de topacio? ¿Anillos de esmeraldas? —dijo entre jadeos, mientras su mano hurgaba por debajo de las naguas hasta encontrar las nalgas, el sexo de la mujer—. Ropa, ¿vestidos de brocado? ¿Mantos de Manila? ¿Enaguas de Bretaña? ¿Encajes de Holanda?

Ella no respondió, pero se dejó penetrar mientras su amante besaba sus pechos hasta hacerle daño. Luego siguió diciendo:

—Carruajes con asientos de seda y dos esclavos vestidos de azul; caballos árabes enjaezados con oro... ¡La corona misma de la Virgen María te doy...! —dijo en un suspiro dejando que el placer lo condujera hasta una pequeña muerte que lo hizo olvidar dónde estaba.

Por un rato se quedó sin aliento y cuando la Mulata se compuso los vestidos, le dijo por fin:

—Me has de poner casa y me has de dar carruaje. Luego veremos...

El alcalde no pudo dejar de visitar a la Mulata. Sentía que una fuerza sobrenatural lo conducía una y otra vez hasta la cama de la hechicera. Sabía cuán afortunado era de poseer ese cuerpo de carne dura y dulce, que no se cansaba de besar, chupar, morder y penetrar hasta caer rendido, una y otra vez. Muchos hombres deseaban a la Mulata y ninguno podía decir que había conseguido sus favores. Pero, ay, no se sentía dueño de la muchacha, sino más bien su esclavo. Sabía que causaba pena a su mujer y que se estaba convirtiendo en el hazmerreír de la villa, al regresar una y otra vez por el sendero que llevaba al río, en donde le había comprado una casa, siempre en busca de la Mulata, como perro sin dueño, como alma en pena.

Nada podía hacer doña Gertrudis para evitar el escándalo: tenía que tragarse sus lágrimas de rabia al ver pasar a su marido del brazo de la Mulata, que se regodeaba luciéndose a su lado en las principales calles. Por fin decidió cumplir su amenaza: "No me lleva ninguna otra intención sino cumplir como buena cristiana...", escribió al comisario del Santo Oficio en Veracruz. "Hay una mujer en esta villa que tiene pactos con el diablo..."

Un día en que don Francisco había sido llamado a Orizaba a arreglar asuntos oficiales, la Mulata se fue a la plaza no ya a vender chocolate, sino a comprar merengues al lado de su criada de compañía; cuál sería su sorpresa que los guardias del Santo Oficio llegaron a prenderla. Los cargos contra ella eran de hechicería. Sin que nadie pudiera interceder por ella, se llevaron a la muchacha con las manos atadas a la espalda en un carro, rumbo a la Nueva Veracruz. Dos días tardaron en llegar y en todas las aldeas por donde iban pasando, hubo muchas personas de las que ella había ayudado que se acercaban para darle ánimos, pero también se le acercaron otros: las mujeres que la envidiaban y que sentían que sus hombres la habían deseado, ellas se desquitaron con saña, gritándole insultos y aventándole piedras y verduras descompuestas.

—¡Bruja!

—¡Puta! ¡Que el infierno te trague de una vez!

Tanto fue el alboroto despertado por la mujer que era ya una leyenda, que los soldados temieron que los negros fueran a rebelarse como había ocurrido apenas treinta años antes, cuando los cimarrones atacaron la misma villa de Córdoba, y hubo que pactar con ellos para dejarlos vivir en Nuestra Señora de Amatlán. Fueron recorriendo temerosos el camino, esperando que los negros cimarrones que vivían en los palenques se vinieran encima de ellos para liberar a la mujer.

La Mulata, por su parte, si bien al principio recibía las pedradas e insultos con altanería, se fue hundiendo en el carro a medida que pasaban los pueblos y rancherías. Comenzó a sentir lo que Serafina le dijo que nunca podía darse el lujo de albergar en su pecho: miedo.

Cuando el carro pasó por San Lorenzo de Cerralvo, el pueblo de negros fundado por Ñyanga, una mujer se acercó a ella. Lejos de insultarla, le extendió una jícara de agua; entonces la Mulata la reconoció: era una de las mujeres de la cueva. Sus ojos se iluminaron, y cuando la negra le preguntó:

—¿Hay algo que pueda hacer por ti?

La Mulata contestó enseguida, con la voz quebrada por el llanto:

—Recoge las cosas de mi casa. Sobre todo el puñal y el espejo. Escóndelos hasta que puedas entregarlos a su nueva dueña.

—No te preocupes, así se hará. ¡Y nada de lágrimas!

Al estrechar su mano, le entregó un saquito con un largo cordón que ella se ocultó en el seno.

Cuando llegó a las cárceles de la Nueva Veracruz, traía la ropa pegada a la piel por el sudor de un largo viaje bajo el sol tropical; sucios la cara y el cuerpo por las inmundicias que le habían arrojado al pasar; su cabello crespo estaba enredado, parecía una maraña tenebrosa que le cubría la cara y sólo dejaba ver los carbones de sus ojos. De inmediato fue a dar a un calabozo sin ventanas y ahí la retuvieron, sin agua y sin comida hasta el día siguiente.

Luego el comisario del Santo Oficio y dos guardias más la interrogaron en una sala oscura donde sólo había una pesada mesa, un par de candelabros y un enorme cuadro que representaba las penas del infierno.

—Pesan sobre ti graves acusaciones —comenzó diciendo el comisario, un hombre mayor con el rostro enjuto—: acusaciones de hechicería.

—¿Quién me acusa? —preguntó altiva.

—Varias mujeres y hombres que juran que les diste bebedizos y que les ayudaste a encontrar sus pertenencias por medio de la adivinación.

La Mulata sintió que las piernas se le aflojaban y que su cuerpo no la sostenía: cayó desmayada frente al pequeño tribunal.

En los días siguientes la interrogaron repetidamente, le preguntaban una y otra vez sobre sus actividades: si había renegado de Dios Nuestro Señor; si había dado a alguna mujer bebedizos para hacerla abortar; si había pronunciado palabras impías; si había leído las habas o utilizado otras formas de adivinación... En particular, el comisario quería saber cómo había logrado que don Francisco de Velázquez, un hombre sobrio y decente, se enamorara de ella, y después insistió en que los denunciantes afirmaban que ella podía encontrarse en varios sitios a la vez y que tenía más de cincuenta años viéndose como una jovencita de veinte...

La Mulata, después de la primera vez, dejó de responder. Se encerró en un silencio obstinado que los jueces no pudieron hacer que rompiera. Una semana más tarde, su mirada estaba perdida y sólo repetía palabras que nadie atinaba a comprender. Dejaron de interrogarla, asumiendo que era culpable.

Si bien no le quitaron la piel a tiras, ni la condenaron a la hoguera, como le había dicho Serafina en su niñez, sí la mandaron presa de por vida a una celda del lóbrego castillo de San Juan de Ulúa. Aquella condena significaba en realidad la muerte en el corto plazo, ya que las celdas húmedas y sin ventilación permitían a los prisioneros pocas semanas o, a lo sumo, algunos meses de vida.

La Mulata pasó la primera noche llorando, pero al amanecer una gaviota se posó en el pequeñísimo orificio que permitía que entrara el aire de la playa.

"Nada de lágrimas", parecía susurrar el ave.

Entonces la Mulata se repuso. Sacó fuerzas de flaqueza y buscó en el saquito que traía en el seno alguna sustancia que pudiera ayudarla.

Se arregló lo mejor que pudo, domando su negra cabellera y enjuagando su rostro con el agua que le habían dejado en una jícara, y cuando el guardia llegó con sus alimentos del día, la Mulata le pidió con coquetería:

—Me aburro tanto aquí dentro... ¿Qué tendría de malo que me trajeras un pedacito de carbón para dibujar en la pared? —acarició la mano del guardia entre los barrotes.

El joven pensó que, en efecto, nada podría tener de maldad que la acusada pintara en la pared de la oscura celda y al día siguiente llevó a la mujer varios pedazos de carbón.

Para la empresa que se proponía, la Mulata se pasó tres noches repitiendo los ensalmos que Serafina le había enseñado y se encomendó a todas las ánimas del purgatorio, a los ángeles del cielo y a los demonios del infierno.

En cuanto salía el sol, aprovechaba la luz para dibujar en la pared de la celda, repitiendo en voz muy bajita un ensalmo para cada trazo:

De aquí salgo
Aquí no he de volver a entrar
Tú me has de ayudar
Siempre, siempre, siempre, siempre
Me has de ayudar en cualquier ocasión
Pues a ti me encomiendo.

Un pie se me duerme
Y tú, que eres la estrella que me guía
No me desampares.

A la una después de la media noche
Hago mis poderíos
Por ver si me ayudas…

Entre prisiones me veo
Ya me liberé de una
¿Cómo me libraré de dos?
Mas vengan de dos en dos
Los que conmigo combaten.

María,
Pues tanto alcanzas el poder de Emanuel,
Al momento sea yo suelta
De la prisión donde estoy.

Cuando terminó su dibujo, el guardia se acercó a verlo, admirado. Era un bajel impresionante de tres palos, con las velas hinchadas.

—Dime —pidió la Mulata al muchacho cuando lo tuvo más cerca—, ¿qué le falta a este navío?

—¡A fe mía que sólo le falta navegar!

—Pues tú lo has dicho —le contestó la Mulata lanzándole al rostro la mezcla de polvos que todavía conservaba en el saquito—. ¡Que navegue!

Y ante los ojos atónitos del guardia, la Mulata subió al galeón, que de inmediato desapareció con ella en medio de una nube de humo.

El joven guardia cayó desmayado junto a la reja de la celda y cuando despertó, tanto el dibujo como la prisionera habían desparecido. Toda la guardia fue de inmediato a constatar aquel prodigio.

Unos decían que se la había llevado el diablo en su bajel encantado directo a los infiernos; otros, que se había convertido en gaviota y había escapado por el ventanuco que daba al mar; unos más, que había usado sus encantamientos para hacerse invisible y que, en medio de la confusión, había caminado a la salida cuando le abrieron la celda... Lo único cierto es que, por más que buscaron a la hechicera, nadie volvió a saber de ella.

VI
Confutatis

Xalapa. Época actual, fines de agosto

Unos cuantos días después de la lectura de la tercera libreta, Lilia decidió buscar respuestas por todos los caminos posibles. Había pedido a sus amigos en la capital contactos con las autoridades de seguridad federal. Ella misma había escrito y llamado varias veces a gente que pensó que podría ayudarla. Acudió a citas con los delegados en Veracruz y viajó a la Ciudad de México a entrevistarse con más de algún funcionario de alto rango. Todo había quedado en promesas, promesas no cumplidas hasta entonces.

Luego pensó que tal vez los recuentos históricos contenidos en las libretas en forma de ficción tenían también alguna relación con la muerte de su madre, tal vez eran claves para entender lo que le ocurrió. Ante esa nueva hipótesis, la científica se aventuró por las sendas de La Pitaya a buscar a una de las amigas de Selene, que vivía del otro lado de la comunidad.

Llegó a media tarde ante una reja de madera que ocultaba un enorme jardín junto al río y una casa de adobe y enormes ventanales. Dos perros salieron a recibirla y detrás de ellos, su dueña: Marina era historiadora y maestra en la universidad. Tenía un rostro fino de piel muy blanca y ojos aceitunados de mirada inteligente. La hizo pasar enseguida y, ya instaladas en un comedor que miraba hacia el jardín, le ofreció café y galletas de macadamia preparadas por ella misma.

—Selene me habló de su proyecto hace ya tiempo. Yo le presté libros, algunos documentos coloniales y la orienté sobre dónde encontrar información.

—¿Quieres decir que todo lo que escribió es verdad?

—En Veracruz la magia es una parte esencial de la vida cotidiana.

La mujer señaló hacia el rincón detrás de la puerta. Lilia detuvo la mirada en el extraño ramillete de hojas de sábila, romero y otras yerbas rodeadas con un cordel rojo.

—Se prepara el primer viernes de marzo y se conserva todo el año, para proteger a los habitantes de las envidias y de los malos aires. Si se seca antes del marzo siguiente, de seguro alguien quiere hacerte daño.

—Y mi madre creía en todo eso... —dijo pensativa, más para sí misma que para su anfitriona—. La magia traída de África por los esclavos negros.

—La presencia negra no sólo en Veracruz, sino en todo el país es muy fuerte, sólo que es ignorada, invisibilizada hasta la fecha. Hasta hace unos años, pocos sabían que miles y miles de esclavos negros fueron traídos al país desde el siglo XVII y que, claro, trajeron con ellos su cultura y sus creencias. Por momentos, fueron incluso la población mayoritaria de ciertas ciudades, como el Puerto de Veracruz. Poco a poco se fueron mezclando y así su religión se fue llenando de elementos indígenas y españoles. Por más que a una le repitan esto mismo en la primaria, si vives en otro lugar de México, tienes poca conciencia de lo que eso significa: la música, la comida, la fisonomía, hasta el hablar de la gente..., todo lo que pervive hasta hoy.

Lilia asintió, ensimismada.

—Así que la Mulata de Córdoba realmente existió...

—De los acusados ante la Inquisición por practicar brujería, casi todas fueron mujeres, y de ellas, una buena parte eran mulatas. Esa historia contiene elementos que pueden encontrarse en muchos de los expedientes de la Inquisición. Además había una mezcla de temor y admiración por las mulatas, porque ellas eran rebeldes, a diferencia de las indias: se vestían de maneras provocativas y atraían a los hombres de todas las razas.

—¡Usando magia! —Lilia parecía una niña de nuevo, escuchando esas historias.

—La realidad era menos fascinante: las mujeres querían usar la magia para que sus maridos no les pegaran, o no las abandonaran; para resolver problemas cotidianos...

—Entonces es un cuento... —la desilusión se mostró en el rostro afilado de la muchacha. Otra vez, su madre la decepcionaba.

—Dicen que las brujas pueden hacer todas las cosas que la Mulata hacía: hay muchas historias de mujeres de poder en todo el estado: las nahualas, que se convierten en animales; las mujeres rayo, que pueden provocar o controlar las tempestades; las hueseras, las brujas voladoras de Sotavento... Cualquiera te puede contar una experiencia cercana.

—¿Me estás diciendo que existen las brujas?

—Como dicen en Galicia: no existen, pero de que las hay, las hay; y si las buscas, las vas a encontrar más cerca de lo que te imaginas.

Las mujeres continuaron con la plática hasta entrada la noche. Lilia por fin se atrevió a hacerle la pregunta que la había llevado hasta ahí:

—¿Tienes alguna idea de quién mató a mi madre?

Marina se quedó pensativa un rato.

—Alguna vez me habló de un grupo de extrema derecha, algo muy raro en este estado, hay que decirlo; es gente que estaba muy descontenta con el apoyo que la asociación les da a las muchachas que han tenido que abortar o que han sufrido lesiones por abortos clandestinos. Selene y sus amigas estuvieron siempre en contra de la penalización y se manifestaron con mucha fuerza sobre el tema.

—La moderna Inquisición...

—Si hasta el siglo xviii encarcelaron y castigaron a mujeres inocentes sólo porque alguien las acusaba de ser brujas, ahora son encarceladas por no querer el hijo producto de la violación, el hijo que no pueden mantener... Aquí hay mujeres acusadas de homicidio por el hecho de haberse practicado un aborto; tu madre y la asociación estaban tratando de liberarlas. Y sé que recibieron amenazas. Es gente relacionada con las más altas esferas en otros estados, pero que tienen vínculos aquí.

Lilia se quedó pensativa. No se le había ocurrido esa posibilidad.

Pasaban de las diez cuando la muchacha se despidió de Marina e inició la marcha hacia la que había sido la casa de su madre. La posibilidad de recorrer la distancia que la separaba de aquel lugar en la oscuridad le resultaba placentera: por la tarde había caído un gran aguacero. La humedad había hecho brotar los aromas de las plantas, que se esparcían en la brisa y se pegaban a la piel.

Ahora, una rojiza luna llena, apenas cubierta por jirones de nubes negras, iluminaba la senda de terracería que Lilia iba recorriendo a pasos lentos. No se oían más ruidos que los de los insectos, los portones estaban cerrados y sólo a través de los setos, que hacían las veces de bardas, se veía la luz proveniente de alguna casa. Aquí y allá, un ladrido, dos gatos peleándose, los mugidos de las vacas en los potreros lejanos, el viento...

Lilia se sentía encantada, respiraba a fondo el olor a hojas podridas, a humedad profunda, a flores de cedro tiradas en la vereda, hasta que oyó las voces. Eran unas vocecitas infantiles, hablando en una lengua que no era el español ni alguna otra que Lilia lograra identificar. Se volvió a buscar a los niños, pero sólo vio pequeñas sombras apartando la cortina de hoja santa rumbo al río.

La mujer aceleró la marcha a pesar de sí misma; no le faltaba mucho para llegar y unos niños traviesos, tal vez indígenas de la región, no deberían asustarla. Luego pensó que no había indígenas que conservaran su lengua en las cercanías y entonces sintió que el corazón se le salía del pecho. Cada murmullo que el viento traía hasta sus oídos la turbaba, y la luz rojiza de la luna entre las nubes le producía escalofríos sin saber por qué.

Pronto estuvo ya frente a la reja y se encontró dando vueltas a la cadena del portón con mano temblorosa. Tras pensarlo un poco, llegó a la conclusión de que no se trataba de niños: parecería que fueran enanos. ¿Un grupo de enanos hablando en una lengua originaria, como venida del inicio del tiempo?

Una vez que estuvo dentro, con la luz prendida, sintió que todos sus temores eran absurdos. Sin embargo, mirando por la ventana hacia el jardín, imaginó que las sombras de los árboles sobre el césped eran figuras dibujadas para ella y que la canción del viento entre las hayas le estaba especialmente dirigida; la naturaleza, la noche, estaban intentando decirle algo: un secreto oscuro que debía ser revelado. Se quedó quieta un momento con la mirada perdida en las sombras. No había manera de saber, de traducir los jeroglíficos, desentrañar los secretos.

Después de ducharse y servirse una buena porción de whisky, se animó a abrir de nueva cuenta el diario de su madre, que había abandonado durante varios días. Así se encontró con la narración del momento en que Selene había fundado la organización que tanto le mencionaban y de la que ella apenas sabía lo elemental.

La asociación había surgido diez años después de la llegada de su madre a Xalapa: la idea había brotado en las reuniones casi cotidianas que tenían varias de las mujeres de la congregación de La Pitaya. Una de ellas era antropóloga y profesora de la universidad, quien a lo largo de los años se había convertido en una de las mejores amigas de Selene: Lisa. A ella se le había ocurrido comentar las noticias del periódico: no había un solo día en que no se hablara de muchachas golpeadas, mujeres asesinadas por sus maridos, jóvenes que aparecían en zanjas, violadas y muertas, después de haber desaparecido sin causa aparente.

Selene narraba aquel momento fundacional casi con veneración. El grupo de apoyo para las mujeres maltratadas nació con la colaboración de todas: una de ellas era médica, otra psicoanalista, una más abogada..., sólo Selene no era nada, o de todo un poco, porque siempre había estado en contra de la separación de los conocimientos, de la aplicación de una sola disciplina a ultranza; le repugnaba la idea de aprehender los fenómenos de una sola manera, como hace el conocimiento académico.

Ese grupo de mujeres, a pesar de sus diferentes experiencias vitales, estaba de acuerdo entonces, como lo estuvo siempre, en no creerse demasiado las etiquetas disciplinares y mucho menos confiar tanto en la "ciencia". Sabían que había más, mucho más, como dijera Hamlet, entre el cielo y la tierra de lo que comprendía su filosofía.

Con más entusiasmo que conocimientos, o mejor dicho, uniendo los conocimientos y posibilidades de cada una de ellas con una tenacidad a toda prueba, se propusieron fundar la asociación que prestaría ayuda a aquellas mujeres, casi todas muy jóvenes, que carecían de apoyos y de orientación médica, psicológica, jurídica y, sobre todo, afectiva.

Los primeros años se habían limitado a dar pláticas en las colonias marginadas y en los hospitales; buscaron apoyos económicos de todas las fuentes posibles a fin de proporcionar un lugar, un refugio a aquellas mujeres que habían sido violentadas en sus propias casas y que no tenían a dónde ir. También las apoyaban en la presentación de demandas en contra de cónyuges o padres abusivos, y daban terapia gratuita. Pero después, aquellas labores no parecieron ser suficientes.

La tarea de Selene era analizar los casos de las mujeres muertas que aparecían frecuentemente en la sección policiaca del periódico. Con ayuda de estudiantes y profesores de la universidad, había ampliado su radio de acción a otras poblaciones de Veracruz, en donde hizo búsquedas en hospitales y ministerios públicos. Ahí fue donde había sentido que estaba iniciando la labor más importante de su vida. Si había un propósito para estar en el mundo, confesaba Selene, el de ella había sido ése, en el que había volcado toda su energía.

En las siguientes páginas la activista narraba cómo empezó a viajar a diferentes puntos del estado, para encontrarse con realidades crueles que nunca pensó que existieran; y fue justo a través de esas realidades que encontró una razón de vivir. Si bien en los periódicos y en los ministerios públicos había encontrado casos lamentables, lo peor había estado en lo que nunca apareció en las noticias, lo que ya no era noticia.

El recuento de su madre sobre la situación de las mujeres en el estado era escalofriante, pensó Lilia.

En las calles de las colonias populares de todas las ciudades de Veracruz, como en otras del país, había —y seguía habiendo— mujeres niñas, jóvenes, viejas y ancianas amedrentadas por amantes, maridos, hijos, padres y vecinos. Selene describía las mandíbulas fracturadas, los miembros amoratados, las caras desfiguradas, la vergüenza ante reiteradas violaciones, el miedo en los ojos de esas mujeres y, sobre todo, la desesperación de no tener a dónde ir: de no haber sido escuchadas, de haber sido víctimas de burlas y vejaciones por parte de quienes hubieran podido ayudarlas.

En las rancherías alejadas —como las de muchas partes de México—, Selene había encontrado jóvenes ultrajadas que después de viajar varias horas hasta la cabecera municipal a denunciar el acto, sólo habían hallado indiferencia, o peor, burla en los agentes del ministerio público.

En las alturas de la sierra de Zongolica, como en otras zonas indígenas de México, después de recorrer carreteras curveadas y caminos de terracería, su madre descubrió en los poblados perdidos entre la neblina, muy cerca del cielo, a mujeres que sabían hacer milagros de color en artesanías que no podían vender en ninguna parte, y que eran víctimas de la miseria: embarazadas a los doce años, ancianas a los treinta, víctimas de la resignación por el maltrato de sus hombres, de las autoridades, de la historia.

Más de alguna había muerto por abortos mal practicados, por ingerir extrañas sustancias que las intoxicaron y varias, casi niñas, estaban presas por homicidio en primer grado, por haber llegado al hospital víctimas de los abortos fallidos. Sus ajados pies descalzos, su incomprensión total de lo que les sucedía, habían dejado profundas huellas en la memoria y en el corazón de la activista.

En Orizaba, como en otras muchas zonas urbanas del país, Selene tuvo conocimiento de los casos de mujeres sin nombre, muchas de ellas prostitutas, torturadas y muertas en hoteles de paso. Mujeres que si en vida no habían tenido nada, en la muerte sólo poseyeron un número de expediente pero ni siquiera tumba propia: sólo eran restos en una fosa común. Restos femeninos que por un momento, un breve instante, significaron la esperanza para un grupo de madres desesperadas, que al oír la noticia, llegaron a ver si reconocían en ellos a la hija desaparecida.

Selene describía cómo había estado con esas madres que eran como espectros lastimeros detrás de una esperanza; cómo había escuchado sus historias que no estaban escritas en ninguna parte, que no alcanzaron a ocupar espacio ni siquiera en la sección policiaca del periódico. ¿Quién se interesaba por la muchacha que no llegó a dormir a casa? "Se habrá ido con el novio." "Se habrá peleado con los padres." "Las muchachas de hoy en día no respetan nada." "Hay que fortalecer los valores familiares." "En algo turbio habría estado metida, de seguro", y lo más ofensivo de todo: "Eran prostitutas, ¿qué esperaban?". No había víctimas: todas eran culpables.

En algunas ciudades pequeñas, como en muchas de la república, Selene había podido hablar con las jóvenes preparatorianas embriagadas y violadas por sus compañeros de escuela. Sin ver un futuro claro, en un presente que les había robado los sueños, aquellos jóvenes, hombres y mujeres, bebían a todas horas, por diversión, por matar el tiempo que no transcurría lo suficientemente rápido, y ellas, muchas de ellas, terminaban tiradas en la calle, con la ropa desgarrada, con el cuerpo lastimado, sin saber cómo habían llegado hasta ahí.

En el sur del estado, como en muchos otros lugares cercanos a las fronteras, la activista había podido abrazar, hablar largamente con las migrantes en su paso por el purgatorio en busca de un paraíso que pocas veces llega a hacerse realidad. Muchas no habían dicho nada: tenían miedo, un miedo que les deformaba la cara, que les hundía el cuerpo y las dejaba hechas jirones.

Las palabras de otras albergaban la desconfianza producto de las continuas traiciones. Unas eran muy jóvenes, otras eran maduras y habían dejado atrás toda una vida para conquistar un sueño. Algunas habían denunciado los abusos: las cuotas en dólares o en carne fresca que tuvieron que pagar por derechos de paso, por evitar la deportación; otras, aunque quisieron callar los horrores más grandes que vieron o vivieron en carne propia, sus ojos de cervatillo perseguido, acorralado, se lo habían dicho todo.

Las que habían logrado escapar de los martirios de los burdeles mal hechos en los miserables pueblos del camino, traían tatuado el dolor en la piel. Sus manos le habían hablado a Selene de los hombres que tuvieron que tocar, sus miradas perdidas le habían contado de la droga, sus rostros le habían dicho cómo habían ido perdiendo la esperanza cada día hasta que sólo les quedó esperar con ansias la muerte.

Más al sur todavía, más allá de las fronteras del estado, su madre y sus amigas habían colaborado con los valientes activistas que instalaron —casi de la nada— refugios para mujeres golpeadas, abusadas sexualmente y víctimas de la trata, y las señoras se habían contagiado con su valor ante las amenazas anónimas, los ataques, los atentados y la vigilancia constante de lo que ahí adentro se hacía.

Más abajo, su madre confesaba que en la asociación también habían recibido amenazas: de los maridos, de los amantes, de aquellos que se benefician de las mujeres vueltas objeto, a quienes habían rescatado de la muerte o de un destino peor. Habían recibido llamadas telefónicas, habían tenido connatos de secuestro, ataques con explosivos que varias ocasiones habían roto los vidrios, persecuciones a algunas de las activistas por las empinadas calles: mensajes que no acataron, mensajes de los que se burlaron como rebeldes y locas que eran, mensajes que sin embargo estaban muy claros, habían sido escritos con la tinta de la prepotencia, azuzados por el poder de las armas: las activistas habrían de entregarles a SUS mujeres, a SUS hijos, propiedad privada que no merecía mejor destino que el maltrato y, muchas veces, la muerte.

¡Ah, las amenazas! También estaban los mensajes que auguraban el castigo de Dios contra los impíos, contra ellas, cómplices de crímenes contra la vida. "El cielo confundirá a los malditos que atenten contra los designios de la iglesia", decía el último, que, como todos los demás, acabó en el bote de basura sin que a ninguna le quitara el sueño.

A veces, escribía Selene, al despertar en su casa y mirar el jardín que había llenado de orquídeas y que había rodeado de bambú para tener a su alrededor una muralla verde de esperanza, se ponía a llorar. Le dolía el país, le dolían sus mujeres y sus hombres sin esperanzas y sin sueños, le dolía su dolor, que no terminaba de formar palabras, le dolían sus niñas y adolescentes violadas por sus padres, vendidas por sus madres a políticos corruptos y tratantes sin escrúpulos, o entregadas por voluntad propia al crimen organizado, a cambio de dos minutos de fama y unos cuantos pesos para comprar el vestido de moda, el celular... Le dolían las ancianas víctimas de una guerra que no comprendían, trofeos de los malos y los peores, como siempre, como era en un principio ahora y siempre, por los siglos de los siglos... hasta que alguien, hasta que muchas, hasta que todas lograran llamar en voz alta a las cosas por su nombre.

Pero también lloraba de alegría. Le llenaba de orgullo que existieran mujeres que se enfrentaban a los corruptos y exigían sus derechos y los de todas; le llenaban de esperanza las palabras de los poetas y los actos cotidianos de los seres sin nombre que han ayudado a las víctimas a levantarse y recuperar el aliento y la dignidad perdidos. Le llenaban el alma de fortaleza aquellos que denunciaban, aquellos que levantaban la voz y se enfrentaban a los verdugos convirtiendo en palabras el silencio de los débiles.

¿A dónde van las plegarias?, leía Lilia con lágrimas en los ojos. ¿A dónde van los ensalmos? ¿A dónde van los poemas? ¡Si pudieran formar un torbellino y arrasar con todo el horror...!

Si eso fuera posible, decía la activista desesperada, repetiría día y noche, una y otra vez como un conjuro, el poema de María Hope para esas muertas de Ciudad Juárez, que veía multiplicarse ya por todas partes:

> Madre
> tú que habitas cielo,
> viento, mar y tierra,
> cárceles y burdeles,

fábricas y juzgados,
basureros hediondos,
chozas, vecindades,
mansiones,
hospitales,
guaridas de ladrones
y casas ministeriales,
¡trae a nosotras tu reino!
No perdones
que no queden impunes nuestras muertes,
que la sangre nuestra,
la de nuestras hermanas
fecunde el corazón de la tierra donde yacen
y nos dé aliento, fuerza.
No protejas a nuestros asesinos
ni escudes bajo tu manto sus ofensas.
Líbranos del miedo,
del silencio,
de la mansedumbre.
Permítenos la rabia
y no nos dejes caer en la tentación
de la desesperanza.

Lilia, arrasada en llanto, por primera vez comprendió a su madre. Por primera vez entendió que había que hacer algo y se llenó de orgullo de que fuera Selene y su grupo de amigas quienes hubieran contribuido de alguna manera a la tarea.

Sólo un momento pudo entregarse al dolor de la pérdida. De pronto, por encima de la música que escuchaba y de su propio llanto, escuchó cómo las vocecillas se multiplicaron afuera en el jardín y Astarté, la gata amarilla tendida a su lado, arqueó el lomo y maulló con fuerza. La luz de un relámpago tornó la noche en día y de inmediato la habitación quedó a oscuras.

La muchacha se levantó del sillón, asustada.

—El rayo debe haber caído en un transformador... —dijo en voz alta para tranquilizarse—. No tarda en volver la luz...

Se sintió tonta al tener tanto miedo. Abrazó a la gata como si ella pudiera protegerla. Esas voces...

La energía eléctrica no se restablecía y a medida que fueron pasando los minutos, Lilia pensó que debería buscar una linterna, una vela. Con el rostro pegado a los cristales que daban al jardín, intentaba adivinar las formas de las sombras que aparecían y desaparecían entre los setos, ver las caras de los hombrecillos, ver algo más que la mano invisible que agitaba el móvil de conchas que colgaba en el porche.

Entonces aparecieron los cocuyos, miles y miles de ellos, revoloteando entre las flores, encendiendo sus luces en todas direcciones entre las orquídeas y los tallos de bambú, hasta que las vocecillas callaron y una calma total volvió a llenar la oscuridad.

Lilia, incrédula y aliviada, se dejó caer agotada en el sillón.

—¿Qué está pasando aquí? —se preguntó con la cabeza entre las manos.

Sólo Astarté le respondió con un maullido tranquilizador.

VII
Cuarta libreta

Manga de Clavo, alrededores de Veracruz, 1839

Eran apenas las tres de la madrugada pero ya había un enorme barullo en la hacienda: las sirvientas corrían de un lado a otro prendiendo el fogón, degollando a las gallinas, horneando el pan, mientras que oficiales y soldados rasos se preparaban para salir a recibir a los importantes visitantes hasta la orilla del Camino Real.

Era diciembre y el ambiente de fiesta ya se sentía desde muchos días atrás: las celebraciones de la virgen y después las posadas habían roto totalmente la monotonía de las labores en la hacienda.

Jacinta estaba ya levantada desde las primeras horas.

Acababa de llegar a la casa grande, en compañía de su madre, a servir a la familia del caudillo. Había corrido la voz en el rancho de que se necesitaban manos y espaldas que aguantaran el trabajo y su madre viuda no lo había pensado dos veces: seguro que en la casa grande estarían mejor, más comida, mejor salario y la diversión de ver a tanta gente que llegaba a visitar al general, a pesar de que ni la viuda ni la huérfana podían olvidar que Juan, el padre de Jacinta, había muerto por seguir a Santa Anna en su campaña para defender Texas, apenas dos años antes.

Habían llegado la tarde anterior y a la hora de dormir les avisaron que habría que pararse muy temprano: los patrones tenían visitas; así que no bien se habían acomodado en las hamacas, ya las estaban despertando los gallos y la campana que llamaba al trabajo.

A Jacinta le tocó ayudar en la cocina y se sorprendió al ver que un pequeño ejército de mulatas y mestizas se hacía cargo de los preparativos de lo que parecía ser un fastuoso banquete: enormes trozos de res aliñada y lista para meterse al horno; gallinas rellenas y pescados frescos, junto a una variedad de legumbres. Una negra gorda deshuesaba las gallinas, una mestiza preparaba la masa para el pan. A ella la pusieron a barrer el piso y deshacerse de los desperdicios.

Toda la casa estaba ya iluminada a las cinco de la mañana y pronto se oyeron voces en el recibidor: eran los invitados, que parecían ser importantes. Jacinta se las arregló para espiar detrás de la puerta de la cocina los movimientos de los amos y sus amigos.

Ahí estaba una mujer joven y esbelta vestida de muselina blanca y zapatos de raso, ataviada con joyas deslumbrantes: unos aretes de diamantes, prendedores y sortijas. Atrás de ella, estaba una pequeña de unos diez años, arreglada de la misma elegante manera: con un vestidito de encaje azul cielo que le llegaba a los tobillos.

—Es doña Inés, la patrona, y la niña Guadalupe —le dijo Mariana, una negrita poco mayor que ella, a quien le había tocado poner la mesa—. Ven, ayúdame; acá podrás ver mejor.

—¿Es la única hija de los patrones? —se interesó Jacinta.

—María del Carmen y Manolito se quedaron con la niñera en el cuarto. Son muy chiquitos para estar con los invitados: ella tiene cinco años y Manolito apenas dos. Antonio, el recién nacido, está con la nodriza.

Jacinta ayudó a su nueva amiga a disponer la vajilla francesa de blanco y oro en la enorme mesa cubierta con un mantel de lino bordado. Desde ahí podía escuchar la conversación que tenía lugar en el recibidor entre doña Inés y una extranjera rubia vestida de manera distinguida. Al otro lado estaban los varones: un hombre entrado en años que hablaba como español e intercambiaba cortesías con el señor de la casa.

Don Antonio López de Santa Anna era un hombre muy alto de porte gallardo: aun sin el uniforme militar, como estaba ese día, su elegancia parecía afirmarse en el rostro blanco de líneas suaves que se iluminaba cada tanto con una sonrisa atenta dirigida a los visitantes y que restaba dureza a sus ojos, que eran profundos y oscuros. Jacinta, en su detallado escrutinio, se dio cuenta de que el patrón usaba una pierna de palo.

—¿Qué le pasó...?

—Se la mochó una bala de cañón de los franceses el año pasado —le confió Mariana en un susurro—. La de verdad está enterrada junto a la galera.

Al escuchar el murmullo, doña Inés las miró con desaprobación, así que las dos muchachas siguieron con su trabajo en silencio.

—La reina de España le manda a usted sus saludos, general —dijo la extranjera con voz dulce.

—Traigo, en mi calidad de embajador, una misiva de Su Majestad para usted, escrita en el entendido de que era usted el presidente de México —añadió el otro visitante.

—Pero no lo soy, mi estimado marqués Calderón de la Barca... Ya ve usted: aquí estoy, reponiéndome del artero ataque por las reclamaciones de unos pasteleros franceses en Tacubaya. Seguro están ustedes al tanto... —miró a uno y a otro con cortesía.

La pareja movió la cabeza levemente en señal afirmativa y la marquesa salió del trance con gracia:

—Es usted un héroe. Todos en Europa hablan de sus hazañas.

—Nada de eso —don Antonio desdobló la carta lentamente—. Son los sacrificios que impone el amor a la patria, es todo. Y la patria sabe que cuando me reclame de nuevo, estaré aquí.

El anfitrión hizo una pausa. Exclamó, complacido:

—¡Qué bien escribe la reina!

Los visitantes no supieron responder a aquella declaración un tanto ingenua del caudillo y doña Inés aprovechó el momento para conducirlos hasta la mesa.

Cuando regresó a la cocina, Jacinta estaba muy impresionada con lo que había visto. Habría hecho cualquier cosa por seguir siendo testigo de aquella importante visita, por lo que insistió en ayudar a servir los platos.

—¿Cómo estuvo el viaje? —preguntó doña Inés para iniciar la conversación.

—Salimos a las dos de la mañana de Veracruz y el recorrido me ha dejado gratamente impresionada —contó la marquesa—. Nos hemos detenido al romper el alba en una aldea maravillosa donde hemos bebido un vaso de leche recién ordeñada en lo que nos cambiaban las mulas. ¡Qué vegetación! ¡Qué flores extraordinarias! ¡Esto es un jardín tropical!

Santa Anna escuchaba complacido el relato mientras degustaba el pescado frito, los riñones de ternera al jerez y el pollo asado a la naranja con vegetales. Entre bocado y bocado, informaba a los visitantes de los cultivos de la región y de las cualidades de las tierras que le pertenecían.

Al calor de la plática fueron agotando las viandas y finalmente se hizo un momento de silencio, que doña Inés aprovechó para llamar a uno de los oficiales siempre atentos junto a ellos y le pidió traer su cigarrera; cuando tuvo en sus manos la cajita de oro con un broche de diamantes, le ofreció un cigarro a su invitada que, confundida, lo rechazó suavemente. La patrona, sin inmutarse, encendió el suyo seguida por todos los hombres presentes.

—¡Muchacha! —exclamó mirando a Jacinta—. Que traigan el café y los licores.

La joven tiró el plato que llevaba en las manos. La dueña de la casa la miró con severidad, pero no dijo nada. Con el rostro cubierto de vergüenza, se inclinó a recoger los pedazos del piso, y cuando iba a incorporarse, se encontró con el rostro del general, que le guiñaba un ojo, como restando importancia a su error.

Regresó a la cocina con las mejillas rojas de pena y de emoción por lo ocurrido, y más tarde, cuando los patrones dieron por concluido el almuerzo y llevaron a los invitados a hacer un recorrido por la hacienda, ella se fue con el grupo, haciéndose la disimulada, como si estuviera ahí para ver qué se ofrecía, en vez de quedarse en la cocina a fregar los platos.

Allá iban, a corta distancia delante de ella, doña Inés con la marquesa y, junto a ellas, el que parecía ser marido de ésta última, con el general Santa Anna; la niña Guadalupe iba delante de todos y dos oficiales cerraban el cortejo caminando a una discreta distancia.

Cruzaron los prados por los senderos que serpenteaban entre árboles: las higueras y los hules en abundancia, de los que se desprendía todo tipo de orquídeas. A pesar de que era pleno diciembre, no se sentía frío, tan cerca de la costa como estaban, y sólo un vientecillo del norte venía a evitar el sofoco de los paseantes.

—No me he propuesto sembrar jardines, porque considero que las doce leguas cuadradas que forman Manga de Clavo son todas ellas mi jardín particular —dijo Santa Anna, complacido.

—¡Qué paisaje maravilloso! —repetía aquí y allá la Marquesa, refiriéndose al nevado Pico de Orizaba que alcanzaba a apreciarse desde donde estaban.

—Estuvo aquí hace algunos años un pintor extranjero, ¿cómo se llamaba aquel alemán, Inesita? —preguntó don Antonio a su mujer.

—Rugendas. Se quedó con nosotros algunos días y gustaba de sentarse por aquí, a plasmar en sus dibujos estos paisajes. Todavía no estaba la casa hacienda, apenas se terminó hace menos de un año, pero a él no le importó quedarse en un jacal cercano al pozo.

—¡Ah! ¡Quién entiende a los pintores! —dijo Santa Anna sonriendo—. ¡Y quién fuera como ellos! Ocupados en la contemplación serena de la naturaleza.

Los invitados rieron de buen grado, encantados con la personalidad seductora del caudillo.

Llegaron por fin a las galeras, en donde el general tenía su famosa colección de gallos de pelea que valían una fortuna. Los extranjeros se asombraban de la belleza de los plumajes y atendían a las explicaciones de don Antonio sobre su bravura y casta. Cada uno tenía un nombre, y acá y allá se detenía el patrón a alabar a alguno en particular.

Luego pasaron a las caballerizas, donde don Antonio enseñó a los visitantes su viejo corcel preferido, que lo había acompañado en tantas aventuras..., y más allá, estaba la hermosa litera de la familia, propia para viajes largos, pintada y adornada de manera exquisita, con un interior tan espacioso que en él cabía todo lo necesario para viajar con comodidad.

Eran casi las once cuando volvieron hasta la puerta de la recién terminada casa grande, donde una negra los esperaba con una jarra de agua de limón y algunos licores dispuestos en la mesita del porche. Los invitados no tenían ya mucho tiempo: la diligencia que los llevaría a la Ciudad de México estaba por llegar al cruce del camino de la hacienda, por lo que Santa Anna, de inmediato, ordenó que trajeran dos espléndidos coches para encaminar a los marqueses hasta el Camino Real: en uno subieron las dos parejas, mientras que el otro fue ocupado por la niña Guadalupe, una sirvienta y los oficiales.

Jacinta ya no pudo seguirlos, se quedó de pie un rato, apoyada en un pilar de la entrada de la casa grande. ¡Qué guapo era el patrón! ¡Y qué amable! No parecía un héroe o un general.

En ese momento salió Mariana.

—¿Dónde te metiste? ¡Ayúdame a levantar lo que falta y a guardar la vajilla en su lugar!

La hacienda de Manga de Clavo tenía doce leguas de extensión. En una pequeña parte de su vasta superficie se sembraba caña, algodón y tabaco, pero la mayor parte estaba destinada a ser potrero para las más de cuarenta mil cabezas de ganado del general Santa Anna; a la hacienda se habían ido añadiendo ranchos de los alrededores, por lo que era difícil saber hasta dónde llegaban los terrenos del patrón.

Santa Anna había comprado Manga de Clavo para su mujer como regalo de bodas, en 1825, cuando había desposado a la joven alvaradeña, después de sufrir el rechazo de una señorita de la capital. Don Antonio no amaba realmente a la señora Inés, pero llevaba una relación pacífica, afectuosa, con ella. Quería más a sus gallos, por los que daría la vida. Además, de sobra se sabía que tenía los ojos muy vivos y las manos ligeras, ¡cómo le gustaban las mujeres!

Todo eso se comentaba cerca del fuego, cuando los sirvientes se reunían a fumar después del trabajo y se hilaban las historias ciertas con las inventadas al calor del aguardiente. En los jacales de la servidumbre se juntaban los mulatos y mulatas: los molenderos, carpinteros, caldereros del trapiche con los trenzadores de tabaco; las sirvientas de la casa grande con las sembradoras y los pastores del ganado.

Entre consejas y chismes, se armaba luego el fandango: los mulatos sacaban las jaranas y el arpa, y pronto los sones de la tierra llegaban hasta los confines de la hacienda. Jarochos y jarochas zapateaban e inventaban versos que repetían luego en voz alta entre las notas de los sones hasta el amanecer. A estos fandangos asistía de vez en cuando el patrón, que se inventaba versos pícaros para cantarlos y se llenaba los ojos mirando a las mujeres que se movían cadenciosamente y levantaban las enaguas al bailar.

Jacinta era feliz. Le gustaba estar presente cuando llegaban los visitantes a la hacienda y ver con qué amabilidad los atendía el patrón. Sobre todo disfrutaba escuchar cómo lo alababan los señorones vestidos de militares y los curas gordos que le suplicaban que volviera a tomar las riendas del país. Aunque la sirvienta no entendía gran cosa, gozaba cuando el patrón les daba largas sin entusiasmarse ni enojarse con ellos.

—Ya veremos, en su momento veremos... —decía con aquella voz de terciopelo acompañada de su sonrisa coqueta que hacía que los visitantes se fueran contentos, aunque en realidad aquella fuera una respuesta negativa.

En ese mismo salón, donde estaban colgados los rifles de caza y algunas cabezas de venado y cerdos salvajes, el patrón recibió una tarde a mediados de julio de 1840 a un emisario de su amigo Valentín Gómez Farías. El oficial se cuadró ante Santa Anna y le extendió una carta.

—¿Pero qué significa esto? —exclamó don Antonio después de leerla.

El oficial estaba confundido.

—Lo que me han dicho, mi general, es que debo convencerlo de regresar conmigo a la Ciudad de México. Todo está listo para el golpe de los federalistas al presidente Anastasio Bustamante. Quieren que usted encabece la rebelión.

—¿Pero qué cosa es ésta? ¡Nadie me ha consultado! ¡Y la rebelión ya está en proceso! ¡Alisten mi caballo de inmediato! —ordenó a sus guardias.

Y así, en cuestión de una hora, la hacienda se había vuelto un torbellino y después había vuelto a la calma tras haber visto partir a su dueño con una gran escolta.

¡Con cuánta admiración lo vieron partir sus jarochos! Sus trabajadores no sólo le tenían respeto, sino verdadero aprecio. Muchos de ellos recibieron del patrón un pedacito de tierra; otros, tuvieron su apoyo ante alguna necesidad. Santa Anna estaba al pendiente de las carencias de sus peones: les construyó cementerios y reconstruyó iglesias; les dio empleo a muchos y se ganó el reconocimiento de todos al demostrarles que conocía las labores del campo y sabía dar instrucciones precisas de dónde sembrar el algodón, dónde el tabaco y dónde matar a las reses. Por eso cuando él les pidió seguirlo, para apoyar pronunciamientos o iniciar rebeliones, sin pensar lo hicieron.

Jacinta también lo vio partir y sintió que la hacienda se quedaba vacía. Una especie de nostalgia la invadió cuando el polvo de las cabalgaduras se disipó por completo, y un suspiro se le atoró en el pecho. Sólo Damiana, su madre, al verla triste pintando círculos con una varita en la tierra del piso, le gritó:

—¿Y tú qué te traes? Nomás me falta que se te ocurra enamorarte de él... Acuérdate de que por su culpa tu padre está muerto. Si hubiera sido un buen general, no habría dejado a sus soldados sufrir tanto a manos de los gringos. ¡Prefirió salvarse él mismo! ¡Que se perdiera todo lo demás!

—No diga eso, madre. No sabemos de verdad qué pasó.

—¡Claro que sabemos! El compadre nos contó cómo había estado todo. Santa Anna y sus oficiales se acostaron a dormir y cuando despertaron tenían a los gringos encima. ¿Qué hizo el general? ¡Salir huyendo! ¡Dejar atrás a todos los demás! Dejar que mataran a sus soldados por montones...

Jacinta había oído esa historia muchas veces, se la sabía de memoria; le habían inculcado el odio a don Antonio desde entonces, pero al verlo, al conocerlo, no podía creer nada de lo que su madre le había dicho.

La hacienda quedó en tinieblas a la partida del patrón y no se oyó música ni jolgorio hasta que Santa Anna regresó quince días después.

—¡Estos inútiles me llaman cuando ya han decidido todo! No era el momento de una rebelión..., aunque claro, el país entero es un caos. Bustamante se merece ser derrocado: capituló de manera ridícula ante los franceses; además prometió recuperar Texas y nada ha podido hacer. Y peor, Tabasco y Yucatán se han levantado en armas. Pero yo ya no quiero meterme en honduras... ¡Este país ya no tiene remedio! En cuanto se pueda, nos iremos a Colombia, a empezar de nuevo.

Inés lo escuchaba atenta a la hora de la comida, sólo exclamando aquí y allá:

—¡Gracias al cielo que has regresado con bien! ¡Hágase la voluntad de Dios!

Jacinta se enteró de lo ocurrido aquella noche en el fandango, cuando el patrón llegó a festejar con sus jarochos. Santa Anna llegó con una botella de aguardiente en la mano y un puro entre los dientes, a contar su aventura.

Movilizó en Perote a las tropas que le eran leales en la fortaleza de San Carlos y esperó a ver cómo se desarrollaban los acontecimientos en la Ciudad de México, donde Gómez Farías y Urrea, los furibundos federalistas que habían sido tanto amigos como adversarios de Santa Anna en otros tiempos, tenían preso al presidente Bustamante en el Palacio Nacional. Aquello había sido un escándalo y prohombres del gobierno, como Quintana Roo, se habían colgado por los muros del palacio para tomar por sorpresa a la guarnición fiel al presidente.

Los jarochos reunidos junto al fuego reían a carcajadas de las imágenes que el patrón dibujaba ante ellos. Una buena parte de los peones no había salido nunca de la hacienda y les divertía conocer otros parajes a través del discurso florido de don Antonio.

—Permaneceremos fieles al gobierno —concluyó Santa Anna—. No es momento de rebeliones.

Los jarochos vitoreaban al caudillo, que apoyaba las fuerzas del orden y había decidido volver a su hacienda, a seguir viviendo en paz.

Aquella noche, una joven mulata captó la atención del general, bailando ante él con movimientos lúbricos. Entre risas, Santa Anna pretendió acompañar el baile, dejando que la joven lo rodeara con sus brazos, y mientras la música de las jaranas y el arpa continuaba, don Antonio y la muchacha se perdieron en la oscuridad, entre los jacales de los trabajadores. Jacinta los siguió, con una especie de morbo, emoción y celos. Don Antonio y la mulata rodaban entre la paja de las caballerizas, en un abrazo sudoroso. Poco más tarde, el hombre cabalgaba a la muchacha que, gozosa, se dejaba ir, recibiendo al héroe, al caudillo, al líder, entre sus muslos.

Un cosquilleo desconocido se le despertó a Jacinta. ¡Había tanto que experimentar! ¡Tanto que sentir todavía! ¡Y de qué manera se le despertó el deseo de sentir al hombre junto a ella aquella noche! Un ansia nueva, una tristeza, un no sé qué le recorría la piel por todas partes. Ya no habría manera de vivir más tiempo sin conocer aquella sensación.

Así continuó la vida todo aquel año, entre festejos y palenques que Santa Anna organizaba; a estos últimos llegaban todos los hacendados de la región, e incluso las principales autoridades de Xalapa y Veracruz, a cruzar fuertes apuestas. La elegantísima concurrencia sudaba a mares en aquel calorón y sin embargo, todos conservaban el ánimo y la paciencia, fumando cigarros aromáticos y bebiendo aguardiente, aun cuando perdían fortunas. Si la entereza de ánimo del general no se veía disminuida cuando perdía una batalla, no ocurría lo mismo cuando alguno de sus gallos terminaba herido o uno de los favoritos perdía la vida en una pelea: la hacienda cerraba sus puertas como si estuviera de luto. Era verdad que don Antonio quería más a sus gallos que a doña Inés.

La señora, resignada, se había refugiado desde hacía mucho tiempo en la religión y en la educación de sus hijos, aunque todos sabían que era ella quien realmente había tenido a su cargo Manga de Clavo, mientras el general ganaba batallas, redactaba manifiestos y —lo que ocurría con mayor frecuencia— perdía sumas millonarias en San Agustín de las Cuevas, apostando.

Aquella tarde de septiembre, apenas un año después de que había llegado a servir a la casa grande, Jacinta se demoró más de lo debido acomodando los arreos de la galera y la sorprendió una tormenta. Quiso correr hasta su jacal, pero las rachas de viento y la cantidad de agua que caía la convencieron de buscar refugio, ya empapada, en las caballerizas.

Los animales estaban inquietos por los relámpagos. Jacinta empezó a cerrar una a una las puertas, para mantenerlos tranquilos. De pronto, un ruido extraño le despertó el temor que luego se convirtió en sorpresa al encontrar a Santa Anna revisando la pata de su caballo blanco: acababa de regresar de los potreros, donde gustaba de revisar él mismo el estado de sus vacas y borregos. Cuando la chica quiso echarse atrás, era muy tarde, don Antonio ya la había visto. Se levantó para mirarla de frente y, al ver su cuerpo empapado, sonrió como sólo él sabía sonreír.

Jacinta tenía alrededor de dieciséis años y su cuerpo torneado se distinguía a la perfección bajo la camisa de algodón y las naguas ligeras. El agua fría había erizado sus pezones y la piel había tomado un tono acaramelado bajo la manta blanca. Tenía los ojos claros y unas largas pestañas rizadas, además de una sonrisa fácil que mostraba sus dientes blanquísimos. Traía el cabello rizado sujeto en una trenza, pero algunas guedejas oscuras se habían soltado y, empapadas, enmarcaban el aro de su rostro.

—¡Mira nomás quién anda por aquí! ¿Cómo te llamas, muchacha?

—Jacinta, para servir a su merced.

—Jacinta... —repitió don Antonio.

El general alargó una mano para acariciar la mejilla de la muchacha, que bajó la cabeza, sin saber qué hacer.

—Ven acá —ordenó con ternura.

Ella obedeció. La voz tersa del hombre le causaba un calorcito agradable que salía desde el centro de su cuerpo y se expandía por todas partes, en ondas eléctricas que le ponían chinita la piel.

Aunque él la rodeó con sus brazos, ella no se atrevía a abrazarlo también. No sabía qué se esperaba de ella y aguardó en silencio. Las ráfagas de viento azotaban las caballerizas y la lluvia sobre el techo de tejamanil, mientras Santa Anna la llenaba de besos y la despojaba de la blusa mojada.

Cayeron sobre la paja y Jacinta pensó por un momento que se incendiaría con el calor de los cuerpos que rodaban sobre ella, buscándose con ansia. La joven comprendió que el sentimiento dulce que se había alojado en su vientre desde el primer momento en que lo había visto podía convertirse en besos, en suaves mordidas, en susurros y caricias.

¡Era tan guapo! En su vida sólo había visto de cerca a hombres toscos, poco dados a la galantería, y tener al alcance de la mano aquella piel cetrina y suave que tenía un aroma a jabón fino la volvía loca: enredó sus dedos en el vello oscuro del pecho, acarició la sombra apenas de la barba y revolvió los cabellos ondulados mientras él se comía sus pechos y buscaba el mejor camino hasta su sexo.

Él por su parte, cabalgó aquel cuerpo con el mismo vigor de sus veinte años, aunque tenía más de cuarenta. En cada arremetida, sentía volver la juventud perdida.

Los truenos y los relámpagos acallaron los gritos; lejos de amainar, la tormenta adquirió mayor furor y la pareja, ahíta, cayó en la paja para alcanzar un sorbo de aire y para gozar, todavía, del encuentro que no parecía concluir del todo. Sólo pasaron unos minutos antes de que él la buscara y la pusiera de rodillas para poseerla otra vez, por atrás, de manera salvaje y primitiva hasta caer casi ahogándose junto a ella.

—¡Carajo...! —sólo alcanzó a decir—. Jacinta...

Se quedó dormido un momento y la joven aprovechó para mirarlo largamente. Cuando volvió a abrir los ojos, la encontró con el rostro sonriente junto a él.

—Ya dejó de llover, muchacha. Vete a tu casa.

Jacinta se vistió despacio, con una especie de tristeza contenida. Cuando ya se iba alejando de las caballerizas, don Antonio la llamó:

—Jacinta, pronto nos volveremos a ver.

Entonces su corazón se llenó de contento y corrió hasta su jacal.

Ahí estaba su madre, esperándola, con una mezcla de reproche y pasmo.

—Así que andas de aprontona con el general... —la voz de su madre era triste y por un momento Jacinta sintió pena por acongojarla—. Algo columbraba yo, pero no lo podía creer. ¡Te entregaste al asesino de tu padre! ¡Ya estarás contenta!

Cuando la mano morena y callosa de su madre se estrelló en su mejilla, la muchacha sintió más lástima por aquella buena mujer que rabia por la afrenta.

—No conoce a don Antonio, madre. ¡Él es bueno! ¡No nos va a hacer daño! Yo lo quiero y sé que él me va a querer.

La furia de su madre creció ante tal desatino.

—¡Qué va a ser! ¡Se te quemó el seso! Entiende bien: un hombre como el patrón no puede querer a alguien como tú o como yo. ¡Se me hace que no quiere a nadie! Don Antonio nomás quiere largarse a ganar batallas. Lo mejor que te puede pasar ahora es quedar preñada, porque, eso sí, dicen que reconoce a todos sus hijos.

Pero Jacinta no quería eso: quería que don Antonio la buscara, quería sentir una y otra vez sus manos acariciando su cuerpo, escuchar su voz y sus palabras dulces..., quería que la tratara como una reina y llegar del brazo del afamado caudillo a todos los palenques de Veracruz, ataviada con enaguas finas y rebozo de seda para ser digna de él.

—¡Me ha de querer! —susurró por lo bajo, tirada ya en su catre en la oscuridad, sintiendo todavía en la piel el olor del patrón.

Llegó a la choza de Josefa gracias a las señas que le dio Mariana. Estaba lejos: había que caminar varias horas por los potreros, casi hasta llegar a Tenespa, para dar con el lugar. Era una casucha de varas y techo de palma, como la mayoría en la región; afuera había un cerdo en un corral mal hecho, algunas gallinas y un gato negro y lustroso que dormía la siesta del medio día.

—Entra —oyó una voz suave que la llamaba desde el jacal.

Dentro, la penumbra impedía distinguir con exactitud todo lo que había ahí. Junto a la puerta, una enorme sábila, amarrada a unas ramas de romero y acuyo con un listón rojo y una herradura, colgaba boca abajo. Algunas yerbas estaban enrolladas y puestas a secar en los bejucos del techo; varios cazos de cobre de diferentes tamaños se recargaban contra las varas de las paredes; los bultos de santos, las estampas y las veladoras adornaban un altar al fondo; también había unos frasquitos de cristal en los que apenas se distinguían animales y formas menos definidas pero ominosas en una mesa tosca de la cocina; además de una mezcla de aromas fuertes que Jacinta no pudo tolerar. Quiso salir de la choza, pero una voz firme la detuvo:

—Si sales, no volverás a entrar.

Así, dio la vuelta sobre sus talones y enfrentó a una mujer de edad indefinida: conservaba la tersura de la piel y una mata de cabello sedoso que llegaba hasta sus rodillas, pero de pronto asumía cierto gesto, cierto aire que la hacía parecer una anciana de cien años. Fumaba un puro en la penumbra y se balanceaba en una mecedora de cedro muy gastada.

Afuera el sol de medio día caía a plomo. El silencio sólo se veía horadado por el continuo zumbido de las chicharras y el mugido de alguna vaca a lo lejos. La muchacha se mantuvo quieta, muy cerca de la puerta.

—Ya sé a qué viniste. Quieres al patrón.

Jacinta se quedó callada, intentando dominar la sorpresa. Luego le brotó la furia:

—¿Quién te lo vino a decir? ¿Fue Mariana?

—Me lo dijiste tú —susurró la mujer entre risas—, me lo dijeron tu mirada y tu cuerpo de potranca en celo. Además me lo dijo el maíz. Estaba echando las semillas antes de que llegaras, mira.

Algunos granos estaban desparramados en un círculo pintado en un pergamino sobre una mesita, junto a Josefa.

—¿Y el maíz te dijo que yo iba a venir...? —preguntó incrédula, casi burlona.

—No me tienes que creer nada, ya te darás cuenta por ti misma —respondió la hechicera de mal humor—. Así que quieres al patrón. ¡Nada menos! Y viniste a que yo te lo consiga...

Por un momento, la mujer se quedó callada, mirando a Jacinta a la cara, escrutando su mirada, como midiéndola.

—Mariana me dijo que tú... Todo el mundo sabe que... —Jacinta hablaba con los ojos bajos y casi en un susurro—. Ya veo que me equivoqué.

De nuevo se dio la vuelta para salir de la choza, avergonzada.

—Yo puedo ayudarte —le dijo por fin la hechicera—, pero te va a costar. Te advierto que es un trabajo difícil y no puedo asegurarte que dure. El patrón es gallo fino, su poder es muy grande y hay muchas fuerzas que lo protegen; su destino está más allá de mi alcance.

La mirada de Jacinta primero fue de esperanza y luego de decepción.

—No tengo dinero. No puedo pagarte.

—Ya lo sé —negó con la cabeza, fastidiada—. No quiero dinero. Ya veremos cómo me pagas; pero eso sí, vas a hacer lo que yo te diga, y cuidadito con traicionarme porque, ¡ay de ti!

Los ojos de Josefa echaban fuego y el dedo índice que enarboló para amenazarla tenía una uña larga y afilada. Jacinta tuvo miedo.

—Me vas a traer, mañana mismo, los cigarros del patrón: uno que ya se haya fumado y otro que esté entero, ¿entendiste?

Jacinta regresó a la hacienda con sentimientos contradictorios en el pecho. ¿Cómo haría para entrar en la habitación de Santa Anna y apropiarse de un cigarro nuevo? Del usado no se preocupaba tanto: podría obtenerlo fácilmente del cenicero de la casa. ¿Lograría Josefa cumplir con lo prometido? Mientras caminaba entre los potreros, Jacinta ya se imaginaba sentada en un carruaje decorado con el escudo de la república y los asientos de terciopelo, al lado del caudillo, entrando a la ciudad de Xalapa y saludando a la gente que se habría reunido en la plaza para verlos.

Cuando estuvo de regreso en Manga de Clavo, se encontró con que Santa Anna había recibido visitas: era un grupo de hacendados algodoneros que iban a pedirle que intercediera ante el gobierno a su favor.

—Por su patriotismo, general, sabemos que abanderará nuestra causa —dijo uno de ellos, un español rechoncho, vestido con elegancia.

—Si Bustamante sigue importando algodón de Inglaterra, nos va a arruinar a todos —siguió diciendo un caballero alto, de mediana edad, que apuraba una copa de jerez que temblaba entre sus dedos.

—Sé cómo ayudarlos, amigos míos —respondió don Antonio con su habitual tono sereno—: escribiré un exhorto, no porque me precie de tener alguna influencia sobre Bustamante, sino como simple ciudadano preocupado por el futuro de este país, como mediador entre los mexicanos y el gobierno que no ha sabido responder a sus justas demandas.

Jacinta esperó hasta que los hacendados se marcharon para recoger los restos del puro que Santa Anna había estado fumando y unas horas más tarde, mientras don Antonio dictaba una carta abierta a su secretario y le daba instrucciones de que se imprimiera de inmediato en Xalapa y en la Ciudad de México, la joven buscó en la recámara del patrón hasta dar con los cigarros del caudillo.

Al día siguiente, Jacinta no tardó en llevárselos a la hechicera a su jacal. Josefa revolvió algunos restos del cigarro fumado por Santa Anna con el polvo amarillo que sacó de un frasquito.

—Repite conmigo, muchacha, mientras le vas metiendo estos polvos al cigarro nuevo:

Yo te conjuro con uno,
Yo te conjuro con dos...

A medida que las dos mujeres repetían hasta llegar a nueve, los cielos se nublaron y el campo se quedó en silencio.

Y como te conjuro con uno,
Te conjuro con dos,
Y como te conjuro con dos,
Te conjuro con tres...

Tras la letanía que llegó hasta nueve, un relámpago surcó el cielo y un trueno estalló en la distancia.

Estos nueve capitanes se juntarán
En el Monte Olivete entrarán

Tres varas de nervio negro cortarán.
En la fragua de Barrabás las meterán
En las llamas de Belcebú las pasarán
En las fraguas de Satanás las azuzarán
Nuevas prendas sacarán
Una la meterán a Antonio por el costado
Para que no se aparte de mi lado;
Otra por el cerebro,
Para que de mí tenga duelo;
Otra la meterán por el corazón
Para que no se aparte de mi amor.
¡Presto que venga y no se detenga!

Una tormenta poco común en febrero se soltó sobre los potreros y Jacinta no dejó de estremecerse, pensando si habría hecho bien en conjurar esas fuerzas tan poderosas que no entendía.

—Ahora sí, muchacha. Vete a la hacienda y me vienes a contar lo que pase. La próxima vez que vengas, me traes una botella de aguardiente y un par de cigarros de los buenos del patrón, como adelanto —le pidió Josefa con buen humor.

Pasaron menos de dos semanas y nada parecía haber cambiado en la actitud del patrón; estaba preocupado por las noticias que le llegaban de la Ciudad de México y no demostraba mayor interés por Jacinta, aunque tampoco por ninguna otra.

Esa tarde, como ya era muy frecuente en los últimos tiempos, había visita en Manga de Clavo; don Antonio recibió a su amigo José María Tornel en el despacho donde atendía los asuntos políticos y mandó pedir una botella de jerez y cigarros; Jacinta, como siempre, insistió en llevar ella misma la charola.

José María Tornel era un orizabeño de más de cincuenta años que todavía conservaba la galanura de la juventud: el cabello crespo y los rasgos suaves, la presencia decidida del militar y la sonrisa suave del caballero. Ahí estaba Santa Anna con el rostro concentrado, escuchando a quien le había sido fiel desde los primeros tiempos.

—Gracias a su exhorto a favor de los hacendados y de mi manifiesto defendiendo a los tabacaleros de la región, tenemos de nuestro lado a los algodoneros y tabacaleros veracruzanos.

—Y cuando el inglés Morphy me vino a pedir la intercesión para retirar los aranceles de las importaciones, no me quedó más que apoyarlo igualmente, por más que estuviera yo defendiendo intereses contrarios; pero necesitamos tener también a nuestro lado a la comunidad de comerciantes extranjeros —pidió a Jacinta servir el jerez.

—Yo diría que ya falta poco, mi general —respondió Tornel, igualmente complacido.

—Habrá que azuzar a Paredes, que sea él quien empiece. No quiero que se me considere como el iniciador de esto —respondió don Antonio, dándole un par de fumadas a su cigarro, con desparpajo.

—Yo me ocupo, no hay problema.

Poco después, el militar se despidió y cuando Jacinta se disponía a levantar las copas, Santa Anna la detuvo.

—Cierra la puerta.

El patrón hizo que se sentara sobre sus rodillas y, después de apartarle los rizos negros del rostro, la besó.

Su boca tenía todavía el sabor del jerez y Jacinta lo saboreó con delectación. Sus latidos se aceleraron y no esperó a que él se lo pidiera para quitarse la ropa. Se montó a horcajadas sobre el caudillo en el sillón y recibió en su cuerpo a don Antonio; él acalló sus gritos con un beso profundo que parecía durar una eternidad, hasta que él mismo se quedó inmóvil bajo la mulata.

—¡Carajo, qué rica estás! —le susurró al oído, intentando prolongar un poco más el momento.

En ese instante se abrió la puerta y apareció doña Inés. Su rostro blanco y sus ojos garzos se transformaron de inmediato en una mueca de rabia. Primero se quedó inmóvil sosteniéndose de la perilla de bronce, pero después se abalanzó hacia la joven mulata y zarandeándola por los cabellos le gritó:

—¡Maldita mulata! ¡Lárgate de aquí y no vuelvas!

Jacinta intentó recoger sus ropas, asustada, pero doña Inés, transformada por la furia, pateó las enaguas y siguió gritando:

—¡No! Te vas a así, encuerada, para que todos aquí sepan lo que eres.

Jacinta salió corriendo en camisa hasta su jacal en medio del barullo que se levantó en la casa grande.

A pesar del miedo, Jacinta siguió repitiendo para sus adentros la oración que le enseñó Josefa hasta que en el fogón no quedaban sino cenizas en las primeras horas de la madrugada.

Un hombre moreno, ataviado con la camisa de manta y las calzoneras de cuero características de la región, llegó ante el jacal de las dos mujeres al día siguiente a media tarde con la orden de que Jacinta y su madre se trasladaran a una casa que don Antonio había mandado disponer para ellas en la misma hacienda. Para su gran sorpresa, cuando llegaron a ella, se encontraron con que se trataba de una construcción de adobes con dos habitaciones, su corral y una pequeña parcela. La madre de Jacinta no podía creer su enorme fortuna.

—¡Mira qué suerte tuvimos, Jacinta! Pensé que nos moriríamos de hambre.

—¿Ya ve, madre? Le dije que el patrón no era mala gente. Además esto no tuvo nada que ver con la suerte. Yo no me voy a conformar con esto, ya verá.

—¡Tú estás loca! ¡Loca de verdad! ¿Estás pensando que el patrón te va a dar algo más? ¿Que te paseará en carretela por la hacienda? ¡Date de santos que doña Inés no te mandó azotar! Ya quédate tranquila y vivamos en paz.

La rabia de Jacinta en contra de doña Inés iba creciendo en su pecho cada día que pasaba. Siguió visitando a Josefa, que a cambio de darle nuevos ensalmos para "amarrar" a Santa Anna, le pedía huevos, leche y yerbas de los alrededores. De cuando en cuando, don Antonio se dejaba llegar hasta la casita, en donde pasaba la noche con Jacinta, bajo la mirada resignada de su madre, hasta que un día de agosto anunció:

—Me voy a México. No dejes que nadie te saque de aquí, esto es tuyo, ¿comprendes? Tuyo hasta que tú quieras.

El corazón se le oprimió. Perdía a su protector y a su amante. Sintió de pronto que la vida daba un giro inesperado y que ella permanecía impotente, mirando el torbellino.

—¡Sáqueme de aquí! ¡Lléveme! ¡No me deje cerca de doña Inés!

—Doña Inés no te hará daño, muchacha. Jamás se atrevería.... —su sonrisa era tan confiada, el gesto tan amable, que Jacinta se tranquilizó.

No iba ya por la casa grande, pero de cuando en cuando se encontraba con la patrona cuando ésta última hacía su caminata diaria para tomar el fresco. Si sus ojos se topaban con la joven mulata, sin más comentario volvía la mirada dignamente hacia otro lado. A pesar de ello, Jacinta vivía atormentada por el miedo de que cualquier día doña Inés le quitara su casa y la arrastrara de los cabellos por toda la hacienda.

Pasó un largo tiempo antes de que se volviera a ver a don Antonio por Manga de Clavo. A partir de aquel día de agosto de 1841, todo lo que se supo de él fue a través de rumores, noticias llegadas a destiempo, historias que se seguían repitiendo al calor de los fandangos.

—¡El general Paredes se levantó en armas en Jalisco y Santa Anna está a su favor!

—La gente se reunió en el zócalo de Veracruz por órdenes del patrón para obligar a las autoridades a abolir los impuestos a las importaciones y acabar con el monopolio del tabaco en la región.

—Las autoridades de Xalapa, Orizaba y Córdoba apoyan las demandas de los veracruzanos y piden a Santa Anna que encabece las peticiones.

—¡Santa Anna ya está en Perote, al frente de quinientos hombres y promulgó un plan contra Bustamante!

—¡Santa Anna ya es de nuevo presidente! ¡Viva don Antonio! ¡Viva el hombre fuerte de México!

—Ahora sí que ya no va regresar...

Jacinta estaba devastada. No era que le faltara nada, en cambio tenía lo suficiente para sobrevivir, incluso había suficiente para la criatura que venía en camino, pero ella quería otra vida, que don Antonio la luciera; ver el mundo junto a él.

—Aunque te quisiera —le dijo su madre una noche que ya la había hartado con la misma cantaleta—, tiene mujer. ¿Crees que la dejaría por ti?

Jacinta se la pasó esa noche en vela. Miraba hacia el cielo por el ventanuco de la casita de adobe y veía una luna oscura, oculta entre las nubes que el viento norte traía desde la costa.

Al día siguiente se fue cabalgando hasta la choza de Josefa.

—¡Quiero que me lo traigas de regreso! ¡Quiero que mates a doña Inés!

La mujer se quedó en silencio un rato, tarareando una melodía lúgubre entre dientes.

—Ve al pozo y tráeme agua en esta jícara —le ordenó a la muchacha.

Cuando tuvo la jícara delante, con un puñal que extrajo de entre sus ropas, señaló al agua, repitiendo:

> Señor San Julián
> Suertes echaste en la mar
> Si buenas suertes echaste
> Así lo que saque yo, santo,
> Con lo que te pido
> Que lo vea esta criatura.

El agua se empezó a agitar dentro del cuenco, haciendo unas olitas que fueron creciendo y azotando los bordes. La hechicera hundió el puñal en el centro de la jícara, con lo cual el agua se tiñó poco a poco de rojo hasta quedar convertida en sangre.

Jacinta estaba horrorizada; ahogó un grito con su mano y preguntó:

—¿Qué quiere decir eso? ¡Dime, Josefa!

—Quiere decir que tu deseo se cumplirá, pero desearás no haberlo pedido. El patrón está ahí, en medio de esa jícara, rodeado de sangre y de muerte. Tendrá más gloria que nunca, pero también conocerá la derrota más dolorosa de su vida.

—¿Y yo, Josefa?

—Tú desearás no haber deseado...

—No te entiendo, ¿vendrá de regreso? ¿Me sacará de aquí?

—Sí, muchacha, sí... —le dijo la mujer mirando al piso—. Pero toda esta sangre derramada, caerá sobre ti.

La hechicera golpeó la mesa con el puño y la sangre contenida en la jícara alcanzó a Jacinta, manchando sus ropas, su pelo y su rostro.

—Tu deseo se cumplirá, pero a cambio me vas a dar a tu hija; será una niña, una niña que tú no mereces... Después, no volverás a buscarme porque no voy a poder hacer nada más por ti. Te voy a decir paso a paso lo que hay que hacer...

La joven embarazada se limpió el rostro y una sonrisa ocupó el lugar del miedo.

A partir de aquel día, doña Inés encontraba un montoncito de tierra revuelta con sal en la puerta de su recámara cada mañana. Al principio no le dio importancia y riñó a las sirvientas por no hacer bien su trabajo, pero a medida que pasaban las semanas y que indefectiblemente aparecía el montoncillo de tierra con sal en el quicio de su puerta, el miedo hizo presa de ella y mandó llamar a cada una de las mulatas de la hacienda. Finalmente le tocó el turno a Jacinta.

—¡Tú eres! ¿No es cierto? —acusó, con la mirada incendiada por la rabia—. ¡Ni creas que me vas a espantar con tus brujerías! Antes quemaban a las brujas, ¿me oíste? Ahora voy a mandar traer al cura para que te confieses. ¡Y pobre de ti si te excomulga! Yo me encargo de que en ninguna parte te abran la puerta. No habrá lugar ni para tus huesos en el camposanto.

Jacinta no respondió. Se le quedó mirando con unos profundos ojos de carbón que hicieron retroceder a Inés.

—Eso lo veremos —dijo por fin, retadora.

Cuando llegó el cura a rociar con agua bendita toda la casa grande, no encontraron a Jacinta por ninguna parte; doña Inés apostó a un oficial en su puerta para descubrir a la intrusa *in fraganti*, pero a pesar de todas las precauciones, el montoncito de tierra con sal seguía apareciendo cada mañana, sin que se descubriera ni rastro de la mulata.

El ambiente en la hacienda se había vuelto pesado y cargado de sospechas. Cuando doña Inés recibió la invitación de su compadre don Antonio Haro y Tamáriz de visitar a la familia en Puebla a principios de mayo de 1842, aceptó de inmediato.

Toda la familia de Santa Anna emprendió el camino en varios carruajes americanos y pronto la hacienda quedó en silencio, la casa grande se cerró con tres candados y un vientecillo siniestro pareció cernirse sobre las propiedades del caudillo.

Una semana después, uno de los oficiales que había acompañado a la familia regresó:

—La patrona tuvo un accidente.

Todos los trabajadores hicieron una ronda junto a él para conocer los detalles.

—Don Valentín Canalizo quiso homenajear a la familia de Santa Anna en Puebla, llevando a doña Inés y a sus hijos en una carretela abierta hasta la catedral, pero los caballos eran briosos y se desbocaron; la carretela se desbarató y por poco se matan todos. Ahora están contusos y fracturados en la casa de Haro y Tamáriz.

Algunos de los jarochos se volvieron a mirar a Jacinta, que en las últimas semanas de su embarazo, caminaba con dificultad. Los rumores de que ella había embrujado a la patrona habían corrido por todas partes, y Jacinta constató que aquellas miradas de los que fueron sus amigos ahora eran una mezcla de rencor y miedo.

La criatura nació apenas unas semanas después, en luna llena; y además de la madre de Jacinta, que estuvo atenta al parto, Josefa misma llegó desde su choza apartada para aliviar los dolores de la parturienta. La criatura lanzó su primer grito en el momento mismo en que la luna se dejó ver por la ventana de la casita: era un círculo amarillo teñido de rojo sangre. La hechicera envolvió a la niña en mantillas nuevas y dijo en un momento en que la madre de la muchacha no podía escucharlas:

—Vas a cumplir tu palabra. Me vas a llevar a tu hija en cuanto acabe la cuarentena.

—Te la llevaré —concedió la recién parida—, pero tú también vas a cumplir, como quedamos.

—El día que me la lleves, llévame también una cabra negra. Óyeme bien, tiene que ser negra toda ella, sin ninguna mancha.

A Jacinta no le dolió demasiado la separación de la niña. No tenía ningunas ganas de cuidar a una chiquilla. Sabía que Josefa se haría cargo de ella y el único que podría reprocharle su proceder no estaba en la hacienda y ni siquiera se había enterado del embarazo, por lo que, siguiendo las instrucciones precisas de Josefa, llegó al término de cuarenta días con la criatura y con la cabra.

Cuando regresó a la casa, su madre la esperaba furiosa:

—¿Qué cosa estás haciendo, muchacha del demonio?

Aquel arrebato tomó a la mujer por sorpresa. Tuvo que quitarse a su madre de encima, ya que intentaba tundirla a golpes.

—¡Doña Inés está muy enferma en Puebla! ¡Dicen que tiene la mentada pata de cabra!

—¿Qué es eso? —preguntó Jacinta con un escalofrío recorriéndole la espalda al recordar el último encargo de Josefa.

—¡Todos los que la sufren se mueren! ¡Por eso le dicen pata de cabra, porque ése es el que te lleva prontito! Aparece una mancha negra en la espalda y la gente se queja de dolor. El sufrimiento es tanto, que los enfermos se arquean hacia atrás que hasta parece que se van a romper la espina. Luego vienen la diarrea y los vómitos, los sudores helados y la calentura. El mal va subiendo por la espalda y cuando llega a la cabeza, la gente se muere.

—¿Y yo qué tengo que ver con eso? —preguntó todavía inquieta.

—¿Crees que soy tonta? ¿Crees que no sé a dónde vas y con quién? Dicen que esa hechicera es la mismísima Mulata que vivió en Córdoba hace más de cien de años. Escapó de la cárcel y ha vivido en varios lugares sin que nadie la reconozca. ¡Tiene pactos con el diablo!

Las dos mujeres se quedaron en silencio, mirando al piso pensativas. De pronto, la madre de Jacinta se dio cuenta de que el silencio era total, que no había llantos ni señas de la criatura, y tras buscarla, su furia y desesperación se hicieron más grandes:

—¿Y la niña? ¿Se la entregaste también? ¡Maldita! ¡Maldita mil veces maldita! ¿Cómo fui a parir una perra como tú? —los gritos y los insultos de la vieja se oían por todas partes. La mujer lloraba con chillidos roncos y lo mismo lanzaba puñetazos a la cara de su hija como a los muebles que tenía enfrente—. La bruja no tuvo hijos y dicen que se roba a las criaturas para chupárselas y conservar su juventud, o para hacer maleficios con ellas, o sepa el diablo para qué… ¡Y tú le entregaste a tu hija!

—Son habladurías, madre, ¡puros chismes de viejas! Ella la va a criar y le dará mejor vida que yo.

La madre de Jacinta no dejaba de llorar, doblada en una silla; mientras se retorcía, parecía que sus gritos roncos le iban a romper el pecho. De pronto, tomó una decisión: echó en un trapo limpio algunas pertenencias, lo amarró y le dijo a su hija desde la puerta:

—No quiero saber de ti. Ya no tengo hija. Esta perra maldita no es mi hija. ¡Que el cielo se apiade de ti! —empezó a caminar hacia los límites de la parcela y se dio la vuelta como si hubiera olvidado algo—. O mejor todavía: ¡que el infierno te confunda, que es ahí donde vas a ir a parar!

A Jacinta le dolió el abandono de su madre y el desprecio con que todos en la hacienda comenzaron a tratarla. Cuando la veían venir, se murmuraban cosas al oído y se apartaban de ella. Jacinta le echaba la culpa de su mala fortuna a doña Inés:

—¡Si ella no existiera, el patrón ya me habría llevado con él desde hace mucho y no tendría que estar yo aguantando a estas gentes!

A todos los que pasaban a su lado les veía malas intenciones, no faltaba quien quisiera atropellarla con el caballo o envenenar el agua de su pozo. Con más frecuencia tenía pesadillas en las que la esposa de Santa Anna venía desde el otro mundo cubierta con el sudario a atormentarla.

Pero doña Inés no murió. Se salvó gracias a los sacramentos que le administraron a toda prisa, además de las miles de plegarias que se dirigieron a los santos en todas las iglesias y procesiones por las calles de la capital por orden de Santa Anna; la familia Haro y Tamáriz, ni tarda ni perezosa, le llevó a la mismísima virgen de los Remedios hasta su lecho de moribunda, con lo cual empezó a presentar los primeros signos de recuperación.

Llevaron a la enferma todavía pálida y débil en la litera del patrón de regreso a la hacienda, a principios de junio, en compañía de don Antonio y una gran escolta de oficiales y personajes de primera importancia; una vez en Manga de Clavo, y asegurados de que la convaleciente gozaba de la tranquilidad de su casa, la comitiva procedió a exhumar la pierna del caudillo a fin de llevarla a un monumento construido ex profeso en el panteón de Santa Paula, en la Ciudad de México.

Ni siquiera una semana completa se quedó don Antonio junto a su mujer. Era su costumbre celebrar su cumpleaños el 13 de junio en las fiestas de San Agustín de las Cuevas, y ese año no fue la excepción. Cuando el caudillo fue a despedirse de Jacinta, con quien había pasado todas las noches desde su regreso, ella le suplicó con lágrimas en los ojos:

—¡Lléveme! ¡Lléveme con usted! ¡Aquí nadie me quiere, estoy como apestada! ¡Sáqueme usted de aquí! Lléveme a las fiestas que usted dice que son tan bonitas, ¡quiero conocer la capital!

No es que Santa Anna no lo hubiera pensado, sin embargo no se hacía a la idea de llevar con él a una muchacha, por más hermosa que fuera, que estuviera tan fuera de tono en la Ciudad de México. No podría mantenerla oculta y sus enemigos lo acabarían.

—El año que viene...—le dijo con su habitual tono conciliador—. Ya verás que sí te llevo.

Santa Anna regresó a Veracruz en las fiestas de Todos Santos de 1842, que se mezclaron con los festejos de su regreso: hubo tamales para todos y los "angelitos" se terciaron con los sones procaces para el deleite del patrón. Después de un par de días de permanecer en Manga de

Clavo junto a Inés, que se reponía con dificultad de una pulmonía, fue a buscar a Jacinta.

—Compré la hacienda del Encero y quiero que te mudes para allá. Serás el ama de llaves y quiero que vigiles el rumbo de la propiedad —don Antonio le susurró esas palabras que parecían cristalizar los sueños más atrevidos de la muchacha, después de haber pasado con ella una noche.

El Encero había sido una posada desde el siglo XVI y Santa Anna decidió comprársela a don Francisco Caraza, amigo suyo y próspero hacendado de la región, para acrecentar sus numerosos bienes con aquella hacienda de tierras fértiles y una casa principal espaciosa, de dos plantas, con corredores amplios que miraban a los preciosos jardines limitados por un estanque. Estaba mucho más cercana a Xalapa y su enorme extensión lindaba por un extremo con Corral Falso y por el otro, con el Rancho de las Ánimas. Era todavía paso obligado de los viajeros, por lo que don Antonio decidió cobrar derecho de paso a cambio de seguridad en el trayecto.

Jacinta se encontró de súbito a principios del año siguiente con que regía las actividades de la hermosa hacienda y que cientos de trabajadores le tenían respeto: los cortadores de caña y henequén; los tablajeros, que tenían la función importantísima de matar a las reses de todas las haciendas de Santa Anna; las sirvientas, que conservaban limpia y en funciones la casa grande; y los galleros, especialmente llevados de diversos lugares para cuidar las preciosas aves del presidente interino. Sólo tenía más poder que ella el yerno del caudillo: José de Arrillaga, casado con una hija ilegítima de don Antonio, a quien le había cedido el poder de todas sus haciendas de Veracruz y le había permitido instalarse en Manga de Clavo.

Santa Anna pasaba semanas enteras en El Encero, entretenido en el palenque o en las labores de reconstrucción y adaptación de la hacienda, pero sobre todo, cobijado por el cuerpo caliente de la mulata, en el que se arrullaba todas las noches. Pero no duró mucho aquella luna de miel: en marzo Santa Anna regresó a la Ciudad de México, dejando una vez más la hacienda desolada. ¡Cómo le hacían falta a Jacinta sus pasos desiguales, arrítmicos, por los corredores! ¡Cuánto silencio! ¡Cómo se necesitaba el barullo de los galleros, los gritos de triunfo del patrón, las nubes espesas de humo de los cigarros de los hacendados y el tufillo de los licores en la sala de recibir!

La muchacha permanecía mucho tiempo de pie en el corredor de la planta alta, mirando las extensiones interminables sembradas de caña y de hortalizas que pertenecían a don Antonio, por ver si lo distinguía a lo lejos por el camino, pero pasaron seis meses más, sin que el patrón volviera con su ánimo festivo de siempre a organizar el fandango e invitar a los hacendados al palenque.

Santa Anna regresó al Encero el 5 de octubre de 1843, seguido por su escolta cada vez más elegante, con caballos finos y uniformes relucientes.

—Vengo a pasar el invierno en tus brazos, negra —le gritó desde la entrada a Jacinta, que bajó corriendo a encontrarlo—. ¡Qué ganas de apretarte, condenada! De morderte así...

Al parecer don Antonio no perdía el deseo por el cuerpo de Jacinta y se había acostumbrado a que volver a ella, volver a su hacienda nueva, era como volver a casa. Fue precisamente ahí, a finales del año, en brazos de la mulata, cuando se enteró de que había resultado triunfador en las elecciones presidenciales. Se había convertido ya no en presidente interino, sino en legítimo presidente de México una vez más. Y sin embargo, a pesar de la noticia, no corrió de regreso a la capital, sino que pasó los siguientes seis meses viajando entre Manga de Clavo, El Encero y Puebla, a donde Inés había ido a refugiarse, furiosa por la intrusión de la familia ilegítima de Santa Anna en su hacienda y gravemente enferma de un mal que nadie supo curarle.

Los últimos días que pasó junto a Jacinta en El Encero, don Antonio parecía agobiado; el palenque lucía abandonado y silencioso, y los gallos en sus jaulas gritaban retándose inútilmente. En ocasiones recibía a los secretarios de sus ministros en la glorieta de la fuente junto al estanque, en donde Jacinta disponía las bebidas y las viandas, y cuando la entrevista terminaba, Santa Anna tenía un aspecto todavía más lúgubre.

Uno de ellos comentaba con su acompañante mientras caminaba por la espléndida calzada sembrada de laureles de la entrada:

—Santa Anna quiere ser presidente, pero aborrece el trabajo que conlleva ser presidente. Quiere dirigir el país desde este paraíso y no perder el tiempo con acuerdos, audiencias y negociaciones con el Congreso.

—Esto no puede seguir así —respondió el otro—. Con la renuncia de Tornel, su mejor amigo, el gabinete y el congreso en manos de los federalistas radicales, no tarda en haber otra rebelión.

—¡Santa Anna tiene que regresar a México enseguida!

Fue en junio de 1844 cuando por fin don Antonio se decidió a retomar sus funciones presidenciales. Venía de nuevo su cumpleaños y además de las fiestas de San Agustín de las Cuevas, sus amigos lo habían tentado con la develación de una estatua suya el mero día 13 y la inauguración del gran teatro que llevaría su nombre.

—¡Y otra vez no me va a llevar usted! —le reprochó Jacinta, más resignada que molesta.

—¡El año que entra! Vas a ver que te llevo...

La sonrisa seductora del patrón no había cambiado un ápice y una vez más operó su magia sobre su fiel amante.

Ese mes de agosto llovió torrencialmente en Veracruz y los campos que rodeaban El Encero lucían todos los tonos del verde encendido, los exuberantes helechos rivalizaban con las lustrosas matas de café, los penachos de las flores de caña lucían por encima de los sembradíos y el aroma de las flores del cedro era embriagador.

Un mensajero llegó empapado hasta El Encero para dar la noticia:

—Doña Inés ha muerto en Puebla y el patrón ordena que todas sus propiedades se mantengan cerradas, con las cortinas de luto y los espejos cubiertos.

El corazón de Jacinta dio un vuelco.

¡Por fin! ¡Ahora sí empezaría el resto de su vida! Santa Anna la llevaría en carretela abierta hasta Xalapa, ¡qué va!, ¡hasta San Agustín de las Cuevas! Allí, mientras él apostaba en el palenque, ella se luciría con los vestidos de seda y encajes finísimos, con collares de perlas que le dieran varias vueltas al cuello y le llegaran hasta el piso. ¡Qué escarpines de seda, por Dios! ¡Qué guantes de cabritilla! ¡Qué sombreros de satén con plumas de pavorreal! Todas las catrinas de México se iban a morir de envidia al ver cómo don Antonio le sonreiría desde lejos y cómo la subiría a su carruaje y la besaría delante de todos.

La mulata se quedó parada a mitad de la senda que llevaba a la entrada incluso cuando el mensajero había desaparecido en el camino. La lluvia empapaba sus cabellos y su ropa, pero ni el frío, ni la noche que iba descendiendo lentamente sobre ella lograron que reaccionara.

Obedeció las órdenes del patrón escrupulosamente: atrancó las puertas y cegó las ventanas con cortinajes negros. Cubrió todos los espejos con velos opacos y, a pesar de su aparente tranquilidad, no dejó de sentir algún estremecimiento al vislumbrar en la luna del enorme ropero el rostro pálido, rígido de doña Inés.

Ésa fue la primera vez que la vio, y en los meses siguientes sentía que la patrona no dejaba de perseguirla: su delgadísima figura se ocultaba detrás del grueso tronco de la higuera; su perfume se dejaba sentir en los vericuetos de las veredas del jardín, y una tarde, ya casi al anochecer, Jacinta juró que la había visto, de pie, flotando en el estanque de los cisnes entre la neblina. Dejó de dormir y por las noches en que la luna roja, amarillenta, iluminaba los jardines de la hacienda con su luz mortecina, el silbido del viento le traía la voz de la difunta.

Por ello, cuando don José de Arrillaga llegó un mes después a darle una noticia grave, Jacinta no se resistió como el apoderado se había imaginado.

—Don Antonio me pidió que dejes El Encero hoy mismo. Me dio instrucciones de que regreses conmigo a Manga de Clavo, a tu casa.

—¿Por qué? —preguntó, aunque realmente se sentía aliviada de dejar aquella enorme finca solitaria, más expuesta a las veleidades del clima de la montaña.

—¡Qué sé yo! Debe de tener otros planes para este lugar. Con que, ¡hale! A ordenarlo todo, que en un rato llegará un administrador y una nueva ama de llaves.

Se instaló en su pequeña casa, en la que pretendía recuperar alguna tranquilidad. Suponía que don Antonio la había relevado de sus funciones en El Encero porque habría llegado el momento de llevársela con él y que en cualquier momento llegaría a buscarla.

Pasaron los días y como no tenía noticia alguna del patrón, Jacinta se aventuró a ir al fandango que organizaron los jarochos de Manga de Clavo, concluido hacía tiempo el duelo por doña Inés y, como suponía, ahí se enteró de todo:

—Santa Anna está en El Encero —decían con toda la mala intención de fastidiarla.

—Está arreglando la capilla porque se va a casar.

El corazón de Jacinta comenzó a latir con fuerza. La música de las jaranas y las luces de las antorchas comenzaron a marearla.

"Conmigo, claro" pensó, "¿pero cómo es que saben todos si ni siquiera ha pedido mi mano? ¡Una sorpresa! ¡Debe de ser una sorpresa!"

—No, no se va a casar. ¡Ya se casó por poder en la Ciudad de México con una jovencita preciosa de quince años! —interrumpió José de Arrillaga después de tomarse unos tragos de aguardiente para aclarar la garganta—. Dolores Tosta llega en un par de días al Encero y don Antonio quiere recibirla por todo lo alto.

—El patrón sabrá lo que hace, pero ¡ni dos meses tiene de muerta la difunta! —dijo un jarocho con reproche.

Eso fue todo lo que Jacinta oyó. En medio del jolgorio, cayó fulminada sobre la tarima, donde los zapateadores tuvieron que cederle el espacio. Las jaranas callaron y las burlas subieron de tono:

—¿Esta mulata alzada qué se andaría creyendo?

—¡Qué poco aguante! ¿Viste, compadre? ¡Te dije que no le dieras de tu aguardiente!

—Es tu versada, cuñado: pone a dormir a cualquiera.

Despertó mareada, como si hubiera bebido, tirada entre la yerba, con el sol pegándole en la cara. Nadie la había levantado, nadie la había llevado hasta su casa; olía a aguardiente y pronto se dio cuenta de que le habían derramado alcohol encima; su camisa estaba rasgada y sus naguas levantadas. No dudaba que algún ebrio se hubiera aprovechado de ella en la madrugada. Se levantó con dificultad, sosteniéndose de un tamarindo de pródigas ramas y con inseguros pasos llegó hasta el brocal del pozo, a lavarse. Se echó encima un cubo de agua fresca, con lo que acabó de despabilarse antes de emprender el camino a través de los potreros directamente a la choza de Josefa.

Llegó muerta de hambre varias horas después.

—Te dije que no me volvieras a buscar —sólo se oyó la voz de la hechicera en la espesa penumbra del jacal.

—¡No me cumpliste! —reclamó furiosa internándose en la oscuridad de la vivienda.

—Mataste a la mujer, tuviste al hombre, gobernaste una hacienda, yo diría que te cumplí con creces —respondió Josefa burlona.

—¡Se casó con otra! ¡Me mandó echar del Encero!

—¡Ah, don Antonio!, siempre tiene quién le haga las cosas.

—¡Me engañaste! ¡Tienes que cumplirme! Quiero al patrón para mí.

—Nuestro trato se ha cumplido. Te dije que no volvieras a buscarme y conmigo no se juega.

—Te daré lo que quieras —dijo Jacinta con la mirada afiebrada, cayendo de rodillas frente a la hechicera.

—Ese hombre no es para ti. ¡Entiende de una vez! —Josefa se levantó de la mecedora que ocupaba. Su presencia era imponente.

—¡Entonces que sufra! ¡Que no sea feliz con esa mujer! ¡Que su gloria se acabe! ¡He de verlo humillado como estoy yo ahora! —su voz era un grito ronco que salía desde el fondo de su pecho—. Te daré lo que me pidas.

—Tu alma —la hechicera pronunció las palabras con gran sosiego.

El viento de octubre se detuvo y una calma sobrenatural se hizo en el campo.

—Mi alma hace tiempo que se perdió. Tómala si la quieres.

Una sonrisa de satisfacción iluminó el rostro terso de Josefa.

—Espérate allá afuera hasta que te llame —ordenó con voz fría.

Jacinta se quedó sentada en la tierra, doblada sobre sí misma, sin saber a dónde ir ni qué hacer. Cuando la hechicera la llamó de regreso, tenía una jícara de agua en la mesa, como la primera vez, y a la luz de unas velas negras de sebo, Josefa hundió el puñal de extraño mango en el agua, que fue convirtiéndose en sangre. Esta ocasión repitió un ensalmo en voz alta:

Yo te conjuro con el diablo de cizaña
Yo te conjuro con el diablo de la maraña
Yo te conjuro con el diablo de guerra
Al tianguis los sacó Antonio
Los compró y a su casa los llevó
Con sus amigos y Dolores los comió
Comiéndolos tengan el mismo gusto que tienen
El perro y el gato debajo de la mesa:
Estén siempre con cizaña, maraña y guerra.

—Repite conmigo: "cizaña, maraña y guerra".

Josefa agitaba los brazos con el puñal en alto hacia todos los puntos cardinales. Una intensa humareda aromática salía de un cuenco con copal y yerbas que estaba en el centro del cuarto. En ese instante, aparecieron figuras que cobraban vida en el líquido de la jícara y parecían querer escapar de aquella sangrienta prisión:

Santa Anna rodeado de fuego y de sangre, cabalgando en su caballo blanco para sofocar la rebelión de Paredes Arrillaga en Jalisco.

Cizaña.

Santa Anna abandonado por sus amigos e ignorado por su nueva mujer.

Maraña.

Santa Anna traicionado por las tropas que le habían sido fieles, levantándose en su contra en la ciudadela.

Guerra.

Santa Anna vituperado por la plebe harapienta que se rebelaba por las calles de la capital y arrastraba por el lodo la pierna mutilada del caudillo: ¡Muera el cojo! ¡Viva el congreso!

Cizaña.

Santa Anna impotente ante las tropas de la Ciudad de México, impotente ante los batallones que defendían Puebla.

Maraña.

Santa Anna tiritando de frío en las montañas, entre el Cofre de Perote y el pueblo de Xico, para intentar ponerse a salvo en Manga de Clavo.

Guerra.

Santa Anna apresado por los indios y entregado a las autoridades en Xalapa, que lo ponen preso en el castillo de San Carlos en Perote.

Cizaña.

Santa Anna desfalleciendo en prisión por cinco meses, sin encontrar misericordia en sus enemigos.

Maraña.

Santa Anna, por fin, huyendo como un ladrón al amanecer, en una balandra desde La Antigua rumbo al exilio en La Habana.

Guerra.

Sólo la voz potente de Josefa atravesaba el humo y en él se confundían las imágenes terroríficas del cuenco con el fantasma de Inés, que envuelta en su sudario, pretendía alcanzar a Jacinta.

La muchacha, al ver aquello, echó a correr asustada en medio del breñal hasta llegar al río, llevando tras ella las imágenes terroríficas, los cadáveres, los espectros, los muertos caídos en la batalla y los gritos de Inés que la ensordecían, así como el llanto de una niña, de su hija, acusándola de haberla abandonado.

Jacinta siguió corriendo, entre los plátanos, cayendo aquí y allá en lo abrupto del cerro, entre las matas de café. Una espesa neblina que se había confundido con el humo del copal le impedía ver por dónde iba. Se sangraba los pies y las manos, susurraba promesas, sollozaba bajo las inmensas ceibas y los rojos palo mulatos sin lograr detenerse. Sigue corriendo hasta el día de hoy y su grito aterrado puede escucharse en las barrancas cercanas a Xalapa a la media noche.

VIII
Offertorium

Xalapa. Época actual, septiembre

Desde la "noche de los cocuyos", algo había cambiado en el ánimo pero también en la salud de Lilia. De día se sentía igual que siempre, pero en cuanto empezaba a anochecer, le iba subiendo la fiebre. El sudor helado mojaba las sábanas y aquel padecimiento la llevaba a pesadillas donde los recortes de los periódicos que su madre tenía en su cuaderno se hacían realidad: mujeres mutiladas danzaban a su alrededor, niñas asesinadas se levantaban de las zanjas ocultas en los bosques para llamarla con voces de ultratumba pidiendo auxilio.

Las pesadillas eran recurrentes y Lilia oía entre sueños las vocecillas en aquella lengua incomprensible, que la llamaban desde el fondo de un pozo muy profundo. En aquel abismo turbio que se abría en el lecho mismo, la esperaban los personajes de las libretas, vueltos a la vida: el gigante marroquí al que Mwezi había dado muerte la amenazaba con el puñal; el pirata Agramont gritaba maldiciones en francés; los potros de tortura la esperaban en los calabozos oscuros de San Juan de Ulúa, y la llorona enloquecida que penaba desde hacía cien años en los ríos de Veracruz quería ahogarla entre las sábanas.

Cuando estaba a punto de darse por vencida, la voz de su madre le ordenaba despertar. No lo lograba. No podía salvarse, a pesar de que los negros cimarrones la esperaban en las chatas para llevársela a las montañas de Omealca y de que la condesa de Malibrán le enviaba bendiciones desde las playas solitarias de Los Tuxtlas. No alcanzaba la nave desde donde la Mulata de Córdoba le extendía la mano y en el espejo de obsidiana sólo lograba ver la muerte.

—Tienes los ojos de tu madre —oía la voz de Fernando a través de la bruma y de nuevo a Selene susurrándole al oído:

—No tengas miedo. No te ocultes de la luz rojiza de la luna llena: te llenará de poder.

¡Qué felicidad aspirar de nuevo el perfume de su madre! ¡Aunque fuera en sueños escuchar su voz! Cuando estaba dispuesta a dejarse ir en sus brazos, despertaba. La luz del sol llenaba la habitación y parecía que nada hubiera ocurrido.

Como médica con experiencia, hizo un recuento de las enfermedades que podían estarla aquejando e incluso se practicó análisis de sangre para descartar los padecimientos más probables. Nada. Desde la tifoidea hasta el dengue, todo pasó por la lupa de la joven.

No podía explicarse por qué no tenía otros síntomas: sólo la fiebre nocturna que cesaba al amanecer. De todos modos acudió a los medicamentos que ella sabía que podrían bajar la calentura y sin embargo, noche tras noche, ésta volvía, dejándola en la mañana con profundas ojeras y el rostro cada vez más afilado, como de cera.

Con susto creciente, temiendo enfermedades más graves, consultó a un par de colegas que, por teléfono, hicieron recomendaciones preocupadas. Lilia no estaba segura de querer acatar los consejos: habría tenido que internarse en un hospital.

Con todo y sus padecimientos físicos, siguió con la lectura, a matacaballo, de las libretas y del diario de su madre, hasta que los hechos que Selene consignaba se confundían con el delirio de la fiebre. Así llegó a la parte final del diario.

Después de varias páginas en blanco, el cuaderno tenía una última sección, escrita con letra temblorosa y en una sucesión de párrafos inconexos que a Lilia le dio mucho trabajo descifrar, en parte por la letra confusa y, por otro lado, debido a su propio malestar.

En aquellos párrafos escritos con letra ininteligible, Selene decía que aquel día se había dado cuenta de quién estaba detrás de las desapariciones de las jóvenes y niñas de las que tanto se había hablado en los últimos meses, y qué personajes estaban detrás de los congales clandestinos, e incluso yates de gran lujo, conectados con las redes de tráfico en otros lugares del país. No era sólo uno, eran muchos; jamás se hubiera imaginado que algunos de ellos fueran los culpables.

Un día, seguía narrando la madre de Lilia, al regresar de la asociación, había encontrado una caja de aspecto inofensivo en la puerta de la casa. Ya a solas con la caja en la mesa del comedor, la activista revisó el contenido y encontró documentos, fotografías y videos. Ahora que Selene conocía el contenido de todo aquello —escribía— deseaba no haber abierto nunca aquella caja.

Su madre confesaba el pavor que sentía al escribir lo que en aquel momento sabía. Tenía miedo hasta de pensarlo y que se le notara en la cara. Todos aquellos papeles y fotografías probaban, sin posibilidad de duda, la participación de diversos personajes públicos en las redes de tráfico de personas, comercio de drogas y nexos con el crimen organizado. Al saber la identidad de los responsables y conociendo los vínculos que esa gente tenía, tanto con funcionarios como con delincuentes, dentro y fuera del estado, sólo podía repetirse una y otra vez: ¿ante quién denunciar? ¿Quién iba a creerle? ¿Qué le harían los implicados si llegaban a saber que ella sabía?

Más abajo, después de una sucesión de borrones y tachones, Selene continuaba relatando que "todos ellos" participaban en las ceremonias. Hablaba de algunos videos, grabaciones también contenidas en la "caja de Pandora". En uno se mostraba a aquellos personajes conocidos de todo el mundo, celebrando un pacto de poder al invocar al diablo y sacrificando una gallina negra...

Pero era la otra grabación la que no le permitía dormir: desde ese día, narraba su madre, no había podido estar tranquila. ¡No podía creer en tanta maldad absurda! Selene consideraba que había algo de abominable hasta en saber que eso ocurría, como si con el mero hecho de ver las grabaciones se hubiera convertido en cómplice del Mal. Y luego, en cuanto lograba conciliar el sueño, seguían pasando por su mente las imágenes: las entrañas de fuera, los pezones cortados, las cuencas ciegas de los ojos mientras algunos hombres encapuchados bailaban una danza ritual y se encomendaban al mal, ofreciendo en sacrificio a las vírgenes, a las ovejas negras, como en el principio del tiempo.

¿Qué podía hacer ella? ¿Qué debía hacer? —se preguntaba la activista— ¿Debía decirlo a sus compañeras? Sería mejor no hacerlo para no ponerlas en peligro, se respondía. ¿Por qué ella tenía que haberse enterado de algo tan horrible? ¿Quién le había hecho llegar todo aquel paquete de evidencia? En el fondo, era una sentencia de muerte.

Selene se maldecía, maldecía la hora en que había querido saber. La ignorancia, la cándida esperanza en el futuro habría sido mil veces mejor. Pero había querido comerse la manzana del árbol de la sabiduría, del árbol del bien y del mal. ¡Oh, soberbia! ¡Ella no tenía por qué haber sabido nunca!

¿En quién confiar?, se preguntaba. ¡En nadie! ¡Era mejor no confiar en nadie y acudir a instancias superiores! Aunque, finalmente, todos eran culpables: por hacer o por dejar hacer; por ordenar o por no gritar en contra; también estaban los peores, los que sabían y cobraban por callar. ¿Y qué pensar de los poderosos? Habían dejado entrar al diablo hasta el centro de la casa, habían brindado con él y ahora era imposible echarlo fuera.

El teléfono estaba intervenido y lo mismo su correo electrónico —seguía diciendo Selene—, había visto muchas veces cómo operaban aquellas gentes y sabía que no sería la excepción. Su pánico aumentó cuando recibió las misteriosas llamadas desde números privados. A media noche, cuando ella respondía el teléfono, sólo escuchaba la voz ronca diciendo: "calladita".

Entonces decidió mandar copias de las pruebas a su amigo José Antonio Marichal, de Amnistía Internacional en la Ciudad de México. Era el único en quien podría confiar para saber qué procedía hacer luego. Perseguida, como alma en pena, mandaba correos desde anónimos cafés-internet, hablaba por teléfono desde casetas públicas, pero cuando supo que el envío jamás había llegado a su destino, tuvo la certeza de que estaba acorralada. Tendría que contarles todo a sus compañeras.

Al día siguiente de haber tomado aquella decisión, las casas de todas las mujeres de la asociación, incluida la suya, fueron allanadas en busca de los contenidos de aquella caja maldita, robaron sus computadoras, revolviendo todo. ¡Ahora tendría que guardar silencio! ¡Darles las pruebas sería condenarlas al mismo suplicio que ella sufría!

"Estoy condenada", escribía Selene, "estoy condenada ¡y no puedo hablar!". La caja le quemaba las manos a cada minuto y la vida se había hecho insoportable. Prácticamente estaba viviendo en el coche, resguardando las pruebas y lo único que quería hacer era librarse de ellas a cualquier precio. Tendría que llevarlas a México ella misma.

Las anotaciones se detenían ahí. La fecha era la de una semana antes de la desaparición de Selene, y Lilia se quedó pasmada al terminar de leer. ¿A qué, a quiénes se refería su madre en aquellas notas? Aquella información era vital para descubrir quién la había matado.

Entre lágrimas de rabia que se convertían en gotas de fuego al bajar por sus mejillas, inició la búsqueda dentro y fuera de la casa. ¿Dónde estaba aquella caja? Durante las semanas, meses ya, que había vivido en la casa de su madre no había visto nada parecido. Llamó a Lisa y preguntó a Epitacia. ¿Habría sido posible que les diera a guardar aquel paquete, como había ocurrido con el diario? ¿Sabían ellas algo más de lo que le habían dicho ya? ¿Podría decirles todo lo que había averiguado?

La búsqueda fue inútil. Entonces comprendió que las autoridades de algún modo habían tenido razón. El móvil del asesinato era el asalto: su madre iba a México a hacer la denuncia, a llevar los documentos y nunca llegó a su destino. Robaron la caja y a ella la callaron para siempre. De las pruebas y nombres no quedaba nada.

Aquella búsqueda terminó con sus fuerzas. La fiebre nocturna la estaba consumiendo y sus amigos médicos, al escucharla, le ordenaron, sin darle posibilidad de negarse, que regresara a México de inmediato.

"Sólo una averiguación más", se dijo, "antes de irme, ¡tengo que saber!"

Fernando y Lisa insistieron en acompañarla cuando ella preguntó los datos de la persona que quería ver cerca de Acayucan. El joven abogado no dejó traslucir el susto al verla tan demacrada, pero Lilia notó la preocupación en su mirada. Lisa por su parte tenía una sospecha sobre el mal de la muchacha y no quiso dejarla a su suerte en tan largo viaje.

Se fueron hacia el sur, a ver a un sacerdote que había sido amigo de Selene; Lilia pensó que tal vez él tendría información más precisa de los implicados en las redes de tráfico.

El padre Andrés los recibió en el refugio para inmigrantes en un pueblo cercano a la frontera con Oaxaca. A Lilia le agradó de inmediato.

—No sé nada de esa caja y tu madre no mencionó nada al respecto —le dijo mientras les ofrecía asiento a la sombra del porche de una amplia pero modesta construcción—. Pero no es necesario que lo hubiera hecho. Cualquiera que escarbe un poco en esta montaña de porquería se encontrará con nombres conocidos, nexos más que nefandos, corrupción y complicidades. ¡Y Dios proteja a quien trate de desenmarañar la hebra de lo que aquí ocurre y llegar al fondo, porque estará en peligro! Hay una gran gama de intereses en juego y no son sólo locales. Los operadores de por aquí son meros instrumentos: amenazados o comprados. A muchos de ellos ya los agarraron e incluso están muertos. Las redes llegan más allá de las fronteras del estado, incluso del país, y quien crea que los tiene bajo control está muy equivocado.

El religioso sirvió agua en tres vasos de peltre para sus invitados y al ver la cara de desilusión de Lilia, preguntó de súbito:

—¿Tú crees en el demonio?

La pregunta la sacó de balance.

—No... —respondió.

Y sin embargo una sombra de duda se coló en la negativa.

—Estas personas son lo más cercano al diablo, y lo que está pasando aquí es una muestra de lo que es el infierno.

Lilia se quedó pensativa. Su mente científica no podía aceptar la explicación.

—Nunca sabremos qué fue lo que realmente le ocurrió a tu madre, más allá de que fue una víctima, una verdadera víctima como todas las otras, del Mal, así, con mayúsculas —dibujó una gran M en el aire—. Y más vale que no busques más. Lamentablemente, al menos en el corto plazo, la justicia de los hombres en estos casos no podrá hacer nada. Guarda tus energías para un propósito más útil. Hay tanto que hacer...

El religioso los condujo hasta el refugio precario que habían instalado debajo de un puente, para que Lilia viera por sí misma a qué se refería. Ahí, en la sombra insuficiente que brindaba el concreto, había cientos de jóvenes hacinados en colchones mugrientos o directamente en la tierra. Muchos tenían la mirada perdida de los muertos vivientes, otros se rascaban las ampollas y muchos más temblaban de fiebre en un rincón.

—Ellos también son víctimas; que estén muertos es cuestión de tiempo. ¡Míralos bien! No tenemos suficientes medicinas para atenderlos y no los reciben en los hospitales de acá. La caridad de mucha gente nos permite alimentarlos apenas y siempre siguen llegando más. Casi todas las mujeres fueron violadas en el camino desde la frontera sur y muchas ya están contagiadas de VIH. Otras se escaparon de los congales y son adictas al cristal.

Lilia apenas podía creer lo que veía, aunque ya había leído cosas parecidas en el diario de su madre y noticias esporádicas en los periódicos.

—¿Cómo puede pasar esto? ¿Y las autoridades?

Acababa de hacerse esta pregunta cuando ya se había arrepentido de su ingenuidad. El padre Andrés sólo sonrió.

—Todos saben lo que pasa aquí y en muchos casos ellos son los cómplices. Mejor ni preguntar. Como ves, esto es el infierno. Y los responsables no recibirán castigo. ¿Para qué quieres que te dé nombres, criatura, si en cuanto uno se descubre, surge otro en su lugar, otros diez, otros cien, como la cabeza de la Hidra? O peor aún, los mismos siguen ahí, burlándose de nuestros intentos de acabar con ellos. Primero te irás tú, todos nosotros, antes que ellos.

Los visitantes se despidieron del cura al atardecer y en cuanto emprendieron el camino de regreso, Lilia empezó a temblar de fiebre otra vez.

—No podemos viajar así hasta Xalapa —dijo Fernando—. Son muchas horas de carretera.

La enferma apenas pudo responderle. Había ido perdiendo las esperanzas de encontrar algo, además de que el miedo había hecho mella en su carácter. La enfermedad era una especie de punto final, de rendición al mal. Y la que creía la última, la única pista, se acababa de desvanecer. Un poco más adelante, deliraba, hablaba de las vocecillas que la llamaban y en medio de su marasmo intentaba alejar algo o a alguien.

Fernando estaba asustado, pero Lisa lo tranquilizó:

—Está espantada.

—Seguramente debe estarlo. Me contó que las calenturas de la noche no se le quitan con nada —respondió el muchacho con ingenuidad.

—Quiero decir que la espantaron.

Fernando no entendía. Bajó la velocidad del auto y preguntó:

—¿Qué hacemos? ¿La llevamos al hospital?

—Ellos no podrán hacer nada. Vamos a Catemaco. Tengo una casa ahí y buscaremos ayuda.

Mientras el abogado metía el acelerador a fondo, Lisa llamó a Epitacia y después de una breve conversación, de nuevo se dirigió al joven:

—Tranquilo. La vamos a curar.

—¿Cómo que me espantaron? —preguntó Lilia con voz débil. Había escuchado todo.

—Los chaneques se llevaron tu alma y si no te curamos, te mueres. Una fuerza maligna te mandó a los chaneques, alguien les abrió el camino. Y si todavía estás viva, es porque alguien evitó que te llevaran.

—Ya estoy tomando medicamentos y tengo todo listo para regresar a México mañana mismo... —empezó Lilia.

—Para esto los medicamentos no sirven de nada —siguió diciendo Lisa entre risas—. No te irás a ninguna parte. Si te vas, te mueres. Allá no van a saber cómo curarte.

Lisa habló con tal seguridad, que Lilia no se atrevió a decir nada más.

Llegaron a Catemaco en la madrugada. Fernando cargó a Lilia hasta una casita de un grupo de varias, en medio de la selva. Una sirvienta los recibió adormilada y en cuanto Lisa explicó la situación, la mujer preparó atole de masa para la enferma. Lisa la veló el resto de la noche, refrescando su frente con compresas frías y murmurando por lo bajo oraciones que Lilia no lograba comprender en medio de su marasmo.

A la mañana siguiente, Lilia abrió los ojos, todavía débil pero consciente, maravillada por la algarabía de los pájaros que daban la bienvenida al nuevo día desde las ramas de los árboles altísimos. Epitacia había llegado también, después de un viaje que duró toda la noche desde Xalapa.

No dejaron ponerse en pie a Lilia, aunque ella insistía en que se sentía mejor. Las mujeres se estuvieron con ella todo el día. Tenían que "prepararla", dijeron, y mientras una servía infusiones de yerbas, la otra masajeaba su cuerpo con aceites de olor penetrante que la hicieron entregarse de nuevo al sueño. Al medio día, después de un largo proceso de molido y macerado, le dieron de beber una mezcla de aguardiente con maíz amarillo y copal blanco molidos.

En cuanto cayó la noche, Epitacia, Lisa y varias mujeres más que Lilia no conocía entraron al cuarto vestidas de amarillo y ayudaron a la enferma a ponerse un huipil del mismo color. Para entonces ella era presa de la fiebre, como todas las noches, y no habría podido oponer resistencia, aunque hubiera querido. La matrona sacó de una bolsa los collares de cuentas de ámbar que habían pertenecido a su madre y los enrolló en el cuello de la muchacha.

Se la llevaron en el auto de Fernando hasta el lago. Ahí, en una explanada esperaban otras mujeres frente a un temascal iluminado con antorchas. Todas se quitaron la ropa y la metieron al baño ritual entre cantos rítmicos acompañados por los golpes de un tambor. De ahí adentro, Lilia sólo recordaba el crepitar de las piedras ardientes cuando las rociaban con infusiones de eucalipto y manzanilla. De tanto en tanto la hacían beber algunos sorbos de un licor de sabor muy fuerte y amargo. Las mujeres que entraron con ella no dejaban de rezar en voz muy baja.

Luego la procesión se dirigió hasta un manantial a la orilla del lago. Una de las mujeres cargaba ramos de flores blancas y amarillas, otra llevaba un brasero pequeño de hoja de lata, una más, un molcajete y las demás arrastraban bolsas cuyo contenido Lilia no habría adivinado aunque hubiera estado en sus cinco sentidos.

Cuando estuvieron a la orilla del manantial en el que se reflejaban las estrellas, las mujeres encendieron el brasero y Lilia, en medio de su marasmo, además del aleteo del avivador del fuego, escuchaba de nuevo las vocecillas rodeándola. Las mujeres pusieron algunas brasas en el molcajete sobre el fuego y varias piedras blancas de copal hasta que el aire se llenó de una fragancia mágica.

—Tráiganla —ordenó Epitacia, quien se había arremangado la falda y estaba parada dentro del agua.

La luna llena teñida de sangre se reflejaba en la superficie de azogue y Lilia caminó como sonámbula hacia ella, escoltada por el grupo de mujeres. Aunque la enferma sintió el frío del agua en sus piernas, lejos de inquietarse, se dejó ir, totalmente abandonada a una fuerza más grande. Las mujeres habían deshojado las flores y dejaban caer los pétalos con lentitud a la corriente.

Epitacia, con los brazos por encima de su cabeza y el molcajete en las manos, formaba una serpiente blanca con el humo del copal, alrededor del grupo. Y entonces, con una voz muy dulce que no parecía ser la suya, dijo:

—Agua, tierra, universo...

Las otras mujeres repitieron a coro:

—Agua, tierra y universo...

Epitacia prosiguió con voz de autoridad, pero a la vez, dulcísima:

—Ustedes, viejos terrones de tierra, sé que es ahí, en el cántaro, en donde tienen encerrada a esta mujer, ustedes chaneques de tierra, ya hicieron sufrir mucho a esta muchachita, ustedes viejos terrones de tierra, aquí voy a quemar flores para su gozo. Venimos a ofrecerles estas flores: las blancas son hermosas y las amarillas son muy aromáticas, podrán guardarlas para que se las pongan en la cabeza. Suelten a esta mujer, déjenla vivir, ya que le espera una tarea importante, dejen salir su alma del cántaro y suéltenla en el agua.

En ese preciso momento, las vocecillas por fin callaron. Sólo se escuchaba el rumor del agua entre las piedras. Epitacia hizo a Lilia inclinarse hacia el manantial para recoger su tonal, el alma ya liberada del cántaro de los viejos terrones. Con el azogue mágico del agua, Lilia se derramaba encima la sonrisa de su madre, el valor de todas las mujeres de aquella tierra, el amor de los espíritus que percibía a su lado y se sintió, como nunca antes, parte del mundo, con una razón para estar viva.

—¡No hay otro lugar donde debiera estar! —exclamó sin saber bien qué significaba aquello.

Nunca se había sentido tan viva, tan llena de energía y entusiasmo. Sintió su cuerpo empapado: las largas piernas, el vientre plano, los pechos erguidos y desafiantes, la cabellera negra que chorreaba sobre su espalda y se sintió feliz, poderosa por ser mujer, a la luz de esa luna que la bendecía con sus rayos rojizos entre los palo mulatos y los cuajilotes.

Muchas sensaciones fueron mezclándose en ella: el deseo caliente fue a situarse en su sexo; la compasión y el perdón calmaron su corazón. La tristeza y el dolor de la pérdida seguían presentes, pero había algo diferente: de algún modo sentía que su madre estaría con ella en la muerte como jamás había estado en vida. Quería gritar que estaba viva ¡por fin viva! Percibía hasta los más tenues sonidos a su alrededor y le parecía que hubiera podido reconocer a cada uno de los ajolotes que nacían del manantial, a los animales nocturnos que llenaban de ruidos la maleza y volar en círculos hasta hacerse una con las estrellas.

Las señoras la despojaron de la túnica, la echaron al lago y arroparon el cuerpo desnudo de Lilia para regresarla a la casa; ahí, Epitacia y Lisa prepararon una infusión muy caliente de varias yerbas y se la hicieron beber. Lilia, al sentir que estaba protegida en aquella cama cálida, cayó en un sueño profundo.

A la mañana siguiente, la despertó el aroma del café recién molido y cuando llegó a la cocina, la esperaban ahí las mujeres.

—¿Cómo te sientes? —preguntó Lisa con una sonrisa.

—Como si hubiera dormido una semana.

—¿Vio que estaba espantada? —preguntó Epitacia mientras llevaba el desayuno a la mesa.

—Todavía no entiendo nada...

Epitacia iba a decirle algo, pero Lisa la detuvo.

—Todo a su tiempo, Lilia. Lo importante es que ya estás bien. Por fortuna estábamos cerca de aquí. Tuviste mucha suerte, este lugar es un centro de energía muy poderosa y hay gente dispuesta a ayudarte. Vinieron todas las chamanas y mujeres de poder de la región a la ceremonia: además de curarte el espanto, fue tu iniciación.

—¿A qué?

—Todo a su tiempo —repitió Lisa—. Ya lo verás. Por lo pronto, estás curada.

Y era verdad: las fiebres desaparecieron, había recuperado su fuerza y la incredulidad de la médica no tuvo límites. ¿Qué había pasado? Aquella ceremonia nocturna en el lago iba en contra de todas sus certezas, y tenía miedo de que se hubieran derrumbado de un golpe, aunque, por otro lado, algo dentro de ella le decía que no había manera de seguir sosteniendo las murallas para siempre.

Al caer la noche, al ver que se había recuperado, Fernando la invitó a dar un paseo por el enorme jardín selvático que separaba, una de otra, varias casitas que pertenecían a las amigas de Lisa y Selene. En una de ellas se hospedaba el abogado.

—¿Qué te dieron que te hizo tanto bien?

—No preguntes —dijo Lilia de buen humor—. No tengo idea... y no sé si quiero saber.

La muchacha se sentía en paz al caminar entre los cedros y las palmas reales, escuchando aquí y allá el canto de las lechuzas y el aleteo de las oropéndulas buscando sus nidos en las ramas más altas. Un olor profundo a vegetación podrida se mezclaba con el aceite quemado de dos o tres antorchas dispuestas en puntos clave de los senderos resbalosos. De pronto empezó a caer una finísima llovizna cuya intensidad aumentó de inmediato: buscaron refugio.

Llegaron empapados a la casita donde Fernando se hospedaba. El joven había dejado los rescoldos del fuego en la chimenea, que avivó sin dificultad. Ofreció a la muchacha un tequila. Una música suave de tambores acompañaba desde el iPod, sin ahogarlos, los ruidos de los insectos y animales nocturnos de la región.

—¡Cuánto me alegro de que no te vayas todavía! —se atrevió a decir el abogado.

Él tomó asiento junto a ella y la sonrisa de Lilia se hizo más cálida; le dijo en un susurro:

—Gracias por todo. Has sido una parte importante de todo esto...

—¡Pero si no he podido hacer nada! —estaba avergonzado.

—Has hecho bastante.

Lilia se inclinó hacia el joven y lo besó. No sabía muy bien qué la había llevado a atreverse a ello, pero le agradó la calidez de los labios del hombre, el sabor ahumado del tequila en su lengua y, luego, el abrazo, las caricias, le gustaron todavía más. Se amaron con deseo y ternura, recuperando en el calor del cuerpo, en las humedades de la piel, el ansia por la vida. Al recorrer los caminos de aquel cuerpo, Lilia cayó en cuenta que había algo de nuevo en aquel deseo: hacía propia la lujuria de la selva, de la naturaleza toda, mientras que antes la satisfacción del deseo se había limitado a una parte del cuerpo para caer muy pronto en la mecanicidad y la rutina. ¡Nunca más, se prometió, osaría encerrar tal fuerza creativa en una fórmula!

A la mañana siguiente, cuando Lilia despertó y encontró el cuerpo dorado del hombre a su lado, no sintió culpa. Pasó un dedo por el vello ensortijado de su pecho, apenas tocando su piel y sintió renacer las ganas, el deseo, la lujuria contenida, sabiendo —quién sabe cómo— que su madre desde el fondo de ese lago, desde el otro mundo, desde dentro de su propio corazón, bendecía esa unión.

—¡Qué curioso! —le dijo al levantarse—. No quiero irme. Es la primera vez que ocurre...

—No te vayas —pidió él, sonriendo.

Ella lo besó, prometiéndole mil cosas en silencio antes de desaparecer entre la vegetación del jardín.

Regresaron a Xalapa ese mismo día y, ya instalada de nuevo en La Pitaya, Lilia se preguntó qué hacer. Después de aquella estancia en la casa de su madre, después de la lectura de las libretas y la información que había ido acumulado a lo largo de los meses, le había cambiado totalmente la imagen de Selene: esa activista muerta en nada se parecía a la exótica mujer de la que ella siempre había renegado.

Era más cómodo pensar que su madre no sabía lo que quería, que era una eterna adolescente "descubriendo" el mundo y creyéndose esos extraños modos de ver la vida, en donde la "transdisciplina", lo "holístico", tenían una parte fundamental.

A Lilia le angustiaba que las cosas no fueran de una sola manera, que pudieran ser buenas pero a la vez malas, que no se tuviera control sobre la vida, y había evitado a todos los que buscaran explicaciones metafísicas, metacientíficas a los fenómenos; por eso había tomado el camino de la ciencia: de lo comprobable, de lo exacto, de lo que pudiera explicarse claramente, eludiendo todo lo que oliera a ambigüedad. Había preferido el razonamiento a los sentimientos; la claridad a la penumbra; los tonos precisos a los difuminados; lo concreto de los órganos a lo abstracto del alma; el día o la noche al amanecer o al ocaso…

De esa misma forma había fincado sus relaciones: amaba a su padre, odiaba a su madre, mantenía relaciones claras de no compromiso con sus parejas y el resto de los mortales le era profundamente indiferente. Y aunque tal mundo maniqueo de blancos y negros amenazara con derrumbarse a cada rato, mientras se aferrara a sus convicciones, era un lugar seguro, era su refugio.

Con la muerte de su madre y las experiencias que había tenido desde ese día (que parecía haber sido hacía una eternidad), aquel mundo de buenos y malos se había visto severamente amenazado: las anécdotas sobre Selene, la admiración y cariño que le tenían todos; las historias de las libretas, que más parecían cuentos de brujas y que sin embargo parecían ciertas; las anotaciones en el diario de su madre, su vulnerabilidad, sus incapacidades al lado de su tremendo valor... Todo ello operaba cambios en su propia manera de ver el mundo, desde esa casita rodeada por la muralla verde de bambú, perdida entre las montañas.

Mientras el columpio se balanceaba con el viento que anunciaba lluvia en aquel jardín de orquídeas, una, dos, tres, diez, cien mujeres viajando en el tren de la muerte desaparecían para siempre en los túneles de la infamia.

Mientras las hormigas se afanaban cargando en la espalda un rayo de sol, una, dos, diez niñas eran entregadas a los poderosos, en los navíos del desconsuelo y de la desgracia, para que en sus cuerpos núbiles cebaran su maldad.

Mientras Astarté, la gata amarilla, se estiraba coqueta en el sillón, una, cinco, siete adolescentes con las mochilas llenas de sueños recorrían el pasillo de la muerte a solas, para jamás, jamás llegar al otro lado.

Mientras las jóvenes hayas tensaban sus espigados cuerpos hacia el cielo de septiembre, una, diez, cien, periodistas, activistas, campesinas, obreras de la maquila, jóvenes estudiantes, inmigrantes, torturadas y violadas, yacían escondidas en las entrañas de la tierra, esperando turno en casas de seguridad, deshechas en las hogueras o exhibidas sin que ya nadie les pusiera atención en las páginas de los periódicos.

Mientras las chicharras y los grillos hacían sonar sus alas llamando a las hembras a aparearse antes de que llegara la tormenta, una, veinte, treintaicinco desconocidas esperaban inútilmente el abrazo de sus madres en las planchas de la morgue.

Mientras el aroma de las flores de cedro se esparcía sobre las fincas de café, diez, cien, mil, miles de madres lloraban a sus hijos desaparecidos.

Había que hacer algo. Alzar la voz. No podía volver a su departamento junto al parque y fingir que no había pasado nada. No podía regresar a la investigación y la docencia en la universidad, y seguir creyendo que todo estaba bajo control, que bastaba con saber el peso del cerebro para conocer el pensamiento, o el lugar exacto del corazón para conjurar el amor. No podría seguir contando los puntos con los que se medía su talento y repitiendo una y otra vez la misma charla estéril. No mientras el mal se enseñoreaba en las calles y la injusticia ganaba cada día la batalla.

Después de tanto preguntar, averiguar sin resultado, Lilia entendió que, como bien le había dicho el padre Andrés, su madre no encontraría la justicia de los hombres.

Con todo lo que había leído y experimentado, después de las horas de pasión en los brazos de Fernando, lo único que tenía claro era que no quería volver a México, que su vida no podía continuar como antes. Se había acostumbrado a estar en la casa que su madre le había heredado, junto con una pequeña cantidad en efectivo y la finca de café.

¿Y si se quedaba un tiempo? ¿Si pedía una licencia ahora, antes de que el semestre estuviera más adelantado? Por lo menos mientras tenía en claro qué quería hacer. Podría ocupar el lugar de su madre en la asociación. Allí sus conocimientos serían útiles. Quería hacer algo por esas desgraciadas mujeres.

Nada era seguro. Sin embargo, al aceptar en la piel la incertidumbre del futuro, sentía que estaba abriendo caminos de conocimientos nuevos. Ya no odiaba a su madre, ya no se conformaba con la indiferencia hacia el resto del mundo. No sabía qué quería hacer, pero estaba segura de que no quería seguir viviendo como había vivido. Ahora todo parecía hablarle, susurrarle al oído que había otro mundo que ella no había conocido nunca y, entonces, sólo el llanto parecía aliviar la pena de haber desperdiciado tanto tiempo.

IX
Quinta libreta

Xalapa, 1934

Uno por uno, uno tras otro, allá iban los granos verdes a los diversos tenates que los contenían: los de calidad de exportación, los de tamaño menor para el consumo local, y los manchados o dañados, destinados al consumo de los trabajadores.

Uno por uno, uno tras otro, miles y miles, rodaban los granos de café en cada mesa de trabajo de las ciento cincuenta mujeres de la escogida, con un siseo que por momentos se volvía ensordecedor.

Hablaban todas a la vez, en un murmullo que se mezclaba con el arrastre de los granos contra la madera de la mesa, sin despegar ni por un momento los ojos de su metódica labor. Las semillas de la rubiácea parecían tener vida propia entre los dedos enrojecidos, encallecidos de las viejas y las jóvenes, iban a parar en diferentes cuencos según su calidad, color, perfección, tamaño.

Desde las seis de la mañana hasta las seis de la tarde, las ciento cincuenta mujeres permanecían sentadas en las mesas, que las reunían de seis en seis, mirándose de frente tres y tres, en la ruidosa, mecánica labor, con pequeños intervalos para comer o fumarse un cigarro en el patio, vigiladas todo el tiempo por la guardiana, una campesina robusta que daba vueltas entre las trabajadoras, cuidando que no se llevaran café oculto en las enaguas, que no fumaran en la mesa y que no se distrajeran ni un momento.

Al acabar su labor, las mujeres se quitaban los mandiles y se acicalaban para salir del galerón rumbo a su casa, solas o en grupos, por las serpenteantes calles de Xalapa. El bullicioso conjunto era evadido por las "señoritas bien" que encontraban a su paso, quienes se cruzaban a la acera opuesta murmurando:

—Vente, que ahí vienen las escogedoras.

Esas muchachas con vestidos de chifón y zapatos de satín, con el cabello cortado a la última moda y sombreritos de tul, fervientes católicas de ricas familias, les tenían una mezcla de desprecio y miedo. Las miraban por el rabillo del ojo, criticando sus enaguas, sus rebozos parchados, sus blusas blanquísimas, las trenzas negras y pesadas unidas con cordones de lana de colores.

Las escogedoras eran gente de campo: muchas de ellas jóvenes, algunas ya hechas a las costumbres de la ciudad: con medias de seda y el pelo corto y ondulado; ellas tenían el privilegio de ganar su propio jornal: nadie las mantenía; podían darse el lujo de permanecer solteras, fumar donde les diera la gana y no entregar más cuentas que a Dios. Era verdad que eran bulliciosas y malhabladas, ¿y qué? Se lo habían ganado con creces: con sus doce horas de jornal, con el desgaste de sus ojos, con los callos de sus dedos, con sudor.

Anastasia era una de ellas. Tuvo que pasar algún tiempo antes de que quisiera reconocerse parte del grupo:

le daba vergüenza. Los primeros meses, al salir del galerón con su exiguo jornal, se iba caminando rápido por los callejones, para que no supieran que era una escogedora.

El oficio era trasmitido de madres a hijas o a través de parientes, en cambio, ella había tenido que aprenderlo a fuerza de gritos de la guardiana y burlas de sus compañeras de mesa. Sus dedos delicados que habían sido entrenados para deslizarse suavemente sobre las teclas del piano y conducir con arte finos pinceles sobre el bastidor, habían tenido que hincharse antes de lograr la pericia necesaria para escoger unos cuantos kilos de café.

No quería ni hablar para no distraerse: oía en el fondo de su cabeza el arrastre de los granos y el murmullo interminable de sus compañeras relatando sus vidas y sus aventuras amorosas, y por más que aquellas mujeres le preguntaron quién era y cómo había ido a parar allí, tuvieron que pasar varios meses antes de que se atreviera a contarles.

Había nacido en Coatepec, una pequeña población cafetalera a pocos kilómetros de la capital del estado, en el seno de una familia pudiente. El abuelo, como muchos comerciantes de la región, había llegado al pueblo directamente de España y había fundado una de las tiendas más prósperas: La Azucena, que estaba en la calle principal, frente al jardín Hidalgo. Su padre había seguido la tradición familiar y agrandó la tienda, diversificando las actividades con la siembra de café y naranjos en una finca en las afueras de la ciudad.

Ella había crecido entre los carísimos jamones de Westfalia, el bacalao noruego, los vinos y licores europeos que se amontonaban en bodegas oscuras; las semillas guardadas en arpilleras cerca del mostrador, las velas de sebo, las veladoras de vasos rojos; los cajones de madera que guardaban desde medicamentos hasta tornillos, medias de seda y sombreros de fieltro, artefactos de labranza y sillas de montar.

Le gustaba quedarse largas horas contemplando el ir y venir de los compradores: desde los ricos del pueblo, que iban con sus sirvientes a buscar un artículo en particular y pagaban con billetes y monedas relucientes, hasta los pobres, que se llevaban la manteca untada en un papel de estraza y cucuruchos de azúcar y de sal, dejando su deuda asentada en un cuaderno que los dependientes guardaban celosamente bajo llave.

La Azucena surtía a los habitantes de la cabecera municipal, pero también a las tiendas de raya de las haciendas cercanas y a los pueblos circunvecinos: Xico, Cosautlán, El Grande y Teocelo, a donde un empleado de don Teodoro llegaba con su carrito de mulas, a través de las profundas barrancas y los bosques de niebla.

Hasta los seis años, Anastasia no había conocido limitación alguna: había crecido libre, corriendo entre la neblina por las fincas de café, vigilada de cerca por su nana indígena y los trabajadores de su familia; revoloteaba entre las flores blancas de los bien cuidados arbustos de arábiga en la primavera, como una mariposa, y más de alguna vez ayudó —escapándose de su nana— a cortar las cerezas de las pródigas matas a mediados de otoño, cuando el viento helado de Todos Santos ajaba las manos de los cortadores, que mantenían precariamente el equilibrio sobre las pendientes con los tenates repletos, amarrados a la cintura.

Hasta entonces, la vida había sido una fiesta interminable, sólo limitada por los ciclos de las estaciones y las celebraciones profanas y sagradas; la escuela por las mañanas hasta el medio día, y luego de vuelta un par de horas para aprender manualidades: las clases de bordado y de costura en el fresco del patio en las interminables tardes de verano; las fiestas de disfraces y el carnaval; los días de campo con las familias más encopetadas de Coatepec hasta la orilla del río o en lo más alto del cerro de las culebras, desde donde se podía mirar toda la región: los pequeños valles y las barrancas sembrados de café y caña, el majestuoso Cofre rumbo a Perote y del otro lado, el misterioso cerro Acamalín, cubierto por la neblina. Había que estar pendiente de los tamales en los días de muertos y en la Candelaria; de las posadas y los nacimientos en Navidad.

Pero entonces comenzaron a llegar noticias de que los revoltosos andaban cerca. Carranza había ocupado el puerto de Veracruz y los zapatistas —esas hordas de salvajes— merodeaban por los alrededores de Xalapa y Coatepec.

Hasta el mostrador de La Azucena, los criados de las familias de postín llevaban las malas nuevas: los robavacas estaban acabando con el ganado de la hacienda de Las Ánimas y con las vacas holandesas del rancho El Trianón, y en las salas francesas de los caserones coatepecanos las señoras no hablaban de otra cosa que del secuestro de un ranchero aquí, de un hacendado allá... Los sombrerudos habían llegado hasta el rancho de La Mojonera y habían saqueado todo, se llevaron a las señoras y a las sirvientas, y mataron con saña a los dueños. En la hacienda de Ojo de Agua, los propios campesinos habían linchado a don Arturo Bonilla y habían quemado todo lo que había en la casa grande. Eso justamente habían hecho los zapatistas en Morelos y otros lugares, ¡y ya habían llegado a Veracruz! Muchos hacendados optaron por emigrar a La Habana o a Estados Unidos: "En este país ya no se puede vivir", decían.

La carestía y la inflación hicieron lo demás: los billetes carrancistas no valían nada y los bienes de primera necesidad eran incosteables; los pocos hacendados que quedaron ya no compraban licores europeos ni medias de seda para sus mujeres, y los pobres iban engrosando, en cambio, la libreta de deudas de la tienda. Don Teodoro estaba cada vez más preocupado al no poder cubrir sus propios compromisos adquiridos en dólares por las mercancías importadas que no podía vender.

A los diez años Anastasia conoció el hambre. Las tortillas que llegaban a la mesa del comedor estaban hechas de harina de maíz mezclada con la de plátano; las piezas de pan eran cada vez más pequeñas y don Teodoro tuvo graves dificultades para conseguir arroz y frijol. Por las noches, cuando sus padres creían que estaba dormida, hablaban en un susurro acerca de pedir prestado a cuenta de las tierras: "Esta situación es pasajera, don Marcelino es un hombre honesto y nos prestará a cambio de las cosechas", decía su padre. "Nos repondremos, saldremos de ésta", decía su madre, llorando bajito en sus brazos.

Y por un tiempo, se repusieron. En el caserón coatepecano pudieron celebrar los quince años de Anastasia con una fiesta a la que asistieron todas las familias de postín. Era su presentación en sociedad y había que tirar la casa por la ventana: corrió el champagne y los licores europeos que todavía quedaban en las bodegas de su padre; se contrató a la mejor orquesta de los alrededores y ella, con su vestido de tul azul celeste, flotó sobre los pisos de mármol bailando un vals interminable.

Entonces empezó la época de los cortejos. Su madre ponía especial esmero en que aceptara las visitas que le hicieron los jóvenes herederos de las haciendas, los primogénitos de los comerciantes adinerados, los apuestos hijos de los inversionistas extranjeros avecindados en Coatepec... Pero Anastasia no tenía interés alguno en casarse ni formar una familia. Claro, era lo que se esperaba de ella, además, no se le escapaba el hecho incontrovertible de que su familia estaba en serios problemas económicos y que, más que un matrimonio, tendría que pensar en una alianza comercial redituable.

Ella prefería ocuparse de la finca, cabalgar a temprana hora de la mañana, supervisar el chapeo y limpieza de las matas de café y luego su corte. Prefería escaparse a solas por las veredas de las barrancas y pasarse el día pintando los paisajes tropicales, los abismos tapizados de helechos, o irse a escondidas hasta Xalapa y recorrer las calles serpenteantes, meterse al cine, escuchar a la orquesta tocando música que ella jamás había oído antes, sentarse en algún café y oír los poemas extraños, sin rima, altisonantes y rebeldes de un grupo de jóvenes que llegaron a la ciudad para cambiar el mundo.

Su madre podía suplicarle que considerara a uno u otro pretendiente, pero ella pretendía no escucharla. Una tarde su padre la llamó a su despacho, en donde igual escribía extensas cartas a los familiares españoles, que pagaba la raya a sus trabajadores.

—Quiero que sepas que estamos en fuertes problemas económicos. No hemos podido cubrir el préstamo que nos hizo don Marcelino.

—Pero hace ya ¿cuánto? ¿Siete años?

—Siete años van... —dijo don Teodoro pensativo—. En pago de los intereses, tenemos que entregarle la mayor parte de la cosecha de café al precio que él quiso, eso sí, mucho menor al de mercado; mientras que para amortizar el capital, le he tenido que ir vendiendo pedazo por pedazo la tienda.

Anastasia amaba a su padre y le dolía verlo sufrir de esa manera.

—Papito, ¿qué puedo hacer? ¿Cómo puedo ayudarte?

—No me gusta pedirte esto, siento que te estoy vendiendo. Yo hubiera querido que te casaras con quien tú eligieras, pero es necesario que aceptes al hijo de don Cayetano Sánchez. Es un buen muchacho y su familia tiene tierras y buenos negocios; por lo menos sentiré que tú estás protegida. Muchos de nuestros amigos han emigrado y se han llevado a sus hijos, buenos partidos, que podrían haber sido nuestra salvación, y creo que antes de que otras desgracias nos caigan encima, debes aceptarlo. Ha venido a pedirme tu mano, pero yo no he resuelto nada hasta hablar contigo. No puedo obligarte a ir en contra de tu voluntad.

La muchacha lo abrazó.

—Haré lo que me tú me pidas.

Samuel, el hijo de don Cayetano Sánchez comenzó a frecuentar la casa a diario. Le llevaba a su prometida un ramito de azucenas y una caja de chocolates, y bajo la estricta vigilancia de la madre de Anastasia, platicaban lánguidamente sobre los chismes de la región, sobre los negocios de don Cayetano y la manera en que su hijo iba involucrándose en ellos. Luego ella tocaba el piano, por insistencia de su madre, para que el galán se asegurara de que su novia era una señorita bien educada.

Anastasia no lo encontraba desagradable, sino simplemente aburrido. Sus maneras eran irreprochables y su voz, suave; se vestía a la última moda y su rostro era muy blanco, con algunas pecas, tenía la nariz aguileña y el cabello rubio peinado con gomina hacia atrás. Día a día se iba resignando a ser su mujer y se decía a sí misma que no la esperaba una vida terrible, sólo tediosa.

Pero el destino tenía otros planes. A finales del año 1928, su flamante prometido sufrió un accidente por el camino hacia Tuzamapan, a donde iba como encargado de los negocios de su padre. Unos decían que una culebra había espantado el caballo, otros, que la bestia se había desbocado..., el caso fue que el joven Samuel murió dos meses antes de su boda, desnucado.

Y no pararon las desgracias desde entonces. Al año siguiente, la tremenda crisis mundial afectó también los precios del café, por lo que la cosecha que había servido para pagar los intereses de la deuda a don Marcelino ahora ya no servía para nada. Don Teodoro tuvo que ceder otra parte de su tienda al agiotista, por lo que de La Azucena, sólo quedó un oscuro tendajón mal surtido. Tuvo que despedir a los empleados y despachar él mismo desde detrás del mostrador pringoso.

Una fría tarde de febrero de 1931, cuando todavía Anastasia no había abandonado el luto por su prometido, don Teodoro murió de un ataque al corazón, ahí mismo, detrás del mostrador.

Su madre era de buena familia, pero no tenía ningún talento para los negocios, y cuando don Marcelino se presentó en su casa aquella tarde a cobrar los intereses vencidos de la deuda, lo único que ella supo hacer fue romper en llanto.

—Ayúdeme, por el amor de Dios —suplicaba la viuda.

—Señora, estoy a sus pies, dígame usted cómo puedo ayudarla.

—Ayúdeme a vender la finca, sin duda vale más del doble de lo que se le adeuda.

—Es difícil. Muchos están en la misma posición de usted: carecen de liquidez. Muy pocos de los que tienen dinero querrían comprar un extensión como ésa, con esto del reparto agrario..., han sido ustedes muy afortunados de no haber sufrido mermas todavía. Yo he tenido que encomendar a Dios sabe cuántas cosas para que los agraristas no invadan mis tierras.

—¡Pues venda la finca en partes, como se pueda! ¡Y venda la casa, la tienda, se lo suplico! No podemos sostenernos más aquí.

Don Marcelino Pérez Somellera se quedó en silencio un momento. Bebió un par de sorbos del café que le había llevado Anastasia, quien se mantenía sentada en un rincón de la sala, contemplando la escena, sin saber qué hacer, viendo cómo su madre se humillaba frente a aquel hombre que la escuchaba impávido.

—Hay una solución —dijo, haciendo una pausa dramática.

—¡Dígame!, ¡diga usted cuál es! —su madre retorcía el pañuelo.

—Yo podría comprar sus propiedades, señora, pero mis recursos son limitados. Puedo darle un buen precio, pero aun así no alcanzaría sino para saldar la deuda y tal vez algo más para ayudarla a establecerse en otra parte.

—¡Don Marcelino! ¡Por Dios! ¡Somos amigos! Nuestras propiedades valen mucho, mucho más.

—Yo también estoy en problemas, yo también tengo deudas... Le pagaré un precio justo, pero no puedo darme el lujo de dilapidar mi capital. Mi querida señora, con todo respeto, es preferible perder un amigo que perder negocio y amigo.

Su madre se echó a llorar y Anastasia tuvo que reprimir las ganas de echar a aquel caballero de su casa. Era un hombre elegante, de alta estatura y mostachos retorcidos como se había usado hacía diez años; tenía engominado el pelo y se peinaba de raya en medio. El cuello de la camisa estaba impecablemente almidonado y usaba unos borceguíes finísimos; pero a pesar de ello, había algo de turbio en él, como si su alta estatura fuera sólo un disfraz que ocultara un defecto de nacimiento: como si por dentro estuviera contrahecho. Aquello, curiosamente, no le provocaba repulsión, sino más bien lástima. Caminaba a cortos pasos y todo en él era contención, excepto cuando ella lo descubría mirándole las piernas, como catándolas por encima de las medias de seda.

Lo acompañó hasta la puerta, y cuando él ya se despedía en el zaguán, le dijo de manera apresurada:

—Usted puede salvar a su madre, señorita. Venga a verme a mi despacho el jueves de la semana que viene. Es mejor que ella no lo sepa...

Cuando cerró el portón, Anastasia se quedó un momento apoyada en él, respirando agitadamente. ¿Qué había querido decir don Marcelino? ¿Qué le estaba insinuando al pedirle que fuera sola a su despacho? En el fondo, ella lo sabía. Había leído los folletines de los periódicos, las novelas sentimentales en donde el villano rico aparece seduciendo a la pobre damisela en peligro. ¿Y ella era capaz de hacerlo? ¿Sacrificarse para salvar a su madre de la ruina total? ¿Perderse a sí misma en el proceso? ¿Sería, realmente, un sacrificio? Ésta, en todo caso, era la vida real y no habría un héroe que la salvara de la ignominia.

Toda la semana le dio vueltas en la cabeza a la idea. ¿Cómo sería? Por momentos se imaginaba como heroína trágica desfalleciendo en los brazos de don Marcelino, suplicándole piedad, como en las películas que había visto en el Salón Fénix, pero luego, en mitad de la noche, un pensamiento oscuro afloraba de lo más profundo de sus pesadillas: la posibilidad del goce carnal con un hombre.

Llegó a Xalapa a medio día, tras haber tomado el autovía: un chasis de camión con ruedas de acero y motor de gasolina que corría por la vía del ferrocarril; era mucho más rápido que el tren, que sólo tenía una partida hacia la capital de estado.

El despacho de don Marcelino estaba en pleno centro de la ciudad. Era un caserón porfiriano que había pertenecido a un gobernador de Veracruz. En la parte superior estaba el despacho, mientras que en la planta inferior se encontraban otras oficinas desde donde se manejaban los diversos negocios y vastísimas propiedades de la familia, y junto a ellas, un enorme galerón donde un centenar de mujeres se dedicaba a la escogida del café que don Marcelino compraba a los hacendados de la región o recibía como pago de los intereses hipotecarios de quienes le habían pedido préstamos. Una vez pasado ese último proceso en el beneficio del grano, se exportaría a Estados Unidos a un precio diez veces mayor de lo que había costado.

Un empleado la recibió y le pidió esperar en una salita sobre el pasillo interior, al aire libre. Pocos minutos después, el mismo joven le dio instrucciones de pasar al despacho. Era un amplio recinto rodeado de libreros de cedro que le daban un aroma inconfundible. El piso de duela estaba cubierto con tapetes bordados, seguramente traídos de Europa. Un par de canapés fue acomodado al fondo, junto a una lámpara de cristal con motivos art déco encendida en pleno día. Un enorme escritorio también de cedro, dos escupideras de latón y un cenicero de cristal montado en una larga pata de bronce completaban el mobiliario. Todo era de excelente gusto, pero un tanto pasado de moda; a pesar de todo, Anastasia se sintió cómoda al no tener que soportar el frío húmedo del invierno xalapeño en el pasillo.

Por fin don Marcelino hizo su aparición por una puerta del fondo, elegante y ceremonioso como siempre.

—Usted dirá, señorita Anastasia —dijo después de saludarla con las frases de rigor.

Ella se quedó un momento en silencio, confundida. Con ese saludo, parecía que ella hubiera ido a molestarlo, sin haber sido citada. ¿Ésa era la forma que tenía ese hombre para mostrar quién tenía el poder? Decidió ir al grano:

—Don Marcelino, he venido porque usted me lo pidió. Sé que usted comprará nuestras propiedades y, sin embargo, con la suma que nos va a entregar, será imposible que sobrevivamos. Usted ha dicho que yo puedo salvar a mi madre y vengo a que me diga cómo.

La mirada oscura de Anastasia se volvió más dura. Don Marcelino no esperaba esa fuerza por parte de la muchacha y se quedó desconcertado. Miró a la joven, que tendría poco más de veinte años, sonriéndole malévola, con unos labios pintados de carmín oscuro y agitando unas pestañas larguísimas. Traía un vestido de chifón bajo el abrigo que en aquel momento se estaba quitando, y la tela casi transparente dejaba ver el corpiño y unos senos pequeños, pero duros y palpitantes.

El hombre de negocios se levantó un momento del canapé que había ocupado junto a su visitante. Sirvió una copa de coñac de una licorera de cristal cortado y, después de haberse bebido un trago, por fin le dijo:

—¿Puedo ofrecerle un poco?

Anastasia asintió. El hecho de que don Marcelino no tuviera ningunas artes de galán la enterneció. No se le conocía ninguna aventura y su reputación era de un negociante duro, intrépido, a veces desalmado, pero totalmente sobrio en su comportamiento personal. Tal vez eso mismo impulsó a Anastasia a llevar a cabo todo su plan como si fuera un reto.

Ella, por su parte, no era que tuviera ninguna experiencia en la seducción. Su madre le había inculcado una educación católica estricta, aunque, por otro lado, había visto muchas veces a los trabajadores unidos en un abrazo sudoroso y apasionado entre las matas de la finca; había encontrado estampas de mujeres desnudas y novelas galantes en el ropero de su padre: todo ello había formado parte de su rudimentaria educación sentimental.

Ahora estaba frente a un hombre que la deseaba; y ella, además de la necesidad de salvar algo de su capital, ardía en curiosidad por saber cómo era, qué significaba dejarse ir, gozar y dejarse gozar por un hombre. No sería la damisela en apuros, sería la *femme fatale*, temida por las mujeres y adorada por los hombres… por lo menos ese día.

Cuando don Marcelino regresó con la copa en la mano para ella, Anastasia la bebió de golpe, sintiendo el calor aterciopelado del alcohol correr a través de sus venas. Sonrió después de pasarse la lengua por los labios. Subió como al descuido un poco más su vestido, dejando ver una de las ligas de sus medias y el muslo desnudo.

El hombre se sentó frente a ella, visiblemente excitado. Acercó su canapé al de la muchacha y pasó delicadamente la mano por encima de su pierna cubierta por la media de seda. Las yemas de sus dedos sentían el contacto con el material e iban dibujando el contorno de su bien formada pantorrilla, del delgado tobillo hasta tomar su pie. La despojó del zapato de satén con tacón de carrete y acarició el arco del pie y cada uno de sus dedos. Tenía los ojos cerrados y parecía disfrutar enormemente el contacto. Anastasia también lo disfrutaba, más allá del temblor inicial, y pronto cerró los ojos. De pronto sintió la dureza del miembro masculino contra la planta de su pie: don Marcelino la hacía subir y bajar, bajar y subir, mientras seguía acariciando con su mano libre la pantorrilla de la muchacha.

Ella lo dejaba hacer, lánguida en la silla como si fuera de trapo, sosteniendo en una mano la copa y aferrándose al brazo del sillón con la otra. De pronto escuchó la orden dada por don Marcelino con una voz ronca, que no parecía la suya:

—Ábrete el vestido.

—Cada botón serán mil pesos más por nuestras propiedades, ¿qué le parece a usted? —dijo temblando por dentro, apenas dando crédito a su propio atrevimiento.

Don Marcelino se quedó un momento en silencio. Se pasó la lengua por los labios apretando el pie cubierto de seda entre sus muslos; pensó que era demasiado tarde para arrepentirse y asintió con la cabeza.

Desabotonó uno, dos, tres, cuatro... hasta diez botones del frente del vestido y se bajó el corpiño a fin de que sus pequeños pechos enhiestos de pezones endurecidos por el frío quedaran a la vista del comerciante.

—Acaríciate —fue la siguiente orden, que ella obedeció también, encontrando mayor y mayor placer en los lentos movimientos de sus manos alrededor de sus pechos.

Don Marcelino acercó el canapé de tal modo que la mano que había estado acariciando su pantorrilla llegó hasta su muslo y luego hasta su sexo, por el amplio espacio que dejaban los blúmers de satín. El dedo del hombre estaba tibio y ella lo recibió con asombro en la oquedad ya lubricada de su cuerpo. Poco a poco despertó las fibras que nunca habían sido usadas, y la mayor sorpresa de Anastasia fue escucharse lanzar una especie de gemido que venía de aquella parte de su ser en profundas oleadas de calor y de placer.

—Ahora ven acá —dijo con voz temblorosa, mientras se abría los pantalones.

Se la sentó a horcajadas en el canapé y la poseyó con furia, pero a ella no le importó: le complacía ver cómo las ansias llevaban al hombre a apretarla contra sí mientras alcanzaba un orgasmo largo que lo dejó inmóvil por unos instantes.

Luego ella se vistió, comprobando con sorpresa que no sentía culpa, no sentía desconcierto, como si aquello fuera una parte ordinaria de su vida.

—Entonces, don Marcelino, tenemos un trato, ¿verdad?

—Te daré el mejor precio por tus propiedades. Diez mil pesos más de lo pactado en un fideicomiso a nombre de tu madre, para que no le falte nada mientras viva. Pero... podríamos establecer algún otro acuerdo adicional..., alguna propiedad urbana a cambio de tu casa en Coatepec... Si vienes la semana que entra, podríamos platicarlo...

No volvió el día prometido, y quince días más tarde recibió una nota del agiotista citándola para ultimar detalles referentes a la transacción pendiente... Don Marcelino la recibió en el mismo despacho, con la lámpara encendida y el profundo aroma a cedro y humedad.

—No cumplió usted su palabra, señorita.

—Aquí estoy ahora —respondió con sequedad—. Vengo a que especifiquemos de qué propiedad urbana estamos hablando.

De nuevo el hombre le ofreció una copa de coñac, que ella apuró de un sorbo, y la condujo al canapé.

—Estamos hablando de una casita amplia, en el callejón de Jesús te ampare.

—No, señor. Nada de callejón. Busque usted entre sus propiedades urbanas algo más apropiado —dijo levantándose.

—Seguro encontraremos algo adecuado en la calle de Zamora —concedió don Marcelino, comenzando a desnudarla.

El respetable don Marcelino dejaba fluir las fantasías que nunca se hubiera atrevido a poner en práctica con su recatadísima mujer. Desnudó completamente a Anastasia y se quedó arrobado sólo mirándola por un largo rato recostada en el canapé, para luego deslizar su dedo, uno solo, mojado en el coñac, por todo su cuerpo hasta producirle un escalofrío intolerable y gozoso.

Ella lo dejaba hacer, podría decirse que lo disfrutaba. Le halagaba la atención y, sobre todo, el gusto que el rico negociante tenía por ella. La trataba con ternura, abriéndole los ojos a los placeres de la carne.

Don Marcelino compró los bienes de la familia de Anastasia, y a cambio de la finca, de la casa y de lo que quedaba de la tienda, la muchacha y su madre pudieron cancelar por fin la deuda adquirida, además de que don Marcelino les proporcionó una casa de considerables proporciones en Xalapa, en la céntrica calle de Zamora, una de las principales. También cumplió la promesa del fideicomiso con los remanentes de la transacción, según el cual, recibirían una cantidad mensual suficiente para vivir cómodamente.

De vez en cuando, don Marcelino le pedía a Anastasia que lo visitara en el despacho, cautivado por el cuerpo joven y lúbrico de la muchacha y, sin que nadie sospechara, le pedía desnudarse y cumplirle algún capricho, a cambio del cual recibía una joya, un perfume importado o unos guantes de seda.

En una ocasión la llevó en su brillante automóvil a hacer un recorrido por una finca por el rumbo de Zoncuantla, y ahí, entre las matas de café cargadas de frutos, la cubrió de besos y la poseyó con un vigor poco común a sus casi sesenta años, sobre un lecho preparado con las ramas verde oscuro de las matas del café y los frutos color coral que se deshacían bajo su peso.

—Esa finca es tuya —le dijo de regreso a la ciudad, y le extendió el título de propiedad.

Dos años pasaron sin mayores contratiempos, hasta que la madre de Anastasia murió, dejando a la muchacha completamente sola. Los parientes españoles de don Teodoro se habían hecho ojo de hormiga en cuanto él les había notificado de sus dificultades económicas, y los abuelos maternos habían muerto, siendo la madre de Anastasia su única hija. Ella tampoco había tenido más hermanos que un niño que había muerto a los dos años, víctima de la tos ferina, y había crecido sola, con pocos lazos familiares. En cuanto a los amigos encopetados de Coatepec, también se habían ido alejando a lo largo de los años, al no compartir ya los intereses ni las preocupaciones. Muchos habían emigrado, otros se avergonzaban de la familia caída en desgracia y no encontraban suficientes razones para ir a visitar a las dos mujeres hasta Xalapa, además, había ciertos rumores sobre la forma poco clara en que habían conseguido su nueva posición.

Sólo don Marcelino la acompañó en el sepelio, reiterándole que no le faltaría nada hasta que ella quisiera.

Ahora era él quien visitaba su casa a altas horas de la noche, llevándole siempre algún regalo. Aquella situación no duró mucho. Pronto, el mismo don Marcelino falleció y dejó a Anastasia con un incipiente embarazo.

Todos los negocios quedaron a cargo de su hijo mayor, que después de poner en orden los asuntos más ingentes, decidió anular todas las transacciones que se habían hecho con Anastasia y su madre. Más de alguna vez había visto a la mujer entrar al despacho de su padre y, espiando tras los visillos, había visto escenas que excitaron su mente juvenil al mismo tiempo que lo llenaron de rabia en contra de aquella visitante.

Mandó desalojar a la muchacha de su casa con una notificación que le concedía un plazo irrevocable de quince días, así como la terminación del fideicomiso del que había disfrutado.

La actitud del heredero fue grosera cuando Anastasia reclamó una explicación.

—No existe ningún documento que la acredite como legítima dueña de las propiedades que reclama, señora. Mi padre fue sumamente generoso con ustedes al permitirles ocupar la casa de la calle Zamora y darles una mesada —le dijo cortante—. Las razones que mantenían sus privilegios se han extinguido ya. Y yo, por fortuna, no soy mi padre, ¿comprende usted? No espere nada de esta familia de ahora en adelante.

—Usted es el que no entiende —respondió Anastasia, con rabia—. Su padre dejó en la ruina a mi familia con hipotecas de intereses excesivos y se fue apropiando de nuestro patrimonio. La casa era nuestra, la finca y el fideicomiso, todo eso es el producto del trabajo de mi familia.

—No le permito insultar la memoria de mi padre. Ni le permitiré que nos chantajee bajo ninguna circunstancia. No vuelva por aquí o haré que la echen —la miró de arriba abajo con desprecio, haciéndole notar su embarazo—. Ésta es una casa decente.

Anastasia salió azotando la puerta. ¿Una casa decente? Perfectamente sabía que la fortuna de aquella familia se había hecho a costa de la ruina de muchos otros que, como ella y su familia, habían tenido que recurrir a préstamos con intereses leoninos y ventas obligadas en condiciones desventajosas. Sabía también que la explotación que hacían de sus trabajadores era casi inhumana y que habían recurrido a guardias blancas para deshacerse de los agraristas que habían luchado por que se repartieran sus inmensas extensiones de terreno.

En cuanto llegó a su casa, inició la búsqueda de las escrituras, los títulos de propiedad, los convenios para el fideicomiso, todo lo que había firmado su madre y ella misma en las oficinas del notario de don Marcelino, y cuando lo tuvo completo, acudió de inmediato a las oficinas donde varias veces había estado para certificar las transacciones. Pero el viejo notario había muerto y su hijo, un joven de ademanes correctos, pero secos, al enterarse del asunto, accedió a recibirla brevemente.

—Lamento su predicamento, señora. Sin embargo, no hay en los libros de mi padre ninguna prueba, ningún testimonio de las transacciones que usted señala.

—¿Y éstas? —preguntó Anastasia furiosa, extendiéndole el cartapacio con los papeles.

—Sí, se parece a la firma de mi padre, cualquiera diría que es auténtica...

—¿Está usted insinuando que son falsas? —la mujer se puso de pie, todavía más llena de rabia.

El joven notario se puso de pie también.

—Lo lamento, señora. No puedo ayudarla más. Ahora, si me permite, tengo otros clientes que atender.

Se sintió injuriada, pensó que iba a desmayarse, como si la realidad le estuviera jugando una mala pasada.

Todavía le quedaba un lugar más a dónde acudir. Pero cuando buscó en las oficinas del registro público de la propiedad (lugar que tanto su padre como el propio don Marcelino mencionaron varias veces), estupefacta comprobó que no había ningún documento que avalara los que tenía en sus manos. ¿Le habría entregado títulos falsos don Marcelino? ¡La había engañado!

Los primeros meses sobrevivió en una casita rentada, vendiendo las joyas de su madre y las suyas propias, así como todos los regalos que había recibido de don Marcelino y hasta los antiguos muebles, recuerdo de sus padres e incluso de sus abuelos. Luego comenzó a buscar trabajo. Nadie quiso contratarla en su estado: embarazada y sin marido. Las oficinas y las casas comerciales exigían una carta de recomendación, moral impecable, gente decente. ¿A dónde ir?

Un día pasó por el galerón de las escogedoras y se quedó mirando a las mujeres por la ventana. ¿Qué tan difícil podía ser? ¿Por qué no? El administrador la contrató sin dificultad, ese mismo día. Ahí encontró, además de la manera de sostenerse ella y a su hijo, a un grupo de mujeres que la apoyaron cuando más falta le hizo. Una de ellas pasó a su lado la cuarentena y todas le llevaron caldo de pollo y atole para que se repusiera pronto, así como ropita, pañales y hasta algún juguete para la criatura.

Si al principio le avergonzaba que la vieran con ellas por la calle, si al principio no hubiera querido que nadie la reconociera en el bullicioso grupo, después de conocer la solidaridad y el apoyo de aquellas mujeres humildes de hosco semblante, que no se dejaban de nadie, se sintió orgullosa de ser una de ellas.

Hasta la guardiana de todas se suavizó al conocer la situación de Anastasia y, contrariamente a todas las normas de la escogida, permitió a la joven madre llevar al recién nacido con ella. En las doce horas de jornada obligatoria, la criatura era amamantada por su madre en los descansos e incluso mientras seguía escogiendo los granos; después, el niño iba a ocupar un acogedor tenate forrado con paños en un rincón. Si lloraba, no sólo su madre acudía a atenderlo, sino cualquiera de las mujeres, una acá, otra allá, interrumpía su labor por un momento, para mecerlo y cambiarle los pañales.

—¿No te entra harta muina de que ellos tengan todo y tú nada? —le preguntó un día Soledad, la compañera que tenía en la mesa de enfrente.

La pregunta la tomó por sorpresa, tanta, que interrumpió por un momento su labor. Entre los montoncitos de granos verdes que las separaban, Anastasia estudió el semblante de su interlocutora: era una indígena callada y servicial, con una sonrisa suave y la mirada dulce.

—Pues sí, claro, ¡claro que me da rabia que ellos estén gozando el capital que con mucho trabajo forjaron mi abuelo y mi padre! ¿Pero qué me gano con eso?

—De la muina sale más muina —terció la compañera de al lado—. Y la única enmuinada es una.

—¿Y si pudieras vengarte? —insistió Soledad. Sus ojos dulces adquirieron una luz extraña, en el fondo surgió una llamita venenosa.

—¿Para qué? ¿Qué caso tiene? —Anastasia comenzó a trabajar con mayor velocidad, apartando los granos para acá y para allá, reconcentrada.

—Vengarte y que te regresen tus cosas —completó la mujer.

Anastasia se quedó en silencio un buen rato. En la mesa de trabajo no se oyó más que el siseo de los granos contra la madera. Por fin, cuando casi daban las seis, un momento antes de la campana de salida, respondió:

—Claro que me gustaría. Pero eso ya no es posible, así que ¿para qué perder el tiempo con eso?

Al oír la campana, las escogedoras suspiraron con alivio, a un tiempo procedieron a pesar y contar los productos del día, y luego se quitaron los mandiles para iniciar el acicalamiento imprescindible que antecedía su vuelta a casa.

Anastasia estaba recogiendo las cosas del niño cuando Soledad se le acercó.

—Lo que te dije se puede hacer.

De nuevo la tomó por sorpresa la declaración de su compañera.

—¿De qué me hablas? ¿Cómo?

—En mi pueblo hay una mujer que puede hacerlo. Si quieres, te llevo.

Anastasia hizo un gesto de espanto, como tratando de alejarla, de alejar el mismísimo pensamiento.

—¡Qué va! ¡Qué va a ser!

—Piénsalo, y si te decides, te puedo acompañar.

Como un mosquito que no deja de revolotear y termina por volver loca a su víctima, así la idea de vengarse se fue insertando casi sin querer en la mente de la mujer. Hizo un recuento de sus pérdidas: la hermosa casa en los altos de la tienda en Coatepec, la enorme finca, los miles de quintales de café de primera calidad que se habían tenido que vender al agiotista a un precio ridículo..., y luego recordó la humillación: la cara del hijo de don Marcelino cuando fue a reclamar lo que era suyo; las lágrimas de su madre aquella tarde en que suplicó ayuda al negociante impávido; la muerte de su padre, debida más a la pena que a la edad o la enfermedad, y su propia humillación, a fin de recibir nada más y nada menos que lo que era suyo.

El valor de las propiedades, ella lo sabía, era muchas veces mayor a la deuda y a lo que habían recibido a cambio; como también sabía que nada le habría costado a don Marcelino asegurar el futuro de su amante y de su vástago de manera legal y definitiva. Simplemente no le había interesado hacerlo, no habría tenido tiempo, no le pareció importante... ¡No sólo no había querido, sino que la había engañado de la peor manera!

Pasaron los meses y aunque Anastasia seguía dando vueltas a la posibilidad de hacerle caso a su amiga, no se decidía a hacerlo. Fue hasta que llegó enero, de ese año particularmente frío y húmedo. Teodoro, el niño que había sido nombrado como el padre de Anastasia, enfermó gravemente del pecho. De nada sirvieron los buenos consejos de las escogedoras: los emplastos de glicerina con eucalipto, los tés de buganvilla y gordolobo, las frotaciones de alcohol... Hubo que llamar al médico y Anastasia no pudo regresar a trabajar. Entre todas reunieron para pagar al doctor, que aconsejó llevar a la criatura directamente al hospital (impagable, impensable), y en las horas en que hicieron cálculos de cómo financiar aquel movimiento, el niño murió.

Anastasia estaba como perdida en una bruma espesa. No podía creerlo. Pasaban las horas y lo único que podía hacer era mantener a la criatura en sus brazos, meciéndola y cantando canciones de cuna. Pero luego llegó la desesperación, cuando sus amigas quisieron arrancarle a la criatura para ponerle el ropón y meterlo a la cajita que con dificultad habían conseguido. No lograban arrancárselo de los brazos y sus gritos lastimeros conmovieron a todos los vecinos que llegaron a acompañarla en el dolor.

Las escogedoras armaron el velorio y poco a poco fueron llegando los vecinos y las compañeras con velas, tamales, café, azúcar y flores blancas. Anastasia no dejaba de llorar: no podía comprender por qué la vida le quitaba todo. Se tiró en el piso arrancándose la ropa y gritando contra dios y contra el cielo:

—¡Toma! ¡Llévate esto! Quieres todo de mí, ¡llévame a mí también!

En un carro de caballos llevaron la cajita hasta los límites de la ciudad, en donde estaba el panteón de Palo Verde. Anastasia y sus amigas las escogedoras caminaban en silencio atrás, en medio de una espesa neblina que apenas permitía distinguir las figuras fantasmagóricas, que terminaban de deformarse en el chipi-chipi característico del invierno xalapeño. Allí, al pie de la tumba, empapada y furiosa, entre las flores y las velas, juró su venganza.

El primer día de su regreso a la escogida, durante el descanso, se acercó a Soledad y le dijo con una voz dura, con los ojos perdidos en un objeto que parecía estar fuera del alcance de las otras:

—Ahora sí quiero que me lleves con la mujer que dices.

—El domingo vengo por ti y te llevo. Tiene que ser muy de mañana para que nos alcance el día.

Y Soledad cumplió. A las seis de la mañana de aquel domingo que prometía ser luminoso, se encaminaron las dos mujeres a la parada de El Piojito, el tren de vapor que transportaba a los trabajadores de las fincas y la gente de escasos recursos entre la capital del estado, Coatepec, Xico y Teocelo, en medio de exuberantes y verdísimos paisajes por un precio muy inferior al de los otros transportes.

Así, en silencio, fueron atravesando los bosques de liquidámbar, los platanares, los potreros para ganado, los vastos cañaverales y las fincas de café bajo las faldas del imponente Pico de Orizaba, por completo nevado en aquella época del año, hasta llegar a Xico.

Enclavado entre el Cofre de Perote y el cerro del Acamalín, el viejo pueblo de Xicochimalco era apenas un nido de casas con techos de tejamanil y numerosas capillas alrededor de la parroquia dedicada a la virgen del Carmen, pero conservaba su fama, desde tiempos antiguos, de haber alojado a la comitiva de Cortés en su paso hacia la gran Tenochtitlan.

Soledad y Anastasia caminaron por las calles empinadas del pueblo con rumbo a la hacienda de San Bartolo y la cascada de Texolo. Eran casi las dos de la tarde cuando por fin llegaron tiritando a una choza oculta entre la maleza. Los floripondios y plátanos cubrían la mayor parte del jacal de madera y sólo por el humo del fogón pudieron dar con él desde la vereda. Ahí estaba Lorenza, una india de más de cuarenta años, con la tez morena y reluciente, y la cabellera anudada en largas trenzas recogidas sobre la cabeza.

Las invitó a sentarse, sin más ceremonias, y les ofreció café de olla para el frío. Nada parecía tener un halo mágico en aquella humilde vivienda: había muy pocos muebles, una mesa de cocina, varias sillas tembleques y una cama en el rincón; la estufa de leña en el otro extremo tenía encima la olla de barro del café. Algunas estampas de santos adornaban la pared y una tablita en lo alto de la habitación hacía de altar, con una veladora y una imagen de la virgen de Guadalupe. Una puerta trasera daba a un patio donde algunas gallinas picoteaban la tierra entre las flores. Más allá: el verde exuberante de la finca, las arañas de todos colores tejiendo sus telas entre las matas de café, y las orquídeas y bromelias haciendo nido en las ramas de los jinicuiles.

—Yo te puedo hacer el trabajo —le dijo con una voz neutra, una vez que entre las dos le contaron la historia de Anastasia—. Te lo puedo hacer yo sola, pero tendrá más fuerza si tú lo haces conmigo.

—¿Yo? —preguntó Anastasia incrédula—. Pero de eso yo no sé nada.

—Cuenta la intención, el deseo, no la sabiduría; ésa la tengo yo.

Anastasia denegó con la cabeza, dudosa.

—Al recoger las plantas, al hacer las velas, al revolver los ingredientes, no es lo mismo que lo haga yo por ti a que lo hagas tú, con todo tu pensamiento, con todo tu corazón. La pasión que tú tienes yo no puedo sustituirla con mi sabiduría. Eso sí, te garantizo que esto sirve. Por ésta —se besó los dedos en cruz— te juro que esa gente se pierde y te juro también que te devolverán lo que es tuyo.

—Y ¿qué tendré que hacer?

—Ir conmigo al cerro el primer viernes de marzo a recoger las yerbas y a pedir permiso.

—¿A quién?

—A quien nos lo tiene que dar —respondió Lorenza cortante—. ¡Qué diantre de muchacha, primero no quiere hacer nada y ahora quiere saberlo todo!

Una carcajada de la bruja rompió la tensión. Se levantó dando por terminada la entrevista.

—Ya lo sabes, si te animas, aquí te espero en dos semanas. Llega temprano el jueves, porque hay mucho que hacer antes de subir al cerro.

El regreso en el tren se les hizo cortito. Soledad le fue contando todo el camino la fama que tenía Lorenza en la región.

Ella era la guardiana de las tradiciones, decían, de la magia de los antiguos y de la lengua. Era la única que quedaba de su estirpe y podía convertirse en animal cada vez que quería. Curaba los huesos rotos y sanaba de las mordeduras de serpiente, además, sabía cómo convocar a las tempestades.

Anastasia se pasó las dos semanas dudando; sentía culpa por querer venganza, porque no tenía mal corazón, pero la tristeza, la profunda amargura que sentía en el alma por la muerte de su hijo, tan absurda, tan innecesaria, redoblaban su intención de emprender aquella aventura. Como tampoco era ignorante y mal que bien había ido a la doctrina y a misa durante la mayor parte de su vida, le habían inculcado incredulidad y desprecio por aquellas prácticas mágicas del pueblo. ¿Cómo que Lorenza se convertía en animal? ¿Cómo iba a ser capaz de provocar algún mal a aquella familia que le había hecho daño y mucho menos hacer que le devolvieran sus propiedades? Como tampoco tenía nada que perder, más que un par de días de su vida, finalmente se fue con rumbo a Xico el jueves 28 de febrero muy temprano.

—Sabía que ibas a venir —le dijo Lorenza sin un ápice de sorpresa cuando la vio aparecer en medio de la finca—. Ven, ayúdame con esto.

Era un garrafón de aguardiente que Lorenza quería trasladar de un cobertizo detrás del jacal hasta el centro mismo de la vivienda.

—¿Hace cuánto que no estás con un hombre?

La ruda pregunta dejó a Anastasia pasmada.

—¿Qué...? Más de un año... ¿Por qué?

—Perfecto —respondió cortante—. Para estos trabajos, uno tiene que estar en abstinencia.

En la mesa de la cocina, Lorenza había estado machacando yerbas y raíces en el molcajete, y cuando volvieron a entrar a la casa, vació la mezcla en un vaso de peltre y echó aguardiente encima.

—Tómatelo —ordenó, después de darle un par de tragos ella misma.

—¿Qué es esto? —Anastasia examinó la mezcolanza, desconfiada.

—Esto, criatura, es la mezcla de catorce raíces para que no nos muerdan las culebras en el camino al cerro. Ahora agarra eso de ahí y vámonos.

Le señaló varias bolsas de ixtle y dos guajes llenos de agua.

Así se fueron caminando entre las fincas, hasta llegar a la cascada de Texolo, altísima e imponente a pesar de ser tiempo de secas; ahí, después de descansar un momento y recolectar algunas yerbas —hojas de durazno y de naranjo, mastuerzo, olivo, sauco y jóvenes sábilas— siguieron caminando río arriba hasta llegar, después del medio día, a un paraje casi idílico donde una cascada menos alta que la anterior se derramaba sobre una poza en medio del bosque de niebla. Ahí se sentaron un rato, por órdenes de Lorenza.

—¿Por qué crees que te traje conmigo? —le preguntó mientras se secaba el sudor con un paliacate.

—Usted dijo que era necesario, que mi pasión...

—Yo sé lo que te dije —interrumpió con su sequedad acostumbrada—. Se ve que ni te lo figuras... Hay otras razones. El destino no se escoge y tú no has escogido el tuyo. Todos los actos de tu vida te trajeron hasta el día de hoy. Y estás aquí porque hay una razón, aunque ni tú ni yo la entendamos. Fuerzas más grandes que las tuyas y las mías te tienen hoy aquí conmigo. Y esto que vamos a empezar juntas tú y yo no es una venganza nada más. Esa gente rompió el equilibrio, perturbó el orden sagrado; y aunque muchos otros lo han hecho también, antes y después, hay fuerzas que quieren que este orden sea restablecido y que a ti en particular se te restituya. Nosotros somos sólo instrumentos. Por eso acepté ayudarte.

Anastasia guardó silencio un rato. El viento frío silbaba sobre el bosque de hayas, liquidámbares y pinos de toda especie; el ruido del agua cayendo por la cascada sólo se veía perturbado por el susurro de las hojas secas sobre la yerba. Lorenza continuó:

—Lo que estás a punto de vivir sólo les es permitido a unas cuantas personas, y el día que viniste a buscarme por primera vez, me fue revelado que tú eres una de ellas. Debo llevarte conmigo y enseñarte el camino. Es tu destino. No me preguntes por qué, yo no sé más que lo que te estoy diciendo. Te pido que sigas detrás de mí y que me obedezcas al pie de la letra, porque si no lo haces, las dos moriremos.

Anastasia no podía ni siquiera responder con coherencia. Se mantuvo en silencio y echó a andar detrás de Lorenza, que siguió por un sendero estrecho y resbaloso que bordeaba la poza hasta llegar al punto más cercano a la cascada.

Ahí fue cuando Anastasia vio el puñal por primera vez: tenía la hoja torcida y en el mango se alcanzaba a distinguir una figura fantástica: dos serpientes enlazadas rodeaban a un cuerpo de león que iba a terminar en una cabeza de águila. Lorenza lo levantó con las dos manos, con la punta hacia el cielo, y pronunció unas cuantas palabras en náhuatl antes de hundir el puñal hasta el mango en el agua.

El líquido transparente de la poza, en la que se adivinaban remolinos en una profundidad de más de tres o cuatro metros, de pronto se quedó inmóvil, y para gran sorpresa de Anastasia, Lorenza se metió al agua y caminó directamente hacia la cascada, sin que se mojara más allá de los tobillos; ella la siguió. Anastasia cerró los ojos, esperando el contacto helado del agua, pero cuando volvió a abrirlos, estaba junto a Lorenza, del otro lado de la cascada, y las dos, completamente secas, en un paraje muy similar al de donde venían.

—Si alguien te llama —le dijo Lorenza en un susurro—, no hagas caso y, sobre todo, no mires fijamente a nadie, pasa mirando al suelo o estarás perdida.

—¿Dónde estamos? —se atrevió a preguntar Anastasia.

—En la casa del señor Jaguar. En el inframundo, que le dicen. Y vamos en busca del Encanto para pedir permiso.

La hechicera iba recogiendo yerbas de uno y otro lado del camino. Eran raíces extrañas de colores que Anastasia nunca había visto, y flores como de otro mundo, de pétalos morados y grandes pistilos que parecían buscar una víctima para enterrarse en su corazón.

—Éste es el yoloxóchitl, la pasionaria. Y aquél es el junquillo, que es macho y hembra.

En el bosque se iba extendiendo una espesa neblina que hacía imposible la visibilidad por momentos.

—Dame la mano —pidió Lorenza—. No te me vayas a soltar porque nunca lograré encontrarte.

Más allá comenzaron a escuchar susurros detrás de los helechos enormes, de los plátanos, de los tamarindos.

—No oigas lo que te digan —de nuevo recomendó la bruja—. Son los chaneques, los viejos pedazos de tierra. Si te llevan, no volverás.

Cuando llegaron hasta una enorme higuera, Lorenza gritó al interior de un gran agujero hecho en el tronco. Un bufido de toro se oyó por toda la selva.

—Déjame hablar a mí —ordenó a la aterrorizada Anastasia—. Ni una palabra, ni un chillido siquiera.

Cuando el bufido del toro se oyó más cerca y casi pudieron sentir el hálito caliente de la bestia en el agujero, Lorenza gritó con autoridad:

—Hazte a un lado, vamos a entrar.

Lorenza entró primero y Anastasia la siguió. Caminaron luego por una especie de gruta donde goteaba el agua y caía en los charcos de color esmeralda. De uno de ellos salió una enorme coralillo que brincó sobre las visitantes.

—¡Apártate! —le gritó Lorenza a la serpiente, sin ningún temor—. Vamos a entrar.

El reptil volvió al charco y desapareció enseguida.

Llegaron por fin a un paraje soleado donde revoloteaban las mariposas azules. Era una montaña rodeada de volcanes. Como era un día muy claro, se alcanzaba a ver el mar, y justo debajo de ellas estaba una laguna circular rodeada de profusa vegetación. Sus aguas eran de un profundo azul cobalto con reflejos verdes en donde se miraba un cielo sin nubes.

—Aquí vive El Encanto.

Anastasia no quiso preguntar nada, se mantuvo detrás de Lorenza, admirando aquel paisaje que tenía algo de irreal, de mágico.

Bajaron la pendiente del cerro por las sendas cubiertas de helechos y flores hasta llegar al borde de la laguna. A pesar de las horas de marcha que habían transcurrido, parecía ser, todavía, poco después del medio día, como si el tiempo se hubiera detenido.

—Hasta aquí llegas tú —le informó la hechicera cuando llegaron a la orilla de la laguna, donde una lancha con sus remos parecía esperar—. El Encanto no se develará ante ti. Espérame aquí y recuerda: no hables con nadie, no veas a nadie a los ojos, por más que te llamen, no hagas caso.

La mujer vio alejarse a la bruja remando sobre el bote, sentada sobre una piedra bajo los nísperos y palo mulatos. En cuanto el rítmico sonido de los remos se fue alejando, los susurros fueron creciendo detrás de los troncos. Luego fueron voces pidiendo agua, incluso llamándola por su nombre, cada vez más cerca. Pero ella obedeció las instrucciones y cerró los ojos, para no sentirse tentada a volver la cabeza.

Así la encontró Lorenza, con la cabeza entre las rodillas, en lo que a Anastasia le pareció ser una eternidad después.

—El Encanto dio permiso. Ya podemos regresar.

No regresaron por el mismo camino, sino por el que la bruja llamó "un atajo": rodearon el cerro cercano a la laguna, caminando siempre por en medio de una tupida selva de árboles altísimos cuyos troncos estaban cubiertos por helechos, enredaderas y orquídeas, hasta llegar a otra cascada en donde el agua sobre las piedras se confundía con los helechos adheridos a ellas; el agua se descomponía en cientos de gotas que se disparaban en todas direcciones, formando en la base pequeños arcoíris.

Como la vez anterior, Lorenza caminó resuelta, con Anastasia a corta distancia detrás de ella, hacia el chorro del agua, y, como antes, tampoco se mojaron en lo más mínimo. Al llegar al otro lado, estaban de nuevo en el paraje boscoso donde habían emprendido el mágico recorrido, cerca de Texolo; era media noche y la luna llena se mantenía oculta detrás de espesas nubes grises, lo que le daba un color oscuro y ominoso. Los grillos y las chicharras llenaban el aire con sus cantos de apareamiento; uno que otro búho lanzaba su graznido desde las ramas superiores de las hayas.

En la oscuridad total, Lorenza ordenó a Anastasia que la siguiera hasta un pequeño claro junto al río. Ahí, con el puñal dibujó un círculo en la tierra, cuidando que ambas quedaran dentro. De las bolsas de ixtle, sacó cinco antorchas hechas de yerbas y untadas de sebo amarillo, y las encendió. Mientras las clavaba en los cuatro puntos cardinales del círculo, iba consagrando las antorchas a los elementos con oraciones repetidas en un susurro. Cuando terminó de clavar la quinta en el centro del círculo, pidió a Anastasia la bolsa de ixtle, de donde sacó algunos muñecos: eran toscas figuras de cera y yerbas, enredadas en un trapo; los ojos eran frijoles y la boca, una línea hecha de hilo.

—Éstos son los hombres que te hicieron daño. Y sus hijos. Y los hijos de sus hijos.

Luego sacó algunos huesos. Eran huesos largos, como tibias de algún animal, todavía no estaban totalmente descarnados y algunos filamentos de músculo colgaban de ellos. Finalmente extrajo montoncitos de tierra, de sal gruesa y de maíz agusanado.

—Ahora sí, tienes que repetir conmigo, con toda tu intención, con toda tu voluntad, con todo tu ser puesto en cada palabra:

Ánima, ánima, ánima,
Amiga mía, la más sola
Atormentada
Aquella que más penas tiene
En penas del purgatorio

Yo Anastasia, Yo Lorenza
Te conjuramos
Con el ara, con el alba,
Con la hostia consagrada,
Con la misa,
Con el sacerdote que la beneficia
Y con el libro del misal
Y con el presente que se pone en el altar
Y con la noche de Navidad
Con el río Jordán
Con la capa de Abraham
Con las tribus de Israel
Con la caja santa de Jerusalén
Te conjuramos y te apremiamos
Ánima, ánima, ánima,
Te pedimos, te mandamos
Que nos alcances lo que te pedimos:
Que esta gente no vuelva a tener paz
Que su cama sea de espinas y abrojos
Que las sábanas sean de sesenta y seis mil
Legiones de demonios para que no puedan estar
Ni reposar.
Yo te conjuro con Barrábas, con Satanás
Con cuantos diablos del infierno son
Que las cosechas de esa gente se les pierdan
Que el dinero de esa gente se convierta en tierra
Como tierra de cementerio es ésta
Que no les rinda, ni a sus hijos
Ni a los hijos de sus hijos
Hasta que se repare el daño
Y el señor sea servido.

Las mujeres terminaron agotadas después de gritar a voz en cuello en medio del bosque, con las manos en alto. En el momento en que concluyeron su plegaria, salió una enorme luna rojiza en todo su esplendor, pintando de rojo-amarillento los enormes helechos y las hojas de los árboles. Lorenza envolvió los muñecos con los huesos y los montones de tierra, sal y maíz de nuevo en la tela y luego en la bolsa de ixtle.

—Vámonos. Yo me encargo de lo demás.

Casi amanecía cuando llegaron a la choza de Lorenza. Anastasia se tiró en un catre a dormir, agotada, mientras que la bruja siguió hasta bien entrada la mañana moliendo y macerando las plantas recién recolectadas, para los trabajos del resto del año.

Cuando Anastasia despertó, el sol estaba bien alto en el cielo. Un vaso de peltre con atole la esperaba en un buró desvencijado. Por breves momentos pensó que todo habría sido un sueño y se levantó todavía adormilada en busca de Lorenza. La bruja estaba terminando con sus labores de almacenamiento de pócimas y ungüentos en el cobertizo del patio. Esperó a que Anastasia se lavara y luego la condujo hasta la puerta.

—De aquí en adelante yo me ocupo de lo que falta. Vete tranquila y no hables de esto con nadie.

—¿Y su pago, Lorenza? ¿Cómo le voy a pagar?

—Cuando recuperes tus cosas yo te iré a buscar. Pero eso sí, me has de conceder lo que te pida, porque si te niegas, habré de encontrarte donde te escondas.

Anastasia se echó a caminar rumbo al pueblo, mirando un par de veces hacia la choza perdida en la finca.

Ahí estaba Lorenza, echando unos polvos tras sus huellas. Esa fue la última vez que la vio.

Las noticias corrieron rápido por la pequeña ciudad de Xalapa e iban llegando, una a una, a las escogedoras de café.

A las piñas de la hacienda El Deseo, propiedad de los Pérez Somellera, les había caído una enfermedad: las hojas blancas, los frutos agusanados, pronto fueron rechazadas por todos los compradores.

A las inmensas fincas de los ranchos Danubio, Monarca y El Juguete, propiedad de los Pérez Somellera, les cayó la terrible broca del café, y se perdió toda la cosecha.

El ganado de la hacienda Las Lágrimas, propiedad de la rica familia, se fue muriendo envenenado, cabeza por cabeza, sin que por varios meses se pudiera establecer una causa factible, hasta que encontraron en los potreros una nauyaca, tan grande, como nunca nadie había visto en la región. Cuando quisieron matar a la serpiente, desapareció en un agujero como por arte de magia.

Los naranjos de la plantación Aragonesa, también de los Pérez Somellera, se contagiaron de la enfermedad de la tristeza, y los vastísimos cañaverales del rancho Santa Paula se incendiaron sin que nadie pudiera apagar el fuego hasta quedar reducidos a cenizas.

En cada una de las casas que eran propiedad de la familia, tanto en Xalapa como en Coatepec, fueron apareciendo animales extraños que escarbaban en los patios interiores: uno dijo que había visto a un gato arañando el piso, otro dijo que un mapache, otro que un tejón, otro llegó a ver un enorme cuervo o un sapo verdoso oscuro.

Muchos años más tarde se encontraron pequeños bultos enterrados en aquellos lugares, con un muñeco de cera mezclado con la tierra, la sal, los huesos y las semillas agusanadas.

Pero eso no fue todo: pronto, el hijo primogénito de don Marcelino se mató en un accidente, y uno de sus hermanos dilapidó su parte de la herencia jugando a las cartas hasta que, presa de la desesperación, se ahorcó. El primer nieto de don Marcelino murió también en circunstancias trágicas: ahogado en el estanque de su casa en las afueras de Xalapa.

Toda la ciudad se iba enterando de las desgracias de los Pérez Somellera sin dar crédito; no había reunión de postín donde no se comentaran las tragedias, ni lavadero donde no se hicieran conjeturas de toda índole.

La viuda de don Marcelino, lideresa de la familia, ya desesperada ante tanta desgracia junta, mandó traer desde la Ciudad de México a una adivina recomendada por sus amistades para que le leyera la suerte y le dijera qué había en el fondo de la tragedia.

—Hay alguien que le echó una poderosa maldición. En el principio hay un daño, una injusticia que quiso vengarse con esto.

—¡Señora de mi vida! —respondió doña Paulina, escéptica—. Mi familia es dueña de un emporio; tenemos tierras, casas y una fortuna reconocida en todo México. ¿Cree usted que todas nuestras transacciones fueron justas? Sin embargo, le aseguro que mi marido fue todo un hombre: hizo lo que había que hacer y no se dejó de nadie. ¡Cuánta gente resentida nos envidia y querría vernos hundidos en el polvo! ¿Se imagina?

—No pretendo juzgar a su familia, señora. Pero le advierto: esto no parará hasta que la injusticia sea remediada.

—¡A saber cuál! ¿Cómo?

—Veo papeles, papeles ocultos en una caja de terciopelo verde. Ahí está la clave de todo. Le aseguro que una vez resarcido el daño, cesarán los males.

El escepticismo de doña Paulina era mayúsculo, pero le habían recomendado a la pitonisa diciéndole que sus augurios eran infalibles, por lo que ordenó a su hijo menor que buscara por todas partes una caja de terciopelo verde, por si acaso.

Anastasia seguía trabajando en la escogida, aunque ya había subido de categoría: a lideresa de sus compañeras, para exigir condiciones de trabajo justas y mayor salario.

Un día de septiembre, en medio de un aguacero veraniego, el hijo menor de don Marcelino llegó hasta el bullicioso galerón a buscarla. Pidió hablar con ella en un rincón del patio y, después de quitarse el sombrero empapado y secarse con un pañuelo, le dijo:

—Señora, yo soy ahora el encargado de los negocios de la familia y debo informarle que, debido a un inexplicable error, un legajo de documentos que la acreditan como dueña de diversas propiedades se encontraba traspapelado. Confío, señora, que haya sido un descuido lamentabilísimo y no un acto guiado por el dolo.

El joven carraspeó incómodo, esperando alguna palabra por parte de Anastasia, quien permaneció en silencio.

—En suma, vengo a pedirle que vaya usted al despacho de la familia a firmar los documentos de rigor. El notario tendrá todo listo y estará ahí para dar fe de la transacción. Naturalmente no traigo conmigo los títulos de propiedad, pero puedo informarle grosso modo su contenido.

—Haga usted el favor —dijo por fin la mujer.

—Se trata de la casa situada en la calle de Zamora de esta capital, la cual tengo entendido que habitó usted durante algunos años; así como diez hectáreas destinadas a fincas de café en el poblado de Zoncuantla y un fideicomiso por la cantidad de diez mil pesos.

Anastasia se tuvo que sentar para no caerse.

No había caso en preguntar por qué, ni por qué hasta entonces. Sólo asintió con la cabeza cuando el joven le preguntó, desde el otro lado de un abismo nebuloso, si se encontraba bien.

—Estoy bien, señor Pérez Somellera. Iré lo antes posible a su despacho. Es usted muy gentil.

El muchacho era, en efecto, amable. Tenía una mirada dulce que a Anastasia le pareció distinta a la del resto de su familia. Deseó sinceramente que la maldición no fuera a alcanzarlo, que de una vez por todas aquel conjuro perdiera su eficacia. Cuando el joven heredero se fue, el sol había vuelto a brillar, dándole a la tarde xalapeña nuevos matices de color. Anastasia pensó que era una buena señal.

No volvió a su lugar en la mesa de escogida. Se quedó sentada en el banco del patio, escuchando los murmullos de sus compañeras mezclados con el arrastre de los granos verdes de café. Eran sonidos familiares, tan parte de ella misma ya, que parecía imposible que hubiera llegado el último día en que los escucharía.

Se quitó el mandil muy despacio y se arregló el peinado, aun sabiendo que la campana que anunciaba el final de la jornada no había sonado todavía. ¡Qué extraña sensación de libertad no tener que esperar la señal cotidiana para salir de la galera!

Su vida cambió a partir de aquel momento, aunque nunca se olvidó de sus compañeras de escogida y las ayudó en cuanto pudo: destinó íntegra la renta de la casa en la calle de Zamora a sus amigas, quienes la repartieron entre las que tenían más necesidad; y no había urgencia que se presentase que ella no insistiera en solventar. Por otro lado, se mandó hacer una casa en medio del cafetal de Zoncuantla para vigilar de cerca los trabajos de su finca. Tampoco se olvidó de Lorenza, pero cuando fue a buscarla a Xico, por el rumbo de la cascada, nadie le pudo dar razón: en medio de la finca ya no encontró el jacal rodeado de floripondios y plátanos, era como si nunca hubiera estado ahí.

Pasaron algunos años y Anastasia, ya frisando los sesenta, se había olvidado totalmente de la bruja y de su poderoso hechizo, ocupada como estaba en el cuidado y beneficio del café. Vivía rodeada por sus fincas y por el bosque de niebla, regulada su vida por las estaciones y las festividades.

Un día, una muchacha humilde pidió verla, diciendo que le traía el recado de una amiga. Eran las últimas horas de la tarde y Anastasia estaba horneando un pan. La recibió en la espaciosa cocina, con las manos todavía llenas de harina; las mujeres se sentaron en una mesa de cedro que servía para preparar alimentos y para comer.

Cuando se quedaron solas, la muchacha sacó de una bolsa de ixtle un bultito y se lo extendió a Anastasia:

—Le manda Lorenza.

Hacía muchos años que Anastasia no escuchaba ese nombre. Se sintió estremecer, con todos los recuerdos volviendo en ráfagas como de temporal.

—¿Dónde está? —fue lo único que se le ocurrió preguntar.

—En el panteón de Xico —contestó la muchacha muy campante.

—¿Cuándo murió? ¡Yo la busqué y nunca pude encontrarla...!

—Así es Lorenza, nomás la encuentra uno cuando ella quiere.

Anastasia abrió el paquete, envuelto en papel de estraza. Era el puñal que Lorenza había utilizado el día del conjuro; también estaba un espejo de obsidiana enmarcado en plata, un manojo de velas de cera, collares de cuentas de ámbar, un pergamino con un doble círculo dibujado y un saquito rojo con varias semillas de maíz adentro.

—¿Y yo qué voy a hacer con esto? —preguntó confundida.

—Dice Lorenza que con eso se paga la deuda.

—Ahora sí que no entiendo nada. Yo soy quien le debe a ella, no al revés.

—Por eso. Dice que la deuda se la va a pagar usted ayudando a la gente con estas cosas. Dice que va a tener que aprender a utilizar el poder. Le toca guardar todo esto hasta que llegue el momento de pasárselo a otra gente. Si pone atención, usted va a saber cuándo y a quién. No puede dejarlo a la vista, ni permitir que caiga en malas manos. Todo eso me dijo Lorenza antes de irse.

—¡Pero yo qué voy a saber de todo esto! ¿Por qué a mí?

La muchacha se rio con ganas:

—¡Ah, qué doña! ¡Eso mismo me dijo Lorenza que iba a preguntar!

—¿Y?

—Y me dijo que iba a tener que buscar por su cuenta, que pronto aprendería a ver y a oír las señales —dijo poniéndose de pie—. Ah, y que se acordara de que nadie es dueño de su destino y, que igual que fue ella, usted sólo es un instrumento. Como quien dice, le toca.

La muchacha se alejó con prisas por el camino que llevaba a la carretera. Era esa hora de la tarde en que las figuras se van desdibujando en una película gris. Se oían sólo los pasos de la joven cada vez más lejos sobre las hojas secas de las hayas, y de pronto, Anastasia escuchó un murmullo, otro más lejos, una multitud de voces femeninas entre las matas relucientes la fue conduciendo más y más adentro de la finca.

Un vientecillo helado le anunció a Anastasia que se acercaba el tiempo de la cosecha y que, con las cerezas de café, cosecharía también los secretos que le habían sido confiados.

X
Dies irae

Xalapa. Época actual, septiembre

Lilia había leído la última libreta de su madre ya con otros ojos.

Anastasia había vivido en Zoncuantla. De haber sido real la historia, la casa de Selene estaría en los terrenos que le habían pertenecido a la antigua escogedora de café. ¿Quiénes eran sus herederos? ¿Habría gente en el pueblo que la hubiera conocido? Los objetos de los que se hablaba en cada una de las historias, y que parecían heredarse matrilinealmente, ¿estarían en alguna parte de La Pitaya?

Y todas esas historias, ¿tendrían alguna relación con las actividades de su madre? ¿Eran acaso claves para entender lo demás? Volvió sobre el diario de Selene, intentando vincularlo con las historias de las libretas. Estaba por cerrar el diario cuando unas hojas de papel biblia llamaron su atención, dobladas como estaban entre la última página que había quedado en blanco y la cubierta. En ella, con la caligrafía de su madre, estaba escrito el siguiente texto:

"Villanos:

Primera libreta. Tomo 1552. Expediente 23, foja 2, (3-5); foja 3, (1-2); foja 5, (12-6).
Segunda Libreta. Tomo 1683. Expediente 12, foja 1, (5-1); foja 17, (9-7); foja 21, (10-5). Expediente 14, foja 3, (7-2), foja 6 (2-4), foja 8, (1-8). Expediente 35, foja 4, (15-6); foja 2, (3-8); foja 7, (3-8).
Tercera libreta. Tomo 1780. Expediente 16, foja 4, (10-7); foja 10, (2-7); foja 1, (1-5). Expediente 9, foja 9, (11-9); foja 12, (3-8); foja 31, (6-5); foja 1, (3-4).
Cuarta libreta. Tomo 1839. Expediente 9, foja 5, (3-7); foja 5, (3-8); foja 1, (2-3); foja 9, (2-4).
Quinta libreta. Tomo 1934. Expediente 95, foja 7, (2-4); foja 2, (2-9); foja 1, (5-3)."

Y como una posdata, en la parte inferior de la hoja, una frase decía: "El primer indicio está en la casa de la condesa. «Relación de lo ocurrido en mayo de 1683»".

En otra hoja estaba dibujado un doble círculo. Dentro del primero había siete cruces con distintas formas, puntos y algunas letras; dentro del segundo estaban escritas palabras en mayúsculas y frases cortas en latín; finalmente, en el centro mismo, una construcción que semejaba una iglesia donde había cuatro cruces más, encerradas en un círculo pequeño.

No entendió nada. ¿Qué significaban esos números repetidos? Estuvo varias horas intentando descifrar aquel mensaje. Volvió a sacar todas las libretas de su lugar y revisó con cuidado las páginas, en busca de números o claves para comprender aquellas listas, aquel dibujo, pero fue inútil. ¿Qué significaban los números de expediente? ¿Y las letras? ¿Las cruces?

Después de darle muchas vueltas al asunto, comprendió que no podría llegar a ningún resultado ella sola. Se paseaba de un lado a otro de la sala, bajo la mirada atenta de Astarté, cuando de pronto tuvo una idea. Llamó a Marina y pidió verla al día siguiente, sin explicarle nada, pues recordó que probablemente la espiaban. La historiadora la citó al día siguiente en su cubículo de la universidad.

Para llegar al lugar de trabajo de Marina, había que subir hasta la cima de un cerro por un camino bordeado de lagos y jardines. La enorme biblioteca de aluminio y cristal se erguía imponente dominando la ciudad. Lilia se entretuvo un momento antes de entrar, para admirar desde aquella posición privilegiada el Pico de Orizaba, que se mostraba en toda su altura sólo en las primeras horas de la mañana, para desaparecer después entre la bruma.

Recorrió los pasillos llenos de libros detrás de una secretaria que la guió hasta el cubículo, cuyos ventanales también miraban a las montañas. Marina la recibió con un abrazo cálido.

—Me dijiste el otro día que habías ayudado a mi madre con su investigación, ¿no es verdad? ¿Le facilitaste documentos? ¿Expedientes numerados?

—Sí..., fotografías de expedientes de la Inquisición sobre las brujas de Veracruz que traje del Archivo General de la Nación. Tienen numeración, ¿por qué?

—¿Sabes si mi madre los tiene en la casa todavía? —Lilia preguntó sin responderle.

—No, me los regresó un día antes de... justo antes de que...

—¿Podría verlos? —de nuevo interrumpió a la académica, para ahorrarle el momento incómodo.

Pronto Marina tenía una caja lista con las copias de los documentos coloniales. Cuando Lilia le mostró las anotaciones de su madre, la historiadora se quedó reflexionando un rato y por fin dijo:

—Los números de tomo y expediente corresponden sin duda a algunos de los que están ahí; las fojas, como tú sabes, son las páginas manuscritas y los números entre paréntesis podrían corresponder, tal vez, al número de línea y número de palabra. Es un viejo método criptográfico, bastante común. Sería cuestión de intentarlo.

Se sintió idiota por no haber tenido ella misma aquella idea elemental. Sin embargo, no fue tan fácil como la historiadora lo planteaba. La revisión de los expedientes le tomó a Lilia todo el día. Se instaló en una de las mesas de la biblioteca, ayudándose, para la transcripción, de manuales de paleografía que encontró en el acervo, y varias veces acudió a consultar a Marina ante alguna duda.

En efecto, encontró los expedientes a los que su madre aludía y contó fojas, renglones y palabras, para luego buscar su transcripción. Eran nombres de personas que aparentemente jugaban papeles parecidos a los de los villanos en las libretas. Algunos fueron inmediatamente familiares, otros le resultaron desconocidos. También encontró el doble círculo con las cruces y letras citado en uno de los expedientes: era el caso de una bruja que "invocaba nombres oscuros" para convertirse en animal y había dibujado el círculo en el piso. Como no había ninguna explicación sobre su contenido, Lilia sintió que entraba en otro laberinto sin salida.

Al anochecer, Lilia regresó a la oficina de su amiga a agradecer su ayuda.

—¿Encontraste algo? —preguntó Marina.

No quiso entrar en muchos detalles sobre los nombres y en cambio le mostró el doble círculo con las letras y las cruces que su madre había dibujado.

—¡El círculo mágico de protección del rey Salomón! ¡Ha sido usado por las brujas durante siglos! ¿Estaba junto a los números? ¿Qué más había?

Lilia se quedó asombrada por el entusiasmo con el que la historiadora había respondido, más que por su conocimiento íntimo del tema. La miró con atención, como si fuera la primera vez, y se preguntó si ella también formaba parte del grupo de Lisa y Epitacia. Entonces se atrevió a enseñarle la lista de nombres, que Marina fue leyendo muy bajito:

—Mariano Martínez Rincón, Frausto Gómez López, Luz Velia González, Samuel Gutiérrez Pérez, Aniceto Merlo Sánchez, Pedro Salomón Xochihua López, Ricardo Santiago del Ángel, Eustaquio Camarillo Abraham...

Los nombres fueron sonando en el recinto como amenazas, como invocaciones, como conjuros.

Mariano Martínez del Rincón era un propietario de centros nocturnos de diversa categoría que funcionaban en varias ciudades del estado, pero eso sólo era la fachada para el tráfico de personas: migrantes y mexicanas, tanto de Veracruz como de los estados vecinos. Varias veces había sido señalado como el operador principal de este negocio, pero nadie había podido probarlo.

Frausto Gómez López, ex gobernador del estado. Su gestión había estado envuelta en un escándalo tras otro:

malversación de fondos, corrupción y nexos no comprobados con la delincuencia organizada.

Luz Velia González había sido también funcionaria de la misma administración. Se rumoraba que había sido amante de Frausto Gómez y era la estratega de los trabajos sucios. Era una mujer cruel y sin escrúpulos: difamaba y amenazaba a quien hiciera falta; igual pagaba a periodistas corruptos que a sicarios. Incluso se había llegado a decir que era una bruja (no sólo por su aspecto reconstruido hasta el exceso), es decir, que usaba la magia negra.

Samuel Gutiérrez Pérez, "El Sammy", cabeza visible de una célula criminal que operaba en el estado; no habían podido capturarlo.

Aniceto Merlo Sánchez, sacerdote de la región Córdoba-Orizaba, a quien se había acusado de poseer y distribuir pornografía infantil; después de haber sido aprehendido, salió de la cárcel por falta de pruebas.

Pedro Salomón Xochihua López era presidente municipal de un pueblo cercano a Córdoba. También se le había vinculado de manera no oficial con las redes de la trata y el narcotráfico, así como el robo de autotransportes e incluso ataques a las instalaciones de periódicos de la región.

Ricardo Santiago del Ángel, secretario de Bienestar Social del Gobierno Federal, de origen veracruzano y amigo cercano del ex gobernador; su mujer había muerto de manera poco clara hacía varios años y algún osado lo acusó de haberla golpeado brutalmente hasta morir. Se rumoraba su posible relación con la delincuencia organizada, pero nadie se hubiera atrevido a repetir aquella sospecha de manera abierta.

Eustaquio Camarillo Abraham, empresario jarocho dedicado a la especulación inmobiliaria. Se le conocía por tres cosas: la sospecha de que lavaba dinero, su afición por las jovencitas y su debilidad por la magia: cada viernes primero de marzo, era uno de los primeros en subir al cerro de Mono Blanco para adquirir poder y protección del Encanto.

Eran secretos a voces que todos repetían, pero nadie podía o quería probar los graves cargos que se les imputaban. En cuanto a su posible relación con la muerte de Selene, las evidencias habían desaparecido el día de su asesinato.

—Tu madre era una mujer inteligente, Lilia, y no era una ingenua. No puedo creer que no haya dejado copias de las pruebas, que no hubiera hablado con nadie sobre esto, por su propia seguridad.

—La casa fue saqueada días antes de que ella saliera rumbo a México. Se llevaron la computadora. También las máquinas de las demás. Ninguna de sus amigas sabe nada. Al parecer quiso dejarlas fuera de todo esto para no ponerlas en peligro.

Lilia se quedó un rato pensativa, luego continuó:

—Lo único que puso a resguardo fue su diario, y en él, estas hojas. Aquí debe estar la respuesta.

Marina leyó en silencio las últimas páginas del diario y la lista una y otra vez, dándole vueltas a los datos. Por fin exclamó:

—¡Ya sé! ¡Creo que tu madre sabía que corría peligro de muerte y decidió dejar copias; sobre todo indicios, para que sólo tú o alguien que conociera a fondo las historias que escribió las encontrara! Mira, la última entrada del diario es de una semana antes de su muerte: tuvo tiempo de planear el escondite.

—¿Dónde? ¿A ti te suena conocido todo esto?

—La respuesta está en las libretas, en las historias de las brujas. Tú ya las leíste, ¿no? ¿Alguna hace alusión a la condesa de Malibrán?

—Sí… —dijo Lilia dudosa—. Pero, la casa de la condesa… ¡Yo no sé dónde está eso! ¡Ni siquiera sé si existe!

—Eso es fácil. Aunque las historias sobre la condesa de Malibrán tienen mucho de leyenda, dicen que la que fue su casa está ocupada ahora por la biblioteca y archivo de la ciudad. Tal vez por eso Selene puso la "Relación de lo ocurrido…" entre comillas. Se trata de un manuscrito, habrá que ir a buscarlo.

Lilia sintió que de nuevo había esperanzas y se entusiasmó también. La mujer se convirtió en un torbellino, se puso de pie y salió sin que Marina pudiera detenerla.

—¡Gracias! ¡Muchas gracias!

—¿Quieres que te acompañe? —alcanzó a preguntarle—. ¡No vayas a ir sola!

A primera hora el día siguiente emprendió la marcha junto a Fernando. Estaba determinada a no regresar hasta que hubiera resuelto las claves.

Al filo de las diez de la mañana cruzaron el umbral de la vetusta casona remodelada que albergaba la biblioteca y archivo de la ciudad de Veracruz. El director conocía a Marina, quien le había llamado temprano esa mañana, y dio indicaciones a una empleada de ayudarles a buscar lo que necesitaran. La "Relación de lo ocurrido en mayo de 1683" estaba contenida en un legajo dentro de una caja. Cuando la empleada los dejó solos, Lilia abrió la caja, impaciente. Entre los documentos coloniales, había un sobre cerrado de papel manila. Le temblaban las manos cuando lo abrió. Ahí estaba un montoncito de fotografías que mostraban a Martínez Rincón, al ex gobernador Gómez López, a Luz Velia González, al "Sammy", al secretario Ricardo Santiago y al empresario Eustaquio Camarillo en diferentes situaciones: conversando; "El Sammy" recibiendo un paquete de las manos de la ex funcionaria; los seis en un grupo con jovencitas a bordo de un yate… y luego algunas imágenes más que mostraban a las jóvenes, casi niñas, desnudas, mutiladas, en un montón informe.

Lilia ahogó un grito entre sus manos y sus ojos se llenaron de lágrimas. Fernando, un momento después, le hizo notar que dentro del sobre quedaba algo: era una hoja de papel biblia, como las del diario, con otro recado de su madre que decía: "Busca en el Portal de la Gloria «La verdadera historia de la Mulata»".

—¿Se refiere a Córdoba? —preguntó ella todavía con los ojos húmedos. Fernando asintió en silencio.

Sacaron el sobre en una mochila, procurando actuar con naturalidad, y tomaron la autopista hacia la Ciudad de los Treinta Caballeros. Eran las dos cuando llegaron al centro y el sol caía a plomo sobre ellos. El Portal de la Gloria estaba frente a la plaza y albergaba en las casonas de los siglos XVII y XVIII la Casa de la Cultura y la Biblioteca Pública, cerradas a esa hora. A regañadientes, Lilia se dejó conducir por Fernando hacia el Portal de Ceballos para comer algo y esperar a que dieran las cuatro.

La conversación durante la comida fue lúgubre. Por más que intentaban quitar la mente de los contenidos de la mochila que descansaba en el equipal vacío junto a ellos, les era imposible hacerlo. ¿Qué irían a encontrar todavía? Estaba más que claro que el hecho de poseer tales pruebas los ponía en peligro. ¿Qué harían con ellas? No se ponían de acuerdo: mientras que Fernando opinaba que era mejor entregarlas a las autoridades federales, Lilia se negaba.

—¿Cuántas pruebas tienen ya de funcionarios de alto nivel y empresarios corruptos? ¿Por qué no las han usado? ¿Quién nos asegura que Ricardo Santiago no los protegerá y toda la situación se volverá contra nosotros?

El calor arreciaba y en la bruma de la tarde, después de beberse dos menjules, la mujer casi podía ver a la Mulata contoneando las caderas en el portal de enfrente. Ella sin duda habría sabido qué hacer, pensó Lilia, adormilada.

—Me pregunto cómo mi madre dio estas vueltas, cómo logró ir y venir, perseguida, amenazada, desesperada como estaba.

—¿Por qué no nos dijo nada? ¡Yo podría haberle ayudado! ¡Todos lo hubiéramos hecho!

—¡Claro que debió pedir ayuda! ¡Debió hacer las cosas de otro modo! Pero de seguro estaba tan asustada que no estaba pensando con claridad.

Fernando tomó la mano de Lilia y la apretó con cariño.

Por fin lograron entrar a la Biblioteca Pública; venciendo el sopor que les producía el calor y la humedad, se pusieron a buscar "La verdadera historia de la Mulata". Había varios ejemplares, unos más nuevos que otros. Los sacaron todos del anaquel y, ya sobre la gruesa mesa de cedro dispuesta frente a la ventana que daba a la plaza, los revisaron uno a uno. En el más antiguo había varios sobres pequeños y delgados que también contenían fotografías. Esta vez aparecían en las imágenes Aniceto Merlo Sánchez y Pedro Salomón Xochihua López abrazando a niños o niñas. Otras mostraban al "Sammy" con Salomón Xochihua y con Eustaquio Camarillo. También había impresiones de correos electrónicos implicando a todos en una red de pederastia. Algunas de las fotografías estaban rayadas: un círculo rojo señalaba a alguno de los niños. Había igualmente recortes de periódico con párrafos señalados con marcador, en ellos se notificaba el hallazgo del cadáver de una niña secuestrada que había aparecido después de varios meses.

De nuevo el temblor en las manos le impidió a Lilia seguir. Aquella situación le parecía irreal. Ahí, frente a sus ojos, se extendía el conjunto de las pruebas sangrientas de crímenes abominables, mientras que afuera la vida seguía su curso: en la plaza, desierta a esa hora, se agitaban las palmeras, y las campanas de la parroquia llamaban al catecismo; enfrente, en los restaurantes del Portal de Ceballos, los comensales veían pasar la vida fumando puros aromáticos y bebiendo menjules como si nada ocurriera.

Fernando apretó su mano por encima de la mesa, instándola a seguir buscando. Finalmente, en otro sobre, encontraron la ya conocida hoja de papel biblia que indicaba: "Busca en el árbol de la casa donde se amaron Jacinta y don Antonio".

—La cuarta libreta es la historia de una esclava que se enamoró de Santa Anna —le contó Lilia ya en la calle, con las nuevas evidencias en la mochila.

—¡Para saber a qué árbol se refiere! Ésa sí nos la puso más difícil. Manga de Clavo está en ruinas. No quedan más que unas piedras, y dudo mucho que encontremos *un* árbol particular.

—Es El Lencero —recordó Lilia—. ¡Es la higuera del Lencero!

A la mañana siguiente se fueron directo hasta la hacienda de Santa Anna a las afueras de Xalapa. Como dos colegiales esperaron pegados a la reja a que abrieran el museo y fingieron ser turistas admirando los jardines y la casa. No fue difícil llegar hasta la higuera centenaria, aunque el jardín estaba cercado para impedir que se acercaran los numerosos visitantes. Fernando se quedó vigilando el pasillo por si alguien los veía, mientras Lilia buscó en las oquedades del tronco. Por fin encontró una cajita de madera en un agujero de la parte trasera que resultaba prácticamente invisible para quien no estuviera buscándolo. Jadeando y riendo por la travesura, llegó hasta Fernando y juntos se sentaron en una banca junto al lago a revisar el hallazgo.

La caja contenía imágenes parecidas a las de Córdoba y Veracruz, en las que aparecían todos los personajes de la lista, además de copias de cheques y transferencias bancarias que los vinculaban también. El recado póstumo de su madre decía esta vez: "El último indicio está en la cascada, puente entre dos mundos. Las tablas del puente tienen la respuesta".

—¿Sabes a qué se refiere? —preguntó Fernando, mirando distraído hacia los cisnes del lago.

—A los personajes de una de sus historias —respondió Lilia después de pensarlo un rato—. Una bruja de Xico y una escogedora de café emprenden un viaje entre dos mundos. La puerta a esa otra dimensión se encuentra detrás de la cascada de Texolo. ¿Hay un puente de madera ahí?

Fernando asintió levantándose a toda prisa.

Una hora más tarde estaban bajando por el camino empedrado que llevaba a la cascada. Las verdes hojas de las matas de café brillaban bajo el sol y el sofoco húmedo de septiembre invitaba al descanso, sin embargo la pareja siguió adelante. Había pocos turistas en el parque y pudieron revisar las tablas del puente colgante con detenimiento. Ahí era obvio que no podría haber un sobre: el mensaje sería forzosamente breve.

"La Antigua", leyó Fernando la torpe inscripción en la madera. Unas cuantas tablas más allá, Lilia encontró la palabra "Ermita" y en la tabla de al lado, grabadas las cuentas de un rosario. Al otro extremo del puente, una palabra en cada tabla: "junto-al-ara-y-a-la-hostia-consagrada". Aunque duraron un buen rato buscando, no encontraron nada más.

Ya de regreso en la casa de Selene, Lilia reunió los hallazgos del día anterior y los indicios recién descubiertos, así como los recados de su madre. Cuando vio el doble círculo dibujado por la activista, Fernando aventuró:

—Ésta bien podría ser la Ermita del Rosario en La Antigua.

—Custodiada por el círculo mágico de protección... —completó Lilia—. Y "junto al ara y a la hostia consagrada" debe de estar el último de los escondites.

—Entre el altar y el santísimo. Debe de estar en el piso. ¡Ahora sólo nos queda averiguar cómo vamos a entrar a escarbar ahí! —Fernando sonaba desolado.

—Encontraremos el modo —atajó Lilia—. Ahora lo más importante es encontrar un escondite para estos documentos.

—Me los llevaré a mi casa —exclamó Epitacia, que había permanecido en la cocina sin decir nada—. Así escondí mucho tiempo las libretas y los papeles de Selene.

En una bolsa de ixtle, cubiertos con verduras por si alguien pudiera haber visto, se llevó Epitacia los sobres. Un rato después, Lilia y Fernando salieron con rumbo a La Antigua.

Llegaron a la Ermita del Rosario al atardecer y todavía la encontraron abierta, desierta como siempre. No fue necesario escarbar: el escondite estaba bajo una losa suelta del piso, justo debajo del altar, cubierto con un mantel bordado. De nuevo a Fernando le tocó el papel de guardia mientras que Lilia vaciaba el agujero. Había varios discos compactos y un sobre más.

No se quedaron en el pequeño poblado. A esa hora, las nubes de jejenes los hubieran acabado y la oscuridad lóbrega se colaba por entre los almendros, palomulatos y ceibas. Había que regresar a Xalapa cuanto antes y ver por fin las grabaciones.

Iban llegando ya de regreso a la ciudad, procurando contener el ansia. Lilia le leía a Fernando la última de las cartas de su madre mientras él manejaba a toda velocidad. La misiva explicaba las conexiones entre los personajes de la lista, señalando como responsable directo y cabeza de todas las operaciones a la pareja de ex funcionarios, que tenían los vínculos con asesinos y altos funcionarios federales por igual. "Si algo llegara a ocurrirme, es ellos a quien debe culparse, aunque sean otros los ejecutores."

Al llegar a La Pitaya, de inmediato reunieron a todas las mujeres. Todas tenían que conocer los contenidos de los discos y hacer copias ese mismo día. Eran más de las diez cuando llegó la última.

Sobre la mesa de la sala descansaban las fotografías, las libretas, el diario, las listas con los nombres encriptados, los mensajes de Selene y los documentos probatorios de la infamia.

—Antes de que hablemos de todo esto, quiero que vean estas grabaciones. Ésta es la razón por la que mi madre está muerta —Lilia estaba temblando cuando encendió los aparatos.

Tal como había escrito su madre, aquel horror era indescriptible. Los personajes masculinos citados en la lista estaban abrazados alrededor de un círculo, repitiendo una letanía ininteligible. Luz Velia precedía, como suma sacerdotisa del mal, la ceremonia. En medio estaba una muchacha desnuda, tendida en una mesa. No forcejeaba, al parecer estaba drogada. Todos abusaron de ella y después cometieron horrores con su cuerpo, mutilando, destrozando su carne y sacándole las vísceras.

—¡Basta! —gritó Lisa con un sollozo contenido—. ¡Basta ya!

Lilia detuvo el aparato y se volvió a mirar a las presentes. Todas lloraban en silencio, unas se abrazaban, otras se habían vuelto sobre sí mismas con los puños apretados. Fernando ofreció whisky y luego abrazó a Lilia.

—Es verdad que sólo el hecho de ver estas imágenes me hace sentir partícipe de esta abominación —dijo la mujer entre sollozos.

Las mujeres, pasmadas, tardaron un rato en reaccionar. Luego quisieron hablar todas a un tiempo. La algarabía fue mayúscula; alguien ajeno hubiera creído que se trataba de una reunión social divertida. Poco a poco fue haciéndose el silencio y después inició la participación más ordenada.

—¿Qué vamos a hacer?

Al igual que Fernando y Lilia en Córdoba, tampoco las mujeres se ponían de acuerdo.

—Debemos entregar todo esto a las autoridades federales —insistió Fernando.

—No —dijo Lisa, contundente—. Ya vimos que hay involucrados también a ese nivel.

—No servirá de nada —opinó Esperanza—. El gobierno federal tiene evidencias de mucha gente y no hará nada con ellas hasta que le convenga.

—Eso mismo dije yo —interrumpió Lilia—. ¡Cuantos funcionarios han sido acusados a nivel federal y no se ha hecho nada!

—¡Mandemos esto a los medios! —dijo una abogada de larga trenza entrecana.

—Eso funciona sólo en las películas —se burló Marina—. ¿No hemos visto ya varias veces en los noticieros nacionales las grabaciones de llamadas telefónicas, las imágenes de empresarios y altos funcionarios implicados en asuntos turbios? ¿Y para qué? ¿De qué sirvió? Todos andan sueltos y ni siquiera perdieron sus cargos.

—Una cosa es cierta: cada minuto que tengamos aquí estas pruebas, todos corremos peligro —dijo una antropóloga italiana—. ¡Quién sabe si los siguieron! Lo más probable es que hayan estado espiando tus movimientos, Lilia. Aunque hayan robado la computadora y recogido las pruebas que llevaba Selene, deben temer o sospechar que hay copias. Y como has estado averiguando, saben que si alguien las va a buscar, ésa eres tú.

Tal aseveración los dejó mudos. Como una nube negra, la sombra del miedo se iba apoderando de todos los huecos, iba bebiéndose el aire y apagando toda esperanza.

—Mandaremos la información a las autoridades y a los medios —dijo Lisa, acallando las protestas de las mujeres—. A todos a la vez.

Fernando se ofreció a hacerlo él mismo. Poco más tarde, Lisa le pidió dejar solas a las mujeres para tratar asuntos de la asociación y el joven abogado consultó con la mirada a Lilia.

—Te llamo mañana temprano —le dijo ella acompañándolo a la puerta.

El abogado se perdió entre los setos con una copia del paquete de evidencia en la mochila. Por fortuna vivía a unas cuantas casas de distancia y no parecía correr peligro.

—Ahora sí tendremos que armar un plan alterno, no queda otro remedio —dijo Lisa cuando el joven se fue—. Tenemos que darnos prisa, antes de que Fernando entregue las pruebas. Tuve que sugerir que se hiciera por dos razones: para alejar a Fernando y mantenerlo tranquilo, y además porque es nuestro seguro de vida... después de que hayamos hecho lo que tenemos que hacer.

—Un momento —exclamó Lilia—. ¿De verdad ninguna de ustedes sabía nada de esto? Me cuesta trabajo creer que mi madre haya podido dar vueltas por Veracruz, Córdoba, El Lencero, Texolo y La Antigua en las condiciones en que estaba, espiada o perseguida. No pudo haberlo hecho sin ayuda.

—Llegó la hora de que usted sepa —intervino Epitacia—. Su madre era una mujer de poder. A lo mejor usted no puede creerlo, pero una mujer de poder tiene muchas armas para ir a muchos lugares sin ser vista... como convertirse en su nahual. No tiene nada de raro. No me extraña de Selene.

Lilia estaba atónita. No pudo articular palabra durante un buen rato. Había leído algo parecido en la historia de Anastasia, pero algo muy distinto era considerarlo cierto.

—Tú tienes que ayudarnos ahora —continuó Lisa, aprovechando el silencio de la muchacha, en medio de los comentarios de aprobación de las demás.

Lilia no entendía cabalmente de qué hablaban. Ella había hecho ya todo lo que estuvo a su alcance, ¿qué más esperaban que llevara a cabo? Una parte de ella sabía que las señoras formaban parte de un grupo que hacía más que ayudar a las mujeres en problemas, y las libretas de su madre dejaban entrever de manera más o menos clara sus creencias mágicas. Pero eso no tenía nada que ver con ella. En todo caso Lilia se sabía una espectadora, ajena a la verdadera acción.

—Tienes que vengar la muerte de tu madre —le dijo por fin Esperanza.

—¡Estudié medicina para curar a la gente! ¡No soy partidaria de la violencia y no creo en la venganza!

—Piensa en esto como un acto de justicia. La ley nos abandonó y la justicia de los hombres no alcanzará a los culpables —dijo la antropóloga—. En este país, sólo dos de cada cien crímenes se esclarecen. Aunque las pruebas sustenten el caso, sigo creyendo que no servirá de mucho.

—Sin duda tenemos los teléfonos y los correos intervenidos —dijo la abogada—. Tenemos que actuar de inmediato.

—Y éstos no son sólo delincuentes: son instrumentos del mal, usan el poder y la protección del Encanto para causar daño. Luz Velia es un ente del mal. Es una hechicera que siempre nos ha atacado con todos los medios a su alcance: sabe lo que hacemos y se ha propuesto acabarnos. Lo creas o no, ella representa el lado oscuro de la magia y tal vez esté buscando algo más que las pruebas que la incriminan en este asunto. No dudo que ella haya abierto los caminos a los chaneques para procurar tu muerte. Esto no es sólo una venganza: el equilibrio del universo se ha roto y es necesario restablecerlo. Tenemos que detenerlos. Si no lo hacemos a tiempo, acabarán con nosotros. Tú eres la próxima.

La voz de Lisa sonaba áspera, hueca. Había en sus palabras tal autoridad y convicción que Lilia tuvo que darle la razón.

—¿Cómo puedo hacerlo yo? Soy la menos indicada...

—Uno no es dueño de su destino, aunque a veces así parezca. Uno nomás es el instrumento. El conocimiento va llegando sin que uno lo pida, a veces sin que uno quiera. Y usted ya está lista, nomás falta que se dé cuenta —dijo Epitacia—. Ahora me voy a preparar las cosas. Tenemos que hacerlo mañana mismo, no podemos perder tiempo.

—Y cuando Fernando entregue todo esto al gobierno y a los medios, se completará la venganza —dijo la antropóloga, con el acuerdo entusiasta de las demás.

Las mujeres se fueron casi al amanecer y cada una de ellas se llevó una copia de los documentos y de las grabaciones. Lilia se recostó e intentó dormir un rato, pero no pudo conciliar el sueño. Cuando volvió a encender la luz, vio a Astarté sentada en la alfombra junto al clóset de su madre. La gata amarilla no dejaba de maullar como si quisiera decirle algo, mirando alternativamente a la parte superior del clóset y a su nueva ama. Decidió hacerle caso y abrió el clóset en busca de ¿un ratón? ¿Algún otro bicho de los que le gustaba cazar a la gata?

Otra vez, como la primera noche que pasara en aquella casa, sintió el impacto de la caja mal acomodada en los estantes superiores contra su cabeza y, como la primera vez, el sobresalto la hizo caer. Había olvidado completamente los objetos que ahí había, las cosas a las que no había puesto ninguna atención y que no había vuelto a revisar desde aquel día. Ahora, a la luz mortecina de la madrugada, adquirían matices mágicos.

Como la primera vez, fue recogiendo de entre los zapatos los objetos: un saquito de terciopelo rojo que contenía habas, un espejo de obsidiana con marco de plata, cuentas de ámbar enlazadas, una madona de madera con trencitas de pelo natural... y en un rincón de la caja estaba un estuche de terciopelo igualmente rojo, y dentro, un puñal.

No era sólo un puñal, comprendió Lilia de inmediato: era *el* puñal. El arma que se describía con lujo de detalles en cada una de las libretas. Conteniendo la respiración, lo sacó de su estuche: no era tan pesado como se había imaginado, su curveada hoja de acero damasquinado no medía más de quince centímetros de largo y en el mango estaba preciosamente grabada la temible figura de un animal fantástico con cuerpo de león y cabeza de águila, pisando dos serpientes. Sin duda era un arma antigua de gran valor y enorme belleza; Lilia no contuvo las ganas de pasarle un dedo a todo lo largo para sentir el frío del acero, el doble filo intacto, los pliegues de la figura... A pesar de que tenía la evidencia en su mano, no podía creer que estaba en presencia del objeto que unía a la historia con la leyenda. Sin que mediara una razón, al tocarlo supo que además de las pruebas, los asesinos de su madre estaban buscando aquel objeto precioso. Debía tener un gran poder.

¿Cómo era que no lo había visto desde la primera vez? ¿Habría estado ahí? No podía recordar la caja, pero casi hubiera apostado a que no había estado entre las pertenencias de Selene.

—Me lo dio mi madre —se oyó la voz de Epitacia a sus espaldas—. Me lo llevé cuando Selene supo que la perseguían y lo escondí en un lugar seguro. El puñal confiere a su dueño poderes enormes.

Lilia se repuso del susto enseguida, a pesar de que no hubiera esperado que la mujer regresara a esas horas de la madrugada. Se levantó del piso.

—Mi madre trabajaba con Anastasia y aprendió todo con ella; me enseñó a mí y yo le di los objetos a Selene. Ahora me toca dárselos a usted. No pensé que me iba a tocar heredarlos dos veces en el transcurso de mi vida.

—¿Cómo podría yo...?

—Todo se aprende y a usted le va a tocar aprender rápido.

Lilia siguió a Epitacia hasta la cocina, donde pronto estuvo haciéndose el café. Amanecía y una acerada luz iluminaba los objetos cotidianos como si fuera la primera vez. No era cualquier día: era el día de la venganza.

Sin que intercambiaran palabras, las dos mujeres se afanaron cortando y macerando las yerbas que Epitacia había llevado, hasta bien entrada la mañana; luego encendieron el brasero y pasaron el puñal por el humo del copal nueve veces; después la campesina levantó la vasija de barro y sahumó a Lilia mientras repetía una letanía que la mujer no pudo entender.

Al filo del medio día llegó Lisa; extendió unos planos sobre la gruesa mesa del comedor y encendió una vela de cera de abeja. Se descolgó del cuello la cadena con un largo cuarzo traslúcido que siempre llevaba consigo y, pronunciando una corta oración por lo bajo, comenzó a balancearlo sobre el plano del estado, repitiendo los nombres de los dos ex funcionarios una y otra vez. De pronto el cuarzo se detuvo en seco en un punto a las afueras de Xalapa. Lisa con los ojos cerrados dijo como si estuviera dentro de un sueño:

—Regresan esta tarde en su avión a la ciudad.

Lilia había decidido suspender totalmente la incredulidad. Ya le había tocado presenciar tantas cosas que no podían explicarse de manera racional, que no le quedaba otro remedio que creer en lo que estaba viendo.

Epitacia continuó con los preparativos, sin que Lilia supiera bien para qué eran. Las mujeres entraban y salían de la casa de Selene acarreando cosas y murmurando instrucciones. Poco después de comer, Lisa exclamó:

—Es hora.

Afuera ya esperaban Epitacia y otras mujeres de Zoncuantla, además de las activistas. Iniciaron la procesión hacia el Cerro de la Campana, frente a La Pitaya, por en medio del monte y los potreros.

Las mujeres iban subiendo con pasos firmes, dirigidas por Epitacia, que conocía mejor que nadie el terreno. Lilia subía con dificultad entre los helechos enormes, los jinicuiles y los plátanos, distrayendo la vista aquí y allá con uno que otro insecto o con un escarabajo haciendo un camino alterno en el polvo.

Cuando llegaron a la punta del cerro, las mujeres desbrozaron el terreno con machetes y luego Epitacia, enarbolando el puñal, trazó un doble círculo en la tierra, en el cual pudieran caber todas, después dibujó algunas letras y las cruces de san Benito. Lilia contó siete. El poderoso círculo de protección del rey Salomón, uno de los más grandes magos de la historia, quedó entonces listo.

Comenzaba a pardear la tarde. Las mujeres se desnudaron y le ordenaron hacer lo mismo, cubriéndose todas con túnicas amarillas.

Lilia sentía el viento fresco en el cuerpo como una caricia, como una ola, pensó, que la iba llenando de sal y calosfríos placenteros. A lo lejos, los pájaros buscaban abrigo entre las ramas de los árboles y los insectos retomaron su salmodia acostumbrada.

Pronto hicieron que Lilia formara parte de la ronda. Las mujeres, tomadas de las manos, empezaron a murmurar, muy bajito, una especie de ensalmo que ella pronto acompañó, siguiendo la circunferencia trazada en la tierra.

¡Papé Satán, Papé Satán aleppe!

Epitacia permanecía en el centro del círculo, con el puñal levantado hacia el cielo. Lilia levantó la cabeza y se encontró con la profunda bóveda azul gris como nunca la había visto: el puñal parecía convocar rayos, descargas eléctricas y hacer girar las nubes como si fueran un tornado que abarcara todo el horizonte. El viento comenzó a soplar con mayor fuerza, ululando de manera siniestra y haciendo tiritar a los enormes árboles del cerro.

Yo te conjuro, con el diablo de la cizaña
Yo te conjuro con el diablo de la maraña
Yo te conjuro con el diablo de la guerra.

Negros nubarrones se fueron acumulando encima del cerro y los truenos hicieron temblar la tierra.

Tres mensajeros te quiero enviar, Frausto.
Tres mensajeros te quiero enviar, Luz Velia.
Tres galgos corrientes, Frausto
Tres galgos corrientes, Luz Velia
Tres liebres pacientes, Frausto
Tres liebres pacientes, Luz Velia
Tres diablos corredores, Frausto
Tres diablos corredores Luz Velia

Tres diablos andadores, Frausto
Tres diablos andadores, Luz Velia
Y este gallo negro que te ha de matar...

En ese instante arreciaron los vientos, como si estuvieran peleando unos contra otros, y lanzaban alaridos que más parecían las almas de los muertos que sólo el aire.

—Ya llegaron los ángeles vengadores —dijo Epitacia.

De las bolsas que habían traído, salieron muñecos de cera a los que les dieron nombres, así como una gallina negra cuya vista hizo estremecerse por un momento a Lilia. La rellenaron de hierbas y sebo, cubriéndose del viento mientras Epitacia seguía gritando con voz ronca:

Marta, Marta,
No la digna, no la santa
La que los polvos levanta
La que palomas espanta
Tres diablos negros conjuró
Así te conjuro yo.

Luego todo se oscureció y el manto de una fina lluvia cubrió el bosque mientras las mujeres levantaban las figuras y la gallina hacia el cielo. A continuación rompieron el círculo con el puñal por los cuatro lados y, sonrientes y satisfechas, dieron por concluida la ceremonia. La luna ensangrentada se abría paso entre los nubarrones, iluminando de manera macabra los cuerpos de las mujeres con las cabelleras al aire. Poco rato después iniciaron el descenso bajo la lluvia, que arreciaba a gran velocidad.

—Ahora sólo hay que esperar —le dijo Lisa al despedirse.

Soplaba el viento y la tormenta ya no era sólo de agua, sino de granizo, que en pocos minutos cubrió el pasto, dejándolo como si hubiera nevado. La furia de los elementos la inquietó todavía más: no sabía con claridad qué había hecho o qué habría que esperar. Por fin, cuando la lluvia bajó de intensidad, Lilia decidió tomar un baño caliente y se fue a la cama; cayó en un sueño profundo.

Cuando despertó, Astarté dormía perezosa a su lado, como si la tormenta no la hubiera inquietado en absoluto. Todavía llovía, aunque sin la furia del día anterior, y la mañana era un espacio gris y húmedo, parecido al limbo, pensó Lilia. Decidió levantarse. Se desperezó lo mejor que pudo, no podía creer que hubiera dormido tantas horas seguidas. El aroma del café llegaba tentador desde la cocina. De seguro Epitacia había llegado ya.

Todo parecía estar como siempre. La mujer preparaba el desayuno con gran calma y la saludó con una sonrisa, como si fuera cualquier día. Cuando le sirvió la taza de líquido humeante, le dijo con una tranquilidad pasmosa:

—Ya.

—¿Ya qué? —preguntó la académica sin entender nada.

—Mejor consiga el periódico o prenda el radio en las noticias.

No fue necesario. En ese momento sonó el teléfono. Era Fernando.

—Gómez López y Luz Velia González se mataron anoche.

Habían llegado al aeropuerto del Lencero en su avión privado cuando la tormenta los sorprendió en la carretera. El granizo y el viento eran tan fuertes, que la visibilidad era nula: un tráiler sin frenos arrolló la camioneta en la que viajaban. No hubo sobrevivientes.

Lilia tiró el teléfono y tuvo que recargarse en la mesa para no caer. Epitacia la sostuvo y la llevó al sillón.

Estaba asustada, no podía creer todo lo que había vivido en los últimos meses. ¿Podría acaso ser verdad? Toda su formación científica le decía que no, que nadie podía manipular las fuerzas de la naturaleza a placer, pero lo que había leído sobre las mujeres que podían controlar las tormentas, las poderosas mujeres rayo, le hacía dudar de lo que había aprendido en toda su vida. El cerebro decía una cosa, pero la piel, el corazón —¿qué extraño resquicio del alma era aquél?— le decía algo muy distinto.

—Nosotras no formamos esa tormenta. A lo mejor nomás la acercamos un poquito —le dijo Epitacia sentándose a su lado.

Lisa llegó en ese momento y se unió al grupo. Al ver a Lilia pálida, comprendió lo que había ocurrido.

—Yo no puedo volver a hacer esto —dijo Lilia mirándose los pies descalzos—. ¿Por qué provocar perjuicios a gente inocente? ¡La granizada seguro que causó muchos daños!

—Somos la fuerza de la naturaleza desatada. ¿La naturaleza es buena o mala?

No supo qué contestar. Nunca había pensado en esos términos. Por fin dijo:

—Todavía quedan los demás y aunque lográramos acabar con todos ellos, quedarán otros, quedarán cientos de culpables allá afuera...

—Ahora era imprescindible acabar con Gómez López, pero sobre todo con Luz Velia. Era su vida o la tuya.. Y sin recibir órdenes de sus jefes, los demás no actuarán por su cuenta. Claro que siguen ahí, claro que hay cientos más, por eso tenemos que seguir luchando. Hemos usado la magia como último recurso y es importante que entiendas que no está desligada de las otras luchas: peleamos por los derechos, peleamos por cambiar las leyes y porque se haga justicia en todos los campos. Pero cuando los caminos se cierran, cuando se enfrenta a un enemigo en el plano espiritual y está en juego un objeto mágico, sólo queda una alternativa: acudir al poder primigenio, al poder que hemos ido cultivando a través de siglos.

—Y ésa también es herencia suya —añadió Epitacia.

—Si la rechazas, te arrepentirás toda tu vida —dijo Lisa con voz triste—, piénsalo.

Lisa se fue y Epitacia salió a acompañarla hasta la verja del jardín. Lilia pensó en la vida que había dejado atrás: en la universidad, sus compañeros, sus pequeñas inquinas, la burocracia y los mismos discursos repetidos, las relaciones superficiales con parejas de ocasión, la rutina... ¡No podía volver! No después de lo que había vivido.

"Lilith", escuchó que la llamaba la tierra.

"Lilith" la llamaban la selva y el bosque de niebla.

"Lilith" la llamaba la vida por su verdadero nombre y supo que no podría rechazar la herencia que le llegaba desde el principio del tiempo.

Miró pensativa a través de la ventana: el columpio se balanceaba sobre el pasto húmedo, las flores de yoloxóchitl en la enredadera de la cerca brillaban con las gotas de lluvia temblándole en los pétalos, el olor lúbrico de la humedad, todo exudaba vida después de la tormenta.

Agradecimientos

Esta novela es deudora incondicional del libro *Tierra adentro, mar en fuera*, de Antonio García de León. Los datos ahí contenidos, pero sobre todo el espíritu de cada una de sus páginas fueron inspiración constante. En este mismo sentido, tengo una deuda con muchos autores, quiero mencionar aquí a algunos: la marquesa Calderón de la Barca, Gonzalo Aguirre Beltrán, José Luis Trueba, Juan de Ávila, Nelly León, Adriana Naveda, Ricardo Pérez Montfort, Úrsula Camba Ludlow, Rosa María Spinoso, Araceli Medina, Yolanda Juárez, Araceli Campos Moreno, José González Sierra, Elisa Velázquez, Solange Alberro, José Luis Martínez Morales, Armando Ramírez, Álvaro Brizuela, Félix Báez Jorge, Oralia Méndez Pérez, Will Fowler, Lydia Cacho, Magali Velasco Vargas y David Hernández Miranda.

Quiero agradecer igualmente a las personas que me apoyaron en la investigación con materiales, bibliografía y documentos de archivo que yo no hubiera podido localizar: Juan Ortiz Escamilla, Adriana Naveda Chávez-Hita, Fernanda Núñez Becerra, José Luis Martínez Morales, Edgar García Valencia, Diana González, Rafael Figueroa, Romeo Cruz Velázquez y Gonzalo Cuspinera. Asimismo, agradezco a aquellos que me contaron sus historias personales: Ariel Montalvo, Miguel López Domínguez y Nieves Tlaxcalteco...También a la reserva Benito Juárez en Catemaco, Veracruz.

Vaya un agradecimiento muy especial a Marisol Alarcón Morales, por su invaluable colaboración en la localización y paleografía de documentos del Archivo General de la Nación sobre las brujas de Veracruz.

Con todo mi corazón doy las gracias a aquellos que leyeron la novela e hicieron sugerencias y correcciones: Isabel, Alberto y sobre todo Jaime: gracias por las enseñanzas, por la paciencia, por el lugar seguro y tranquilo, el refugio, gracias por tu amor. Muchas gracias a Laura Lara por el apoyo, el acompañamiento y a Jorge Solís Arenazas por la lectura atenta, las sugerencias. A todos, ¡gracias!

Este libro terminó de imprimirse en mayo de 2012
en Editorial Penagos, S.A. de C.V., Lago Wetter
núm. 152, Col. Pensil, C.P. 11490, México, D.F.